A LOUCURA

Dawn Kurtagich

Tradução
Fernanda Castro

Rio de Janeiro, 2025

Copyright © 2024 por Alloy Entertainment e Dawn Kurtagich.
Todos os direitos reservados.
Copyright da tradução © 2025 por Casa dos Livros Editora LTDA.
Todos os direitos reservados.

Título original: *The Madness: a novel*

Todos os direitos desta publicação são reservados à Casa dos Livros Editora LTDA. Nenhuma parte desta obra pode ser apropriada e estocada em sistema de banco de dados ou processo similar, em qualquer forma ou meio, seja eletrônico, de fotocópia, gravação etc., sem a permissão dos detentores do copyright.

COPIDESQUE	Carlos Silva
REVISÃO	Vivian Miwa Matsushita e Thaís Carvas
CAPA	adaptada do projeto original de Mary Luna
IMAGENS DE CAPA	Stephen Mulcahey/Trevillion Images
DIREÇÃO DE ARTE	Kathleen Oudit
ADAPTAÇÃO DE CAPA	Osmane Garcia Filho
DIAGRAMAÇÃO	Abreu's System

Dados Internacionais de Catalogação na Publicação (CIP)
(Câmara Brasileira do Livro, SP, Brasil)

Kurtagich, Dawn
 A loucura / Dawn Kurtagich; tradução Fernanda Castro – Rio de Janeiro: HarperCollins Brasil, 2025.

 Título original: *The madness: a novel*
 ISBN 978-65-5511-658-8

 1. Ficção de suspense 2. Horror na literatura I. Título.

24-238842   CDD-823

Índices para catálogo sistemático:
1. Ficção de suspense: Literatura inglesa   823
Eliete Marques da Silva – Bibliotecária – CRB-8/9380

HarperCollins Brasil é uma marca licenciada à Casa dos Livros Editora LTDA. Todos os direitos reservados à Casa dos Livros Editora LTDA.

Rua da Quitanda, 86, sala 601A – Centro
Rio de Janeiro/RJ – CEP 20091-005
Tel.: (21) 3175-1030
www.harpercollins.com.br

Para meu marido, que me mostrou que existem homens bons no mundo.

O mundo parece cheio de homens bons
— mesmo que existam monstros nele.

Bram Stoker, *Drácula*

PRÓLOGO

A chuva açoita a vitrine das lojas, fechadas há muito para a noite. Vestindo minissaia, ela sente cada uma das gotas geladas. A maquiagem, aplicada com tanto cuidado, sem dúvida vai escorrer, pingando em marfim e carmesim na poça a seus pés. Ambas as coisas são máscaras — uma para esconder seu medo, a outra para cobrir o mundo com cristais iluminados pela lua, ocultando as partes feias.

O 4x4 preto chega com um cantar de pneus. A porta abre com um clique, formando uma boca de escuridão.

Ela não consegue ver o homem dentro do carro, mas sabe que ele está lá. Pode senti-lo observando.

Tudo nela grita para que saia correndo.

Ela olha para trás apenas uma vez, depois respira fundo e entra.

1

Acordo com um grito nos lábios, a sensação de mãos apalpando minha carne.

O fantasma de um rosto paira sobre mim, as feições distorcidas, impossíveis de distinguir. Nada humanas.

Na penumbra fragmentada, fico zonza por um instante, mas avisto meu relógio de cabeceira brilhando em laranja como um eclipse do fim do mundo e o quarto volta à normalidade outra vez: são 3h33. Mesmo com o medo ainda presente e o martelar do coração em meus ouvidos, aprecio a simetria.

Faltam quatro horas para eu precisar sair, mas não há a menor chance de eu voltar a dormir. Nunca fui de tirar sonecas ou me afundar na cama lendo um livro. *Siesta* é um conceito estrangeiro, uma terra incógnita — até o gosto da palavra azeda nos cantos da minha boca. *Tempus fugit*, mamãe sempre dizia, batendo palmas enquanto me apressava para a escola. Então devo ter puxado isso dela. O tempo é um recurso, afinal, e o estoque de todos nós — de cada um de nós — é baixo.

Saio da cama na escuridão silenciosa, estremecendo com o chão gelado, e dou um, dois, três, quatro, cinco, seis, sete, oito, nove passos até o banheiro da suíte. Meu pé pisa errado no cinco e preciso voltar para a cama e fazer tudo de novo.

Três esguichos de sabonete líquido para lavar o rosto e três minutos para escovar os dentes, seguidos por um banho quente que dura trinta minutos e trinta segundos. Depois, uso três tampinhas de alvejante para lavar as paredes, esfregando todos os trezentos e noventa e três ladrilhos de quinze por quinze centímetros — um deles foi removido e trocado por uma placa de aço fixada com nove pontos de cimento — em meu banheiro de quatro metros quadrados e meio equipado com uma escova de dentes extra reservada exatamente para esse propósito. Quando termino, minha pele está coçando e minhas narinas estão em chamas devido ao cheiro forte de hipoclorito de sódio.

Tudo limpo.

O hidratante contendo extrato de verbena é aplicado no corpo da esquerda para a direita, exceto no rosto, onde aplico da direita para a esquerda. O apartamento está fresco e tranquilo, o frio do outono penetrando sob o batente das portas e a moldura das vidraças. Eu me enfio tremendo em um suéter de lã e acendo a lareira a gás na sala de estar em conceito aberto. Não é o cantinho rústico onde cresci, mas o fogo ainda me acalma.

Enquanto espero o cômodo descongelar, ligo a chaleira e pego o potinho de vidro com chá galês de verbena e urtiga, pondo uma quantidade maior na xícara do que o costumeiro, ainda abalada pelo sonho do qual não consigo mais me lembrar. Ele permanece no ar como um perfume. Sigo tentando apreendê-lo, sem sucesso, mas é como o embrião de uma obsessão nova. Se eu não parar de pensar nisso, cutucando-o como um pedaço levantado de unha, vai virar um novo tique. Um novo caos que não sou capaz de controlar.

Bebo a infusão amarga no assento junto à janela, olhando para o vazio do mundo lá fora, sombras sugerindo volumes e formas para além do vidro. Minha respiração se condensa e desaparece na vidraça, de novo e de novo, uma evidência fugaz de que estou aqui.

Eu estou, eu estou, eu estou.

Depois do chá, visto meu uniforme de corrida: calça legging preta e um top leve de lycra com manga comprida e gola alta. Prendo o cabelo em um coque embutido, ainda úmido, verifico se meu pescoço está coberto e pego uma garrafa de isotônico na geladeira antes de sair para correr. Se não estou me movendo, a vida foge de mim. Afunda em um grande Nada que me causa ataques de pânico. Está piorando com a idade. *Tempus fugit, Mina.*

Kensington é agradável a essa hora da madrugada. O sol só vai nascer dentro de uma hora, mas o céu já está amadurecendo como uma toranja suculenta. Durante os quarenta e dois minutos seguintes — quatro mais dois dá seis, que é três duas vezes —, percorro a calçada sem ouvir nada além da minha respiração cada vez mais difícil e o retumbar dos tênis na estrada. Um homem preparando os jornais da manhã me cumprimenta, e ergo a mão em uma resposta amigável, ainda que esteja irritada por ele ter me tirado do ritmo. Vou precisar dar a volta no quarteirão e começar de novo.

A ressaca do sonho perdura em meu corpo. Os detalhes são obscuros — lembro apenas de ter me sentido fria e desamparada. Encurralada. Mesmo agora, tentando expressar a sensação, ainda me encontro nervosa.

Existem outros terrores por aí também. Assim é a vida.

Tenho medo de homens de moletom andando com a cabeça baixa, mesmo quando estão apenas inocentemente evitando a chuva. Assim que atravesso a rua, puxo o celular do bolso, o número da polícia já na tela para ser discado, a ajuda a apenas um botão verde de distância.

Trago as chaves com firmeza entre o indicador e o dedo do meio, presas e tensionadas em meu polegar. Mesmo assim, meço seu passo, seu peso, a extensão de um ombro a outro. Força, velocidade. Que chance eu teria contra aquilo? E tudo isso numa fração de segundo conforme passamos um pelo outro. Ele não ergue o rosto, mas acelero o passo do mesmo jeito, esperando que o homem não seja capaz de acompanhar o ritmo. É a amígdala trabalhando duro.

Quando volto para o apartamento, são 6h12 e meu despertador está tocando no quarto. Eu o desligo e repito a rotina do banheiro, desta vez vestindo o uniforme de trabalho ao terminar: um suéter preto de gola alta em lã merino e calça preta de corte reto em tecido misto de lã.

Puxo o zíper das botas, primeiro o esquerdo, depois o direito, e refaço o coque embutido simples, novamente úmido, preso com uma fivela. Essa sou eu, Mina Murray. Essa é minha vida. De novo e de novo. Segura. Conhecida. Previsível.

Eu controlo o caos. Eu domestico o medo.

Na cozinha, preparo o café moído na hora e limpo o filtro enquanto dois ovos cozinham. Faço a refeição no centro de um prato quadrado e branco, pegando um pedaço de um e depois do outro, da esquerda para a direita, de forma ordenada, pondo o prato na máquina de lavar louça quando termino.

Dou uma última olhada superficial em minha aparência, depois pego a pasta e saio do apartamento, lembrando de trancar a porta uma, duas, três vezes para trazer sorte e equilíbrio. Estou num dia bom, então só confiro duas vezes.

2

Brookfields é uma instituição psiquiátrica financiada pelo governo, e tenho sido chamada para lá a fim de avaliar os casos que se enquadram em minha área de especialidade ao longo do último ano. Mulheres com traumas extremos. O dinheiro não é tão bom quanto meus ganhos com a clientela particular de Harley Street, mas o emprego alimenta minha paixão em vez de apenas minha conta bancária.

— Preciso atualizar seu cartão de acesso — diz o homem da recepção.

— Atualizar?

— Trocar por uma nova foto.

— Precisa mesmo?

— Já faz um ano — explica ele, o tom conclusivo e cheio de tédio. — Olhe para cá.

Ele aponta para uma pequena webcam preta à minha esquerda. Fico em silêncio e tento não me mexer.

O recepcionista se concentra no computador, e a impressora ganha vida.

— Prontinho, doutora — diz ele, me entregando um novo cartão.

Confiro a foto e fico constrangida. Olhos castanhos, cabelo rebelde e também castanho, e uma boca pequena de lábios curtos e finos que me deixa com uma expressão perpétua de nervosismo. Uma personagem de desenho animado que ganhou vida. Olho para meu reflexo no vidro por trás do recepcionista, lembrando de baixar um pouco as pálpebras a fim de afastar essa impressão, mas, como sempre, tudo o que consigo é parecer lânguida.

Vá com calma, Bambi.

— A de hoje é bem estranha — comenta o plantonista quando chego na sala de admissão.

Ron Wexler é um homem baixo e calvo na parte de trás da cabeça redonda, mas tem olhos bondosos e sei que trata bem as pacientes.

Elas são sempre estranhas se precisam me chamar, mas não digo isso a ele. As mulheres manifestam o trauma de jeitos incomuns. O que discuto com as pacientes que me são atribuídas aqui, ou com as que atendo lá fora, fica em completo sigilo. A menos, é claro, que elas sejam um perigo para a sociedade ou para si mesmas. Ainda assim, muitas vezes o trauma das mulheres é tratado como uma espécie de loucura, algo que adquire vida própria, de forma a exonerar a sociedade por tê-las deixado dessa maneira. *Watched you break me, now you blame me,** a letra de uma música de Faouzia explode em minha cabeça.

— Uma jovem sem identificação — continua Ron. — Encontrada vagando pelas docas, delirando sobre mortos-vivos e um apocalipse iminente. Foi trazida para cá sem documento e sem roupa.

— Ela foi encontrada nua?

— Isso. — Ron muda o apoio de um pé para o outro. — Talvez você devesse esperar para vê-la depois que ela estiver sedada? O dr. Seward pode vir mais tarde para ajudar.

Minha raiva aumenta. O dr. John Seward é, na minha opinião, o médico menos qualificado para lidar com o trauma feminino, apesar da enxurrada de best-sellers de sua autoria que atestam o contrário. Para ele, aquilo é um espetáculo, não uma vocação.

---

* *Vi você me quebrar, e agora você me culpa*, em tradução livre. Verso da música "Born Without a Heart", de Faouzia. [N. E.]

Só os títulos dos livros já me fazem ter calafrios. *Andando sozinha: ilusões femininas da mente.* *A assassina de Tower Hamlet: quando as mulheres enlouquecem.* *Assassinato em números: faça as contas, querida.* Todos na lista dos mais vendidos.

Abro um sorriso fraco.

— Isso iria contra meus propósitos. Mas obrigada pela preocupação, Ron.

Ele franze a testa. Sempre inspirei dois tipos de resposta nos homens: um instinto protetor ou uma luxúria perversa que parece nunca ser saciada. Evito as duas coisas. O amor é algo que prego, mas que nunca pratico. Para Ron, eu poderia muito bem ser sua filha de cinco anos. Consigo ver em seu rosto inchado e gentil que ele me imagina usando trancinhas. A maneira como morde o lábio, os olhos anuviados conforme percorremos o corredor anêmico.

Na cancela de segurança, estendo a mão para pegar a pasta da paciente desconhecida.

— Eu assumo daqui.

Preciso suprimir a vontade de rir quando Ron hesita. Ah, se ele pudesse testemunhar alguns dos meus pensamentos intrusivos mais intensos...

No fim, ele me entrega a pasta.

— Tome cuidado.

Não me dignifico a responder. Em vez disso, dou as costas e passo pela cancela, marchando ao longo do saguão imaculado, o salto das botas martelando o piso como o tique-taque de um relógio.

Ninguém perceberia que estou contando todos os passos.

A jovem está jogada em um canto da pequena sala de triagem, de costas para a porta e para o painel de observação. A luz leitosa de um dia nublado penetra pela única janela, lançando manchas escassas no piso, seus feixes mal alcançando as paredes. O resto da sala, envolta em véus de penumbra, parece triste e doentio. A lâmpada do teto está apagada, e, quando verifico as anotações, descubro que a paciente é fotossensível.

O brilho vermelho e opaco da câmera do circuito de segurança dá um ar sinistro à cena.

Fico observando por um bom tempo, analisando os estremecimentos, os murmúrios, tentando captar qualquer palavra que se sobressaia. Consigo entender "orquídea", "ajuda" e "mestre". Anoto tudo em meu diário.

Sempre fui boa em assistir. Com onze anos, assistindo aos meninos do vilarejo furtarem a loja da esquina, tão presunçosos com seus bolsos cheios de doces baratos. Aos treze, assistindo ao nascer do sol na praia de Tylluan enquanto os jovens se beijavam ou transavam por trás das colinas gramadas. Aos quinze, procurando pistas no rosto de meu pai enquanto jogávamos cartas — uma ruga no cantinho do olho que era preguiçoso. *Você tem uma mente de homem aí dentro, Mins,* ele sempre dizia após minhas vitórias. Seu maior elogio.

Alguns minutos depois, peço a um enfermeiro que me dê acesso. Ele obedece, mas me entrega uma campainha portátil para emergências que o fará vir depressa. Sem tecer comentários, guardo o dispositivo no bolso.

O enfermeiro me olha com cautela, assim como o dr. Ron, mas me deixa em paz.

Eu me sento de frente para a jovem e cruzo as pernas. As sombras que se esgueiram pelos cantos me perturbam; minha imaginação evoca ameaças que não existem. Em vez disso, tento me concentrar na paciente. Fico ali sentada por alguns minutos. Esqueço de contar quantos são. Esse é o único momento — quando estou absorta em outra pessoa, quando estou ajudando uma mulher a se curar — em que consigo me livrar por completo do tique perseverante. É quando posso me deixar de lado. Em certa altura, ela se vira em minha direção, revelando um rosto surpreendentemente jovem e olhos vermelhos. Seus lábios carnudos estão rachados, a pele descamando como plástico derretido ou tinta descascada.

— Por que está me olhando? — A voz também é bastante jovem. Não tem mais do que dezoito ou dezenove anos, eu diria.

— Gostaria de conhecer você.

— Qual o seu nome?
— Mina. E o seu?

Ela hesita, e uma lágrima grossa escorre de seu olho esquerdo. Então sussurra:

— Renée.
— Muito prazer, Renée. Como você está se sentindo hoje?

Renée franze a testa e volta a se fechar, mas sou paciente. Sei que ela não faz ideia de como ou do que está sentindo. Ela é, para mim, um ponto de interrogação gigante coberto de machucados. Está pulsando com uma dor tão intensa que quase posso senti-la. A jovem lambe os lábios, os olhos correndo para a esquerda e para a direita, depois para a janela atrás de mim. Resisto ao impulso de me virar.

— Quer um pouco de suco de laranja?

Isso chama a atenção dela. Renée olha para mim, analítica, e acaba assentindo, as mechas de cabelo sujo e cor de trigo balançando como caudas gordurosas de ratazana. Ela cheira a suor velho e menstruação, mas já senti odores piores.

Aperto a campainha em minha mão, e a porta é aberta com violência.

— Pode nos trazer dois copos de suco de laranja, por favor?

O enfermeiro, um homem grande, fica me encarando.

— A campainha não é para fazer pedidos.
— Só vou precisar disso por enquanto — respondo, sorrindo.

Fico olhando até que, desconfortável com meu escrutínio minucioso de olhos arregalados, o homem suspira, balança a cabeça e sai, trancando a porta em seu rastro.

— Como você fez isso? — sussurra Renée.
— Isso o quê?
— Como você... fez ele te escutar?
— Não estão te escutando?

Renée nega com a cabeça, e noto com horror que há piolhos rastejando em seus cabelos. Fico imóvel. Completamente imóvel. Estou no controle.

— Andei pedindo água.

Ela desenha imagens invisíveis no piso acolchoado com as unhas trincadas.

— E eles não te deram?

Seu dedo se move do chão para o ar, girando e girando. Renée se inclina para a frente como se quisesse me contar um segredo.

— Ninguém me escuta. Mas o Mestre está vindo, e vai fazer todos pagarem. — A voz da jovem cai uma oitava. — Com sangue.

Reprimo uma risada repentina.

— Entendi. Bom, eles deviam ter trazido água e comida para você. Vou garantir que façam isso no futuro.

— Eu tenho comida — diz Renée, sorrindo como uma criança.

— É mesmo? Posso ver?

Ela chacoalha a cabeça e se encolhe.

— Não! Não-não-não-não-não-não-não.

Renée é como uma menininha de quatro anos escondendo o giz de cera roubado.

— Por favor?

Ela pensa, os olhos percorrendo meu rosto, meu cabelo, minhas mãos e minhas pernas cruzadas. Por fim, Renée assente e rasteja para mais perto. O fedor de podridão e sangue velho aumenta. Devagar, ela tira o punho cerrado do bolso da bata do hospital e sorri.

— Olha — sussurra, e preciso me forçar a não recuar diante do esgoto que é seu hálito.

Ela abre o punho, revelando os corpos partidos de várias moscas, aranhas e besouros. Depois, enquanto observo, a jovem os enfia na boca e mastiga os insetos com uma expressão de tamanho êxtase que quase me faz perder a compostura.

Renée faz uma pausa, olhando para mim. Cospe um pouco do banquete de insetos meio mastigados na palma da mão e, hesitante, me oferece a gosma como um presente.

— Você é muito gentil.

Devo estabelecer confiança. É vital, ou tudo que construí com ela ao longo dos últimos minutos vai desmoronar. Com o coração martelando e um comichão subindo feito ácido pelo pescoço, estico os dedos na direção da sujeira viscosa e pesco uma mosca. Um fio de saliva grossa brilha entre o inseto e a palma da mão de Renée.

O enfermeiro abre a porta e atira duas garrafinhas plásticas de suco de laranja no chão, depois se retira.

— Preciso ir agora, Renée — consigo dizer, ficando de pé. — Pode ficar com meu suco de laranja, já que você foi tão gentil ao dividir comigo a sua... refeição.

Renée sorri, com pedaços pretos de insetos nos dentes e lágrimas no rosto.

Espero até estar do outro lado da porta e ouvir o clique indicativo — e seguro — da fechadura para largar a mosca. Minha mão começa a tremer, e uma terrível e familiar coceira, uma queimação, uma *corrosão* começa a subir, espalhando-se da ponta dos dedos para a palma de minhas mãos.

Dobro a esquina no corredor, e o caminho balança como uma mola. Uma enfermeira se aproxima, palavras confusas saindo de seus lábios.

Passo apressada e esbarro nela sem querer. Murmuro um pedido de desculpas e tento não começar a correr.

Invado o banheiro para pacientes mais próximo, a porta batendo na parede oposta enquanto tropeço até a pia e abro a torneira quente, enchendo a mão de um sabonete forte de uso hospitalar antes de começar a esfregar os dedos. Eu molho. Eu esfrego. Eu enxáguo. Eu molho. Eu esfrego. Eu enxáguo. A imagem de um inseto infectado se enterrando na palma de minha mão envia outra onda de choque para meu cérebro. Fecho os olhos e esfrego com mais força, deixando a água escaldar a pele. Eu me limpo. Conto mentalmente cada azulejo esterilizado do banheiro até meu coração disparado se acalmar.

— Mantenha o controle, Murray — digo, apertando minhas mãos vermelhas em punhos cerrados. — Controle essa merda.

Meu nome é ~~████~~
Acho que é isso. Eu... Eu NÃO CONSIGO me lembrar.
Mas moro em ~~████~~, isso eu sei que é verdade.
Acordei ~~████~~ hoje de manhã.
Penas nos meus dentes. Gosto metálico na boca.
Meu cérebro pinicando, e sinto fome.
Estou com TANTA FOME. E frio.
Perdi meus sapatos na noite. Está piorando.
Meu nome é
           Meu nome...
                    ...é...

I

É isso. Esse é o propósito de tudo. A pulsação da música, o brilho das luzes, o zumbido da vida sob seus saltos. A boate lateja com as vibrações. Ela está intoxicada com a novidade vertiginosa da situação. Ela se sente livre. Liberta do controle sufocante de seu mundo clínico.

Ela caminha — desfila — da pista de dança barulhenta e multicolorida até o lado mais silencioso do pub. É um lugar decadente, e ela adora toda aquela sujeira. No bar, pede rum com Coca-Cola, segurando uma nota de dez dólares dobrada entre dois dedos, assim como viu na tevê. Com a bebida na mão, ela volta para a pista de dança pulsante.

No caminho, um homem dá em cima dela. Não é o primeiro. Ela ri e passa por ele. É um poder, de fato.

Outro homem a observa das sombras. Já está ali faz um tempo. Quando ele enfim se aproxima, ela não fica surpresa.

— Qual é o seu nome?

Ela sente um impulso imprudente de lhe dizer a verdade.

— Jennifer — mente.

O homem sorri como se soubesse do segredo. Ele a observa daquele jeito outra vez, e ela quase sente uma pontada de desconforto subindo pela coluna.

Em seguida, o sujeito lhe entrega um cartão de visita preto, bem preso entre os dois dedos, uma performance melhor do que a versão dela no bar.

— É uma oportunidade de emprego. — Ele sorri quando ela pega o cartão. — Caso interesse.

Não há quase nada escrito, exceto por um logotipo preto e brilhante no verso e um número de telefone na parte da frente.

Ela franze a testa, voltando a olhar o homem.

— O que eu digo quando...?

Mas ele já foi embora.

Prezada dra. Murray,
Achei que a senhora gostaria de ler este. Chegou através do formulário de contato do seu site.

Atenciosamente,
Kerry Andrews
Secretária da dra. Mina Murray
Harley Street, Londres

> De: LucyH@Greysons.com
> Para: Mina Murray — Formulário de Contato
> Assunto: Por favor, preciso da sua ajuda
>
> Querida Bambi,
> Prometi a mim mesma que não faria isso, mas cheguei ao ponto do desespero. Virei a criatura triste que pesquisa no Google as pessoas que a desprezaram. Ainda acho você uma escrota, mas preciso da sua ajuda. Você é psiquiatra, trabalha com mulheres — e preciso do seu auxílio profissional. Os médicos não sabem o que é isso. Não quero contar demais por escrito. Meu contato está em anexo.
>
> Espero que você retorne.
>
> Grata,
> Lucy Holmswood

3

Fico sentada no banco do carro no estacionamento em frente à Brookfields, encarando o nada. Todos os pensamentos sobre Renée fogem da minha cabeça após o e-mail de Lucy Westenra — agora, aparentemente, Lucy Holmswood — surgir em meu celular. Sufoco um soluço quando uma lembrança de Lucy brota em minha mente, fresca e vívida, seu sorriso despreocupado se espalhando pelo rosto em alguma das muitas tardes que passamos à beira-mar.

Lucy tirando uma mecha de cabelo loiro da face e dando outra tragada no cigarro, admirando a maré subir. Seus olhos eram como granizo metálico, da cor do Mar da Irlanda no inverno. E eu era a morena magricela a seu lado. Os dias eram frios, mas nenhuma de nós tinha lugar melhor para estar. Sonhávamos acordadas na maior parte do tempo, o assunto sempre o mesmo: escapar daquela cidade de fim de mundo. Lucy era mais determinada do que eu, mesmo quando fingia indiferença e jogava o cigarro fora com um peteleco. Talvez fosse porque nós duas sabíamos que eu tinha mais chances. Eu a assegurava de que ambas iríamos embora, de que nenhuma de nós seria tragada pelo poço gravitacional de Tylluan, de que nenhuma de nós seria deixada para trás. Ela zombava e perguntava se podia ficar na minha casa, como fazia tantas vezes, e eu, claro, concordava. Não havia necessidade de perguntar, mas Lucy perguntava mesmo assim. Ela era minha melhor amiga, a pessoa mais próxima que eu tinha, e eu sabia que escaparíamos juntas.

Mas então eu fugi e a deixei lá.

Ela me mandou mensagens. Telefonou. Deixou áudios me implorando para voltar para casa e, mais tarde, para que eu me explicasse. E depois, dizendo para nunca mais contatá-la.

Doze anos se passaram em um lampejo estrondoso de silêncio.

Eu nunca soube explicar. Nunca consegui encontrar as palavras para contar a ela, ou a qualquer outra pessoa, a coisa terrível que acontecera comigo naquela noite na praia. Como poderia achar as palavras para descrever o que ele fez?

Fecho os olhos e afasto as memórias.

No entanto, o rosto de Lucy assombra meus sonhos, assim como outros. Os rostos das pessoas que deixei, daquelas que decepcionei. Sonho com o País de Gales. Com a minha casa. Com a praia de Tylluan, com admirar o Castelo Cysgod por cima da fogueira, a mão quente de Lucy na minha. Com a vez em que ela me desafiou a nadar pelada no mar antes do nascer do sol. Quando implorei para que ela voltasse atrás com o desafio, a mais sagrada das apostas, e ela mesma o cumpriu, despindo-se à meia-luz e correndo para a água com a expressão de quem desafiava o oceano em pessoa a tentar impedi-la. Seu grito estridente quando atingiu a água e seguiu nadando. Depois mergulhou, e, justo quando comecei a entrar em pânico achando que ela tinha se afogado, Lucy emergiu e acenou, chamando para que eu me juntasse a ela. Eu nunca fui. A namorada de Lucy, Quincey, sempre topava. Na maioria das vezes, eu as observava perambulando juntas, tentando me persuadir a viver um pouco. A ousar um pouco. Porém, tímida demais para encarar o desafio, nunca me juntei a Lucy em nenhum de seus planos selvagens, brilhantes e desmiolados.

Doze anos segura na zona de conforto. Doze anos livre do cheiro salgado das ruas próximas ao calçadão. Doze anos livre das pessoas de ritmo lento e dos sorrisos educados e abrasivos dos felizes moradores locais. Doze anos sem uma amizade.

Um formigamento na bochecha me alerta sobre as lágrimas que caem depressa.

Parti muitos corações naquele dia, incluindo o meu. Não tenho certeza se me recuperei de fato. Não por completo.

Volto a desbloquear o telefone com a intenção de me livrar do e-mail, mas meu dedo paira, sem nunca pressionar o botão de apagar.

Franzo a testa diante da mensagem. *Os médicos não sabem o que é isso.*

Lucy está doente. Doente o bastante para deixar o orgulho de lado. Doente o bastante para que o risco de ser humilhada seja menor do que aquilo que está em jogo.

Fiz um juramento quando me tornei médica, muito antes de decidir me especializar em psiquiatria. Se abster de agir é o primeiro passo para causar danos. O que Lucy está me pedindo é algo que eu ofereceria a qualquer outra mulher que precisasse de ajuda. É o que eu faço. O fato de ser Lucy não deveria importar. Mas é claro que importa.

Abro o Google e digito "Lucy Holmswood". Encontro depressa um proclame de casamento e uma foto dela com o marido, Arthur. Ele tem cabelo ruivo, olhos cansados e um sorriso gentil. Ao lado dos traços primorosos de minha amiga, eles parecem saídos de um cartão-postal. Mas isso não é o mais surpreendente na foto. Ele é da nobreza britânica: um barão.

Dou risada em meio às lágrimas, mesmo quando a faísca de uma emoção feia e impossível de identificar se apresenta. Sou uma médica, morando em Londres. Lucy se casou com um aristocrata. Percebo que nós duas conquistamos exatamente o que queríamos.

Só não juntas.

Dou partida no motor e deixo o estacionamento da Brookfields de forma mais agressiva do que pretendia. O carro em que quase acabo batendo buzina para mim, e aceno um pedido de desculpas, o coração disparando em um ritmo compulsivo dentro do peito.

Quando chego no Marble Arch, o trânsito está parado. Ligo o rádio, mas está passando *A Hora da Mulher*, e a última coisa em que quero pensar é no que as mulheres precisam. No que *ela* precisa. Mudo para a Rádio BBC 1 e cantarolo a música sem pensar.

Ainda acho você uma escrota, mas preciso da sua ajuda. Xingo baixinho. Eu tenho uma vida aqui em Londres. Uma vida de verdade. Uma vida segura e racional. Tenho uma carreira de sucesso, tenho uma nova paciente que precisa de mim, tenho tudo o que sempre quis. Tudo pelo qual trabalhei muito... E, na altura em que o trânsito começa a andar, sei que vou deixar todas essas coisas de lado para ajudar alguém que abandonei. Alguém que me amava e que confiava em mim. Alguém que deixei para trás, apodrecendo.

Levo pouca bagagem. Uma calça xadrez escura, duas calças cigarrete — uma preta e outra listrada. Três suéteres pretos, sendo dois de lã merino e um de caxemira. Botas de couro de salto alto e outro par sem salto, só para garantir, além de um par de mocassins. Seleciono minhas joias mais simples, porém profissionais, e coloco o relógio — um Bulgari —, ciente, mas resolvendo ignorar, o fato de que estou fazendo isso para impressionar Lucy.

Depois disso, faço uma lista de tudo o que vou precisar para me sentir segura. Levo três escovas de dentes, das quais apenas uma é para a dentição. Adiciono os itens da minha higiene matinal, incluindo o hidratante com infusão de verbena e meu perfume favorito. Em seguida: água sanitária, bicarbonato de sódio e vinagre branco. Sabão. Um grande suprimento do chá galês de verbena e urtiga e, por fim, o notebook com o carregador.

Quando o relógio marca meio-dia, já arrumei todas as coisas necessárias em que consegui pensar e estou pronta para partir. Não há ninguém para informar sobre minha viagem. Não tenho compromissos a cancelar — posso acompanhar Renée remotamente caso seja necessário, e, durante a semana em que estiver fora, Ron, o plantonista gente boa, se sairá bem. Sou livre para fazer isso. Ou para não fazer, tanto faz.

Então por que está indo? Por uma lembrança? Por uma sombra?

Outro fantasma surge de meu passado. Minha mãe dessa vez. Eu me lembro da última mensagem de voz que ela me deixou. Uma mensagem ensaiada, breve e impessoal.

Oi, Mina. Espero que esteja bem. Não consigo ir a Londres para o Halloween. Talvez no Natal, o que acha? Se cuida.

Eu conhecia minha mãe bem o suficiente para saber por que ela não vinha. Por que ela quase nunca veio. Com o passar dos anos, ela foi ficando cada vez menos inclinada a fazer a viagem, e jamais retribuí o favor. Ela achava que eu não ia lembrar? Que a *Nos Galan Gaeaf* era um dos períodos mais movimentados de seu ofício? Passei anos seguindo minha mãe pela despensa, ouvindo-a falar sobre cada planta e suas propriedades mágicas, pendurando erva-doce na soleira para repelir o Diabo, mastigando dentes de alho picantes para afastar *pwcas*, amarrando um galho de visco na viga da casa — não para atrair beijos inesperados, ah, não — para proteger contra *y Gwyllgi*, o cão de Satanás. Em toda estação, ela trazia o padre para abençoar as entradas da casa, ungir com água benta e fazer uma oração. Era só nesses momentos que ela aceitava o sacramento, insistindo para que eu fizesse o mesmo. Fui criada por uma mãe que orava para um Deus cristão enquanto curava dores de cabeça dando três batidinhas com uma pedra na minha testa durante a primeira tempestade da estação, como uma boa pagã. Apenas em Tylluan um sacerdote e uma bruxa poderiam falar a mesma língua.

Sua mãe é a bruxa maluca da colina, não é?

As vozes provocavam.

Lucy está ligada às lembranças da minha mãe de forma tão inextricável quanto o sal e a água do mar. Então, se eu quiser salvar o que resta do meu relacionamento com minha mãe antes que ela me abandone para sempre, talvez ajudar Lucy possa preencher essa lacuna. É motivo suficiente para retornar a Tylluan.

Conto até trezentos e trinta e três enquanto ponho as coisas no carro e dou início à longa jornada de quatrocentos quilômetros de volta ao norte de Gales — e a um passado do qual batalhei muito para me livrar.

4

Ao me aproximar do local onde nasci, primeiro pela estrada M6 com pedágio e depois pela M56, passando cidade após cidade, vilarejo após vilarejo, uma emoção se destaca acima das outras: pavor. Estou retornando por vontade própria a um lugar pendurado na lateral do mapa britânico, um lugar ao qual prometi jamais voltar enquanto estivesse respirando.

A estrada dá voltas e curvas, labiríntica e tão *verde*. Eu tinha me esquecido de como as estradas daqui são minúsculas, cercadas por sebes verdejantes que me soam claustrofóbicas como um toque indesejado. No meio da longa vereda que leva à casa, dou de cara com um trator puxando uma carreta cheia de ovelhas e tenho que dar ré subindo um morro por quase cem metros. O homem no trator sorri e grita *"Diolch, cariad!"*. Resmungo e aceno enquanto ele passa.

Estaciono na colina longe das vistas da casa, bem ao lado do teixo velho e orgulhoso, pego o celular e digito o número de minha mãe.

— Alô? — diz ela, a voz baixa, e imediatamente sinto vontade de desligar.

— Oi, mãe.

— O que foi? — pergunta ela.

— Preciso ficar hospedada com você por uns dias.

Uma pausa.

— Aconteceu alguma coisa?
— Não.
— Deu algo errado?
— Nada, mãe. Posso ficar?
— Quando?

É agora ou nunca. Ponho o carro em primeira marcha e paro na frente do terreno. Ela está na estufa anexa à casa.

— Que tal agora?

Ela baixa o celular ao me ver, e não consigo decifrar a expressão que cruza seu rosto. Ela não está muito feliz, isso é certo.

Depois que alcança a porta, ela me olha dos pés à cabeça.

— A casa está uma bagunça.

Ela fala como se fosse uma acusação.

A casa está *sempre* uma bagunça, cheia de livros sobre todo tipo de assunto, desde usos práticos para ervas caseiras até contos sobre os elfos *Ellyllon*, potes contendo vários chás, ramos de plantas secas pendurados nos trilhos das cortinas e nas vigas de madeira, velas de cera de abelha em vários estágios de produção e um suprimento de cachecóis, tapeçarias e macramês.

Minha mãe seria classificada como uma acumuladora de primeiro nível — do tipo que coleciona coisas bonitas e que cheiram bem, ao contrário de algumas de minhas pacientes que viviam entre pilhas e túneis de jornais velhos, fezes de animais e sacolas de compras, pessoas que precisaram ser despejadas à força e postas sob cuidado estatal.

Sigo mamãe pelas portas abertas da estufa, notando que a soleira ainda está caiada a fim de impedir a entrada do Diabo. O cheiro me atinge feito um tijolo de nostalgia arremessado com força total em meu rosto. Os aromas trombam uns nos outros na corrida para atingir minhas narinas e arrancam memórias profundamente enterradas no armário cheirando a naftalina que é o sótão do meu cérebro. Jasmim, hortelã-pimenta, melaleuca e lavanda se espalhando pela casa em ondas. E, claro, verbena. A única coisa que levei comigo quando fui embora.

As plantas tomaram conta do espaço. Um tomateiro em especial está carregado, curvo e teso sob o peso dos frutos.

— A vida está fervilhando por aqui — comento de forma estratégica.

Mamãe toca uma samambaia à sua esquerda e sorri como faria se estivesse diante de um recém-nascido.

— Sim. Eu vi o primeiro narciso nesta primavera.

Tento não revirar os olhos. De acordo com as lendas galesas, ver o primeiro narciso da primavera significa que o resto do ano será de abundância, cheio de prata, ouro e todo tipo de prosperidade. Por outro lado, mamãe também acredita que, se um narciso cair murcho quando você olhar para ele, é um prenúncio de morte iminente.

— Deve ser isso — murmuro. Evito informar que as plantas bulbosas são uma das causas mais frequentes de envenenamento acidental em toda a Grã-Bretanha: o que a sua superstição teria a dizer sobre o assunto, hein?

Ouvi tantas advertências cheias de crendice ao longo da vida — *amaldiçoado é aquele que matar um tordo*, ou *destrua um ninho e nunca haverá paraíso em seu caminho* — que elas se tornaram normais. Porém, após ficar ausente por tanto tempo, vivendo no mundo real, as esquisitices de minha mãe são impossíveis de ignorar.

Uma vez, para provar que eu era dona de meu próprio nariz e que não estava presa ao cativeiro da superstição, eu tinha até mesmo trazido — embora nunca fosse contar para ela — um ramo de flores de espinheiro para dentro de casa, o que era totalmente proibido, e nenhuma sombra de desgraça me atingiu.

— Você carrega um galho de sorveira no bolso? — pergunta mamãe quando entramos na cozinha.

Lembro a mim mesma que devo ser paciente.

— Não há sorveiras onde moro, mãe.

— E o colar que seu pai e eu fizemos para você?

Eu me encolho, a bile subindo pela garganta.

— Não uso.

Ela solta um suspiro agudo e estala a língua. Em seguida, enche uma chaleira de cobre com água e a coloca sobre o fogão modelo Rayburn.

— Você ainda não tem uma chaleira elétrica?

Mamãe me dispensa com a mão.

— Coisas inúteis. Não tem nada errado em esquentar água à moda antiga.

Exceto que leva tempo. O que significa conversar. A última vez que vi minha mãe foi há alguns anos, quando ela se dignou a descer até Londres para o Natal, e não consigo me lembrar de quando foi nosso último telefonema. O Natal não correu bem, e não nos falamos desde então, ambas deixando mensagens curtas de voz com desculpas esfarrapadas e promessas vazias de "nos encontrarmos em breve".

— Mas então — diz ela, encostando-se na bancada. — Pode me contar.

— Contar o quê?

— O porquê de você estar aqui.

Bem-vinda ao lar, Mina. Como você anda, Mina? Como vai o trabalho, Mina?

— Tive notícias de Lucy. Pensei em me encontrar com ela.

Mamãe não consegue conter a risada de surpresa que lhe escapa.

— Você não vê Lucy já faz mais de uma década, Mina.

— Eu sei, mas ela me mandou um e-mail. E agora estou aqui.

Suas narinas se dilatam um pouco quando ela absorve a informação, e quase posso ler a mente de minha mãe: *não machuque aquela pobre garota de novo, Mina.* Algo em sua expressão me assusta, me dizendo que Lucy está mesmo muito doente — e não apenas um pouco mal.

— E como você tem estado? — pergunto depressa, na esperança de distraí-la e conseguir uma abordagem melhor.

— Você se importa?

— Claro que sim.

— Mas não o suficiente para me dar um telefonema de verdade em dois anos.

— Não faz dois anos... — Bom. Talvez faça. — Me desculpe, está bem?

Ela cruza os braços, parecendo genuinamente magoada, e me sinto mal.

— O quê... O que está acontecendo aqui? — questiono.

— Nada de bom. — Ela funga e abre o armário, remexendo lá dentro. — E nada que seja da conta de forasteiros.

— É isso que eu sou?

Mamãe não responde. Não responde absolutamente nada.

Ela foi o tipo de mãe que encorajava meu medo do bicho-papão, dizendo que não apenas ele era real, mas que *provavelmente* viria me pegar, fosse eu boazinha ou não. Sua fé irrestrita nos velhos costumes estava mais arraigada do que qualquer sentimento materno que possuísse, e frequentemente anulava esse instinto. Muitas vezes, me pergunto se foi por isso que, durante os primeiros dezessete anos da minha vida — e por alguns anos depois disso —, eu fui tímida feito um rato, nunca abrindo a boca para nada, sempre seguindo a deixa dos outros. Minha mãe me ensinou o medo desde o berço.

A chaleira começa a zumbir lentamente até chiar, e mamãe a tira do fogo com um pano de prato esgarçado, colocando-a em um suporte de ferro que ela tem desde antes de eu nascer. Eu a observo derramando a água fervente sobre o chá. O aroma da verbena galesa e de outras ervas preenche a atmosfera, e uma onda de calma me inunda.

— E como anda a sua vida? — pergunta mamãe quando nos sentamos na mesa atulhada da estufa com nossas canecas. — Está saindo com alguém?

— Não.

Nunca houve ninguém desde Jonathan. Mesmo agora, essa ferida em particular ainda dói. Perder Lucy e Jonathan de uma vez foi a dor que definiu minha existência.

Nós falamos dois idiomas diferentes, minha mãe e eu. Sempre foi assim, na verdade. Só que agora possuo uma voz própria. Não preciso ouvir suas reclamações sobre pássaros gigantes que entendem a língua dos homens ou sobre monstros do lago. Posso ignorar as histórias sobre demônios sugadores de sangue e espectros com velas cadavéricas. Mais importante ainda: compreendo o apelo dos delírios de minha mãe, de forma mais íntima do que ela jamais saberá. Entendo a psicologia por trás da necessidade que ela tem da ilusão, e é quase o bastante para que eu sinta pena dela.

Mas a ignorância deliberada sempre foi um vício difícil de engolir para mim, e aqui, neste último reduto esquecido, tão retrógrado que os moradores falam sobre dragões, gigantes e o povo mágico do País de Gales, os *Tylwyth Teg*, como se simplesmente tivessem desaparecido de sua terra natal em vez de nunca terem existido, a ignorância é estrutural.

— Não é selvagem o suficiente para eles — dizia com frequência o senhor Swales quando eu era criança. Ele era o fazendeiro do qual alugávamos a casa. Acordava e dormia dizendo que queria ser enterrado à moda galesa tradicional. Ele tinha uma lista de instruções que, é claro, minha mãe seguiu com uma devoção inabalável que parecia esquisita aos olhos da maioria dos moradores. Sem dúvida, suspeitavam de que os dois tivessem sido amantes, mas não era o caso. Eles simplesmente partilhavam de uma fé orgulhosa e profunda nos velhos costumes, uma afinidade por um País de Gales que havia muito desaparecido ou que, talvez, nunca tenha sequer existido. Eram ambos teimosos com suas crenças e práticas.

Certa noite, bem depois do crepúsculo, senhor Swales veio até nossa porta com o rosto pálido.

— Eu vi um *toili*, Van — disse ele, cruzando a soleira. — Vi a *canwyll corff*... a chama era vermelha.

Minha mãe ficou pálida, mas não disse nada.

— Vou ouvir a *Cyhyraeth* esta noite. Sinto isso nos meus ossos.

Minha mãe me enxotou e foi buscar seu estoque secreto de uísque. Ela e o senhor Swales ficaram conversando baixinho junto à lareira até tarde da noite. Depois, quando pedi explicações, mamãe me disse que um *toili* era um funeral fantasma — uma procissão de mortos.

— E a *canwyll*?

Sua expressão ficou solene.

— A *canwyll corff*. A vela cadavérica, trazida pelos mortos. Se a chama é branca, prenuncia a morte de uma mulher. Se é vermelha, prediz a morte de um homem. Se estiver brilhando fraco, então quem vai morrer é uma criança.

Mesmo naquela época, dei risada, e minha mãe me repreendeu, falando que eu devia respeitar "aquilo que não tinha capacidade de compreender".

Mais tarde, descobri que *Cyhyraeth* era um espectro esquelético, um mau presságio que supostamente soltava um brado sobrenatural. Aqueles marcados para morrer ouviam o som ecoando pela noite, ao longe, mas também bem perto dos ouvidos.

O fazendeiro faleceu na semana seguinte, mas, em vez de acreditar em sua previsão sombria, pensei que, muito provavelmente, ele causara um ataque cardíaco de medo em si mesmo. A racionalidade sempre foi meu maior presente.

O senhor Swales não tinha família, por isso coube a mim lavar o corpo do velho deitado na mesa da cozinha enquanto minha mãe corria pela casa cobrindo os espelhos e fechando as cortinas. Quando terminei, prestes a jogar fora a tigela de água suja do homem morto, ela agarrou meu pulso acima da pia com um arquejo agudo.

— Nunca jogue a água fora — sussurrou mamãe com fervor, os olhos arregalados e escandalizados. — Deixe embaixo da mesa. Depois que ele estiver na terra, podemos descartar.

Revirei os olhos de novo e fiz o que ela mandava, odiando com cada fibra do meu ser aqueles medos e rituais bobos e supersticiosos. Ela não conseguia enxergar como aquilo era ridículo?

Mamãe queimou sálvia e lavanda do jardim e trouxe capim-limão recém-colhido para que eu colocasse em volta do corpo flácido do senhor Swales.

Como o cadáver nunca devia ser deixado sozinho hora nenhuma — e como ninguém vinha prestar homenagem ao velho fazendeiro que, assim como mamãe, era considerado um tanto maluco —, cabia a nós ficarmos sentadas com ele em turnos, uma após a outra, durante quase três dias inteiros. À noite, mamãe insistia para que nos sentássemos juntas e bebêssemos vinho quente ou hidromel e comêssemos pão e queijo.

— Pela memória dele — dizia ela, com os olhos secos. Não era um tributo emocionado. Era simplesmente a tradição, e devia ser respeitada. Um dever. Uma obrigação. Parecia tudo tão frio e vazio para mim, uma irmã benigna da mentira.

O homem começou a feder. A princípio, era uma nota leve e azeda no ar, que minha mãe não percebeu. Mas depois piorou, e o cadáver ganhou um brilho na pele que me fazia querer vomitar toda vez que o via. Fiquei horrorizada e fascinada. Quando minha mãe assumiu a vigília do finado, fui para meu quarto pesquisar as fases da decomposição. Estávamos no verão, e, na manhã do terceiro dia, uma espuma tingida de sangue começou a vazar pelos orifícios de senhor Swales. Foi só então que mamãe anunciou que era hora de convocar os serviços funerários. Naquela manhã, nós nos ajoelhamos ao lado do corpo para o *Gwylnos*, o ritual geralmente conduzido na noite anterior ao enterro, no qual histórias sobre a boa índole do morto eram distribuídas como presentes de Natal. Em vez disso, fizemos algumas orações mecânicas.

Depois que ele foi levado embora, a casa ficou fedendo por semanas. Nunca voltamos a usar a mesa da cozinha, e, por fim, depois que esfregar as fibras teimosas da madeira não nos levou a lugar nenhum, mamãe nos fez cortá-la em pedaços e queimar tudo no terreno vizinho.

— Parece uma coisa meio escandinava, não é? — perguntei na noite da incineração. — Essa fogueira? Será que o senhor Swales aprovaria?

Os lábios de minha mãe se estreitaram, mas ela não cedeu à provocação, e me arrependo disso. O senhor Swales era seu amigo, mesmo que de um jeito estranho. E ela estava de luto, do jeito estranho dela. Nos meses seguintes, ficamos sabendo que ele havia vendido as terras e deixado a casa e o jardim para minha mãe.

Seu velório foi pequeno e silencioso. Além de nós duas, apenas alguns membros dispersos do vilarejo compareceram, talvez sentindo-se culpados por não honrar a vontade de um dos seus, ou talvez temendo sua vingança. Naquela tarde, minha mãe se sentou sozinha no degrau da frente da casa, como mandava a tradição, esperando que representantes da comunidade trouxessem pão, manteiga ou cerveja em forma de homenagem, pronta para responder "*Diolch a cymerwch attoch*", mas, de novo, ninguém apareceu.

A coisa toda foi triste, solitária e horrível, e, mesmo no presente, como uma mulher adulta, fico de coração partido pela vida isolada e vazia que o senhor Swales levou, e me pergunto se minha própria mãe terá alguém além de mim para fazer o mesmo por ela.

Quando eu morrer, deixarei instruções para uma cremação rápida. Sem confusão. Sem fardos. Nada de cerimônias torturantes, nada de superstição. Apenas um cadáver e uma chama.

Tento mais uma vez engatar uma conversa.

— E como você está, afinal? Como vão as coisas por aqui?

Ela mexe nos pratos sobre a pia, mas murmura por cima do ombro:

— Tudo na mesma.

Sem brincadeira. Ela não está facilitando.

— E o dinheiro? Como estão as finanças?

Eu deveria receber um prêmio pela coragem, por entrar de forma deliberada nessa toca de coelho.

Os ombros de mamãe ficam tensos, e prendo a respiração. Lá vem. Algum comentário sobre papai, sobre a morte dele, sobre o meu abandono...

— Tudo tranquilo.

— Tranquilo? Sério, mãe?

Ela suspira.

— Tão tranquilo quanto se pode esperar, Mina. O que você acha? Sem o salário de seu pai...

— Eu posso ajudar — ofereço depressa, sabendo que isso é algo que eu *posso* fazer, uma maneira de apaziguar as coisas.

Ela enfia uma panela com força na água com sabão da pia, espirrando o líquido sobre nós duas.

— *Não quero* seu dinheiro, Wilhelmina.

Minha mãe, teimosa como sempre. Certa vez, quando eu tinha onze ou doze anos, ela andou pela casa durante uma semana com um prego de ferro dentro da boca, até mesmo comendo e bebendo com ele, como forma de vingança contra uma vizinha fofoqueira — que nunca mais falou nada.

— Certo, tudo bem. Então talvez eu possa ajudar com as coisas enquanto estou aqui.

Ela se vira para estudar meu rosto.

— E por quanto tempo você vai ficar?

— Não sei ainda. Uma semana, talvez.

— Claro, claro — murmura ela, enxugando as mãos no avental. — É só que tenho tudo perfeitamente sob controle. Aprendi a me virar sozinha.

Concordo com a cabeça, entendendo muito bem o que ela quer dizer.

5

Quando Lucy e eu éramos crianças, olhávamos para a Propriedade Ifori e nos perguntávamos que tipo de gente levava uma vida tão encantada. Como devia ser uma pessoa que pudesse pagar por aqueles terrenos extensos com gramados tão bem-cuidados, que pudesse morar em uma casa com dezoito janelas voltadas para a frente e uma piscina coberta (ou assim presumíamos)? Decidimos que essa gente não podia ser de Tylluan. Com certeza teriam sido transplantados de Londres ou Paris, ou quem sabe do longínquo Marrocos?

— Podres de ricos — falou Lucy em uma tarde particularmente quente. Suas mãos estavam atravessadas pelo portão, que ficava a mais de oitocentos metros da casa. Ela deixava os braços pendurados de forma lânguida pelas grades, como se, ao tocar o ar do outro lado, pudesse de alguma forma absorver a riqueza por osmose.

Eu me encostei no portão e enxuguei a testa.

— Aposto que eles têm um campo de minigolfe.

— É claro que sim. Meu Deus, que coisa obscena.

Sorri para ela.

— E você adora.

— Bom, adoro mesmo. — Ela sorriu de volta, os olhos brilhando. — Um dia, Mins. Um dia, vou morar nessa casa, e então saberei que venci.

— Acredito em você — respondi, mas não acreditava. Não de verdade. Almejar a Propriedade Ifori era como almejar o Monte Olimpo. Éramos meras mortais, e o Olimpo era um mito. Gente como nós não chegava a lugares como aquele. Garotas como nós, principalmente. De alguma forma, acho que ela sabia disso.

Agora, porém, enquanto dirijo pela mesma estradinha particular que costumávamos admirar com certa ganância preguiçosa e perfeita, me dou conta, estarrecida, de que Lucy conseguiu. Lucy entrou *naquela casa*. Ela mora lá. Na casa. Ela *é* uma daquelas pessoas agora.

O caminho leva até a construção branca que todos no vilarejo conseguem ver da ponte, uma casa que qualquer um reconheceria. De perto, contudo, é ainda mais impressionante. Dezoito janelas na fachada, sim, mas as duas alas posicionadas ligeiramente para trás revelam que a habitação é muito maior do que alguns dos moradores locais imaginam. Grandiosa em todos os sentidos da palavra. Imagino Lucy boiando na (provável) piscina coberta, usando trajes de banho de grife e óculos escuros grandes demais para seu rosto. Parecendo um inseto. Eu a imagino participando de festas de gala e fazendo doações generosas a todo tipo de organização beneficente. Ela sempre se encaixou nesse estilo de vida, mesmo quando não fazia parte dele.

Ergo a aldrava da porta e a deixo cair, esperando que um mordomo atenda como em um filme antigo, mas é Lucy quem aparece. Ela entreabre os lábios ao me ver e pestaneja de forma abobalhada por vários segundos. O ar me abandona, e não consigo fazer nada além de seguir encarando.

— Puta merda — diz ela, por fim, cruzando os braços.

Ela parece a mesma, só que completamente mudada. É o mesmo rosto, mas agora ela se veste diferente. O batom roxo brilhante e o cabelo frisado foram embora. Ela usa calças e camisa brancas. O cabelo está preso em um coque frouxo, com mechas loiras emoldurando a face, a perfeita imagem de uma "dona de casa exemplar".

— O que está fazendo aqui?

— Recebi seu pedido de ajuda.

— Como é que é?

— O e-mail que você me mandou?

Uma expressão cruza seu rosto — algo que não consigo decifrar. Em seguida, ela assente.

— Ah, sim.

Lucy cheira a hidratante caro, um perfume sutil e elegante. Por baixo, porém, acho que ainda sou capaz de detectar o aroma salgado de um oceano selvagem. Talvez ela não tenha sido domesticada por completo.

— Bom — diz ela, engolindo em seco.

Esse pequeno movimento de garganta é a única indicação de que ela sente tudo menos confiança diante de mim. De perto, noto que sua pele está um pouco emaciada, escondida sob a maquiagem aplicada com cuidado. Ela pegou pesado no blush, mas há manchas roxas sob seus olhos. Ela está magra.

— Bom, vamos entrar então — diz Lucy, conduzindo-me porta adentro com um movimento do braço, as sobrancelhas tão arqueadas que poderiam estar grudadas à linha do cabelo.

Lucy me leva por um saguão iluminado, pintado em amarelo-claro e adornado por cornijas e molduras perfeitamente brancas no teto. Olhando por cima do ombro, ela me flagra espiando.

— Pois é — comenta, continuando a andar. — É tudo original. A casa é georgiana, mas algumas partes da propriedade são muito mais antigas. A área em que estamos foi reconstruída em 1710 pelo chanceler de St. Asaph. A lareira é de mármore — acrescenta. — Também original, projetada pelo arquiteto Joseph Turner. O gesso foi aplicado ao estilo de Robert Adam.

Quando Lucy me dá as costas, reviro os olhos. Uma jovem uniformizada faz a curva no corredor. Ela percebe minha expressão e reprime um sorriso ao passar.

— Cariad, querida — chama Lucy, abordando a funcionária. — Leve um pouco de chá para o salão azul.

A jovem faz uma reverência.

— Claro, senhora.

Será que Lucy acha de verdade que esqueci que ela é a mesma garota que fez desenhos no ônibus com marcador permanente e foi escoltada pela polícia? Ou que ela e Quincey costumavam fazer competições de cuspe à distância? Um ponto por acertar a pedra colocada a um metro de distância e dois pontos caso a cusparada grudasse na vitrine da loja da esquina.

Seguimos andando e viramos à esquerda em um cômodo azul-claro. O já mencionado salão azul, suponho. Há pouca mobília — dois sofás brancos com almofadas azuis contrastam com as paredes azul-claras, e uma poltrona azul-escura foi posicionada no canto para servir como um ponto de contraste. Arandelas douradas de parede foram montadas ao lado de quadros a óleo com molduras folheadas, iluminados um a um. E, sim — há outra "lareira de mármore original", igual àquela que Lucy tão presunçosamente me apresentou no corredor. Se não fosse tão elegante, seria brega.

Lucy ergue ainda mais as sobrancelhas, sorrindo daquele jeito novo, satisfeita consigo mesma, e gesticula para que eu me sente.

Tomo um dos sofás brancos, analisando o espaço. Eu me pergunto o quanto da decoração está igual a quando éramos crianças e o quanto é obra dela. Não sei dizer. Aqui e ali, é possível ver pela sala toques elegantes de cerâmica e vasos de planta em tons de bege e azul-pavão que fazem o espaço parecer vivo. Como nunca conheci Lucy enquanto uma mulher adulta, não tenho como saber se esse é o estilo dela ou não. Aos dezessete, ela tendia a usar cores e estampas espalhafatosas e descombinadas de propósito para se destacar e, sem dúvida, irritar sua mãe, que não dava muita bola para nada ou ninguém a menos que a coisa estivesse gritando bem diante do seu nariz. Assim, Lucy gritava com cores e tecidos.

Ficamos sentadas um tanto constrangidas, esperando o chá chegar.

— Eu estava bebendo — diz ela de repente, após um longo silêncio.

— Como é?

— Quando mandei o e-mail.

— Ah.

Uma pausa.

— Procurei você no Google — comenta ela.

— Você disse. Também procurei você no Google.

— E os resultados foram interessantes? — Lucy inclina a cabeça, o queixo erguido em desafio. Ela sopra uma mecha de cabelo para longe de um jeito totalmente novo; imagino que tenha pegado um maneirismo do marido?

Faço um gesto vago com a mão.

— A maior parte só falava sobre Arthur e Ifori.

A farpa está lá, e ela a sente.

— Não encontrei nada sobre seu marido — responde Lucy, recostando-se no sofá, aguardando com expectativa.

— Ah, Deus. — Dou risada e me encosto também. — Ando ocupada *demais* para ter um marido.

— Entendi.

Ela estampa um sorriso rígido no rosto enquanto a mesma jovem que vi no corredor entra com um carrinho contendo chá e *bara brith*.

— Obrigada, Cariad.

A funcionária assente e lança um pequeno sorriso em minha direção.

— Aproveitem.

— Fique à vontade — diz Lucy, pegando o bule e servindo duas xícaras. Tudo muito polido. — Não tenho nenhum daqueles chás bizarros que sua mãe costumava obrigar a gente a beber, mas um Darjeeling deve servir.

— Está ótimo, obrigada.

Pego a xícara, ignorando o leite e o açúcar. Ela acrescenta os dois na própria xícara e nos acomodamos para beber e comer, observando uma à outra. Mal consigo despertar o apetite, mas me forço a mastigar e engolir, mastigar e engolir. Porcelana fina, mais chique do que meu conjunto cinza caro, mas prático. Somos duas atrizes amadoras em uma peça para a qual não nos lembramos de ter concorrido ao papel.

Depois de um longo silêncio regado apenas pelo som de lábios estalando e goles controlados, inclino-me para a frente.

— Por que me chamou até aqui, Lucy?
Ela ri com desdém.
— Foi coisa de bêbada. Acontece.
— Se estava bêbada, significa que suas inibições ficaram baixas. E eu obviamente estava na sua cabeça.
— Vai meter essa de psicanalista para cima de mim?
Dou de ombros.
— *In vino, veritas.*
Lucy ri com ironia.
— E agora do nada você se importa?
Um pinicar no pescoço e uma coceira na palma da mão esquerda me alertam sobre um tique nervoso prestes a começar.
— Só estou tentando ser sua amiga.
Lucy ri.
— Eu tenho amigas.
Suspiro, e um silêncio pesado e espesso toma conta de nós.
— O que você quer de mim? Estou aqui para me humilhar ou para ajudar?
Ela está respirando com força agora.
— Quero uma explicação.
É claro.
Tudo aquilo não passou de uma manobra para obter respostas sobre por que fui embora anos atrás. Saber o motivo de eu a ter abandonado.
A única saída é encarar a coisa de frente. Sei disso porque dou o mesmo conselho para minhas pacientes, e Lucy agora é minha paciente.
— Aconteceu algo comigo... antes de eu ir embora.
Lucy franze a testa, um pouco da raiva deixando seu rosto.
— Como assim?
Engulo em seco, e a palma das minhas mãos e a cicatriz em meu pescoço estão coçando.
— Prefiro não tocar nesse assunto.
Não falo mais nada, mas esta é Lucy, minha ex-melhor amiga e parceira de crimes, a pessoa que um dia já me conheceu melhor do que

eu mesma. Algo muda em seu rosto, algum tipo de compreensão — de mim, do passado, dos eventos que ocorreram há mais de uma década. A percepção de que nada daquilo teve a ver com ela.

— Ah, meu Deus... Mina. — Antes que eu entenda o que está acontecendo, ela me puxa para um abraço. — Por que não me contou? — sussurra Lucy.

— Já é passado — declaro, usando o tom mais convincente que consigo, mas há algo de reconfortante em estar outra vez em seus braços.

Percebo que, durante todo esse tempo, tive medo de contar a ela, de como revelar a verdade em voz alta poderia me deixar em pedaços. Mas, com Lucy, eu nunca precisei dizer nada.

— Sua idiota — murmura ela em meu ombro. — Eu teria ajudado você a fugir.

Fecho os olhos e me permito sentir o calor do abraço. Quando Lucy se afasta, há lágrimas em seus olhos.

— A vida não é sempre o que a gente espera que seja, não é? — diz ela.

O rosto de Jonathan Harker lampeja em minha mente, mas o deixo de lado. Passei os últimos doze anos programando meus dias com uma eficiência regimentar. Nada acontece caso eu não planeje. Não mais.

— Agora, por que não me conta o que está havendo? — pergunto.

Seu suspiro é curto e pesado, e, por um momento, acho de verdade que ela vai fazer uma piada, mudar de assunto ou negar. Foi tudo um plano para que eu enfim voltasse para casa. Afinal, o que mais ela poderia fazer depois que me recusei a atender qualquer uma de suas ligações e permaneci em silêncio por mais de uma década?

Mas Lucy parece tomar uma decisão sobre alguma coisa.

— Estou doente. Estou... Eu acho. Não tenho certeza.

Ela se abraça, um gesto que já vi em várias das mulheres que tratei, e agora Lucy tem minha atenção. Meu cérebro começa a reparar em coisas que não notei antes porque ela é... bem, ela é Lucy. Abraçando o próprio corpo. Examinando a sala em intervalos. Verificando os pontos de acesso. Uma contração na pálpebra inferior esquerda. E, é claro, o quão magra ela está. A maquiagem pesada e o blush carregado. Lucy era ótima com maquiagens, sempre foi. O que estaria escondendo?

Volto a me recostar.

— Me fale o que está acontecendo.

Suas mãos apertam os braços e relaxam, apertam e relaxam, repetindo o movimento. Padrões de autorregulação.

— Tenho lapsos temporais — conta ela. — Estou sempre cansada. Tenho pesadelos. Acordo em lugares estranhos, às vezes no jardim. Ontem à noite, acordei abrindo a trava da janela do meu quarto. Se não tivesse acordado, eu poderia ter... — Ela engole em seco e desvia o rosto, seus olhos vidrados. — Tenho algumas brotoejas estranhas pelo corpo e vivo muito esgotada e assustada. Arisca. Nunca quero sair de casa. E... estou tão... Eu me sinto tão... fraca.

Não fico totalmente surpresa quando ela irrompe em lágrimas. Saio do sofá e vou até a porta, fechando-a devagarinho para que possamos ficar a sós e Lucy se sinta mais segura. Sua sala de estar se transformou em meu consultório.

— Andou tomando algum medicamento novo nos últimos tempos? Qualquer coisa que possa causar efeitos colaterais ou uma reação alérgica? — pergunto.

Lucy nega com a cabeça.

— O que você está descrevendo — explico — parece uma resposta ao estresse.

As pessoas sempre ficam menos alarmadas quando digo que o estresse é a causa de uma dor.

Ela seca as lágrimas, borrando a maquiagem.

— Eu não... não sei o que isso significa.

— Pode significar que você está tentando processar algo que aconteceu. Algo doloroso. Pode ser estresse pós-traumático — sugiro. — Lapso temporal, fraqueza, fadiga, pesadelos... são todos sintomas clássicos de trauma. — Faço uma pausa. — Aconteceu alguma coisa ultimamente? Alguma coisa que você achou difícil de gerenciar?

— Eu... não me lembro.

— Tudo bem. Me conte um pouco sobre a sua vida. Só as coisas do dia a dia. O que você costuma fazer. Me atualize.

Lucy exala, aparentemente feliz por mudar para um tópico mais fácil.

— Acordo às oito e espero Arthur sair para o trabalho. Então me arrumo para enfrentar o dia. Normalmente, tenho reuniões ou eventos para organizar. Isso pode significar tanto ir ao clube almoçar com as senhoras do comitê quanto ficar enviando e-mails aqui do escritório de casa para as organizações. Geralmente estou bem ocupada.

Ela acrescenta a última parte com os ares de alguém tentando provar seu valor, depois volta a esfregar os braços.

— Oferecemos muitos jantares e eventos beneficentes. Tenho que garantir que as doações sejam feitas, que o bufê esteja resolvido, que os locais sejam aprovados, que a imprensa seja informada... é muita coisa.

— Tenho certeza de que é — afirmo, e estou sendo sincera. — Uma vez, participei de um baile de caridade entre médicos. A quantidade de planejamento que deve ter sido necessária...

— É um trabalho em tempo integral — diz Lucy, rindo, mas novas lágrimas caem.

— É estressante?

De novo, ela abraça o próprio corpo. Noto que seu esmalte está descascado, como se ela andasse roendo as unhas.

— Não mais do que estou acostumada para esse tipo de evento.

— Eu acharia estressante — comento.

— Acho que... a frequência deles é um pouco exagerada às vezes. Quer dizer, quantas festas de gala você consegue de fato oferecer em um único ano? E, às vezes, Arthur quer que elas sejam realizadas num país diferente de última hora, só para agradar um cliente ou um benfeitor. Eu já organizei uma festa em Dubai com dois dias de antecedência. Foi um pesadelo tentar resolver tudo. E os preços... — Ela ri baixinho. — Pelo menos com essa parte ele não se preocupa.

— Parece pesado.

— Se fossem menos eventos ou se Arthur e eu pudéssemos passar algum tempo longe... seria bom.

Eu quis ligar tantas vezes para Lucy ao longo dos anos. Ela nunca esteve longe do meu pensamento, mesmo contra a minha vontade, mesmo sabendo que eu merecia aquilo. A vida que imaginei vê-la levando não era tão distante daquela que Lucy descrevia, só que, na minha cabeça, ela estava absurdamente feliz. Um clichê perfeito de Cinderela.

— Você já consultou um médico sobre isso? Descartou qualquer tipo de condição de saúde, como apneia do sono?

Lucy assente.

— Fiz exames de sangue um tempo atrás. Vieram normais.

— Se eu fosse você, repetiria, só para garantir. Para descartar coisas tipo anemia, diabetes ou... — Hesito.

— Ou o quê?

É uma pergunta esquisita, mas só porque é ela.

— Você poderia estar grávida?

Lucy sorri.

— Não.

Concordo com a cabeça, sem querer me intrometer demais.

— Mas pode ser outra coisa. Você devia fazer um check-up.

— Acho que sim. Anemia ou diabetes explicariam o sonambulismo?

— Não, mas poderiam explicar a fadiga e a erupção cutânea. Você já sentiu palpitações?

— Sim.

— Dores de cabeça?

— Sim.

— Me dê as mãos — peço, segurando seus dedos. Quando ela obedece, a pele está fria feito gelo.

— Acho que você pode estar anêmica, Lucy. Minha recomendação seria fazer outro exame de sangue o quanto antes.

— Acho que consigo ligar para marcar uma consulta hoje à tarde. — Ela parece feliz, muito aliviada. — Pode mesmo ser algo assim tão simples?

Eu hesito. Os lapsos temporais, o sonambulismo... nada disso seria explicado por uma anemia.

— É um começo — respondo, e o rosto dela desaba. Parece haver algo que ela não está me contando.

— Eu só queria poder me lembrar do que esqueci, se é que esqueci alguma coisa. — Ela estreita os olhos como se estivesse tentando, e mais lágrimas correm por seu rosto. — Eu... — Ela hesita. — Não me lembro de ter mandado um e-mail para você.

— Tudo bem. Vamos resolver isso sem pressa. Vou ver como posso ajudar.

— Você vai ficar?

Ela se parece tanto com a Lucy de antigamente, com o rímel preto borrado no rosto, que uma segunda imagem de minha amiga com dezessete anos sobrepõe a primeira. A Lucy de dezessete anos pergunta: "*Você vem comigo?*". Seus olhos arregalados e esperançosos em igual medida.

E, ao contrário do que aconteceu doze anos atrás, dessa vez eu digo que sim.

Ritos de sangue: a verdadeira espiritualidade e o folclore do País de Gales (1837)
Por Garthewin Helig Jones

Cuidado, não chame a atenção do maligno, mestre da morte, nem de seu senhor mesquinho, o Arglwydd Gwaed, que vaga pelos caminhos da meia-noite em busca de andarilhos desatentos. Sob o rugido do vento e do oceano, o uivo grotesco de Gwyllgi, o cão preto de hálito sinistro, ou dos pwcas, seres perversos que por vezes portam a forma de um potro selvagem, são sinais reveladores de que ele está perto. Leve bagas de sorveira no bolso e espinheiro trançado em volta do pescoço. Caso ouça o gemido desencarnado de uma de suas Cyhyraeth ou testemunhe a luz de uma vela cadavérica, na floresta, no campo ou na montanha, continue andando e não olhe para trás, não importa o quanto as criaturas ladrem ou chorem, para que assim seus olhos não recaiam sobre ele e você não mais respire. Se estiver em uma encruzilhada, segure o fôlego até passar — Arglwydd Gwaed anseia por sangue vivo acima de tudo.

6

Quando acordo de manhã, estou me sentindo mais leve do que nunca, ainda que esteja no meu quarto de infância que não mudou desde que fugi da cidade aos dezessete anos. Pelo menos mamãe não o modificou. Eu me espreguiço de forma luxuriosa, contemplando as partículas de sol através das frestas das cortinas. Ao voltar para casa na noite anterior, encontrei um bilhete sucinto de mamãe dizendo que ela "desistiu de esperar" e foi para a cama.

Fiquei acordada e esfreguei o banheiro do chão ao teto, o que levou quatro horas, mas valeu a pena. Agora sei que posso me levantar, fazer minha higiene, sair para correr e tomar outro banho com tranquilidade antes de esfregar tudo de novo. A segunda vez será muito mais rápida, talvez até mais do que no chuveiro do meu apartamento, já que a ducha daqui fica acima da banheira e não implicará esfregar centenas de azulejos um por um.

Mamãe ainda não está de pé quando chego à cozinha, mas me deixou outro bilhete preso na geladeira. Parece que essa é nossa nova forma de comunicação.

Mina,
Fiquei acordada até tarde para o ritual de purificação da Lua Cheia e depois esperando você.

*Não me acorde.
Por favor, passe no vilarejo e compre um pouco de pão, leite e ovos.
O dinheiro está na mesa.*

Fantástico. Tenho doze anos de novo. As memórias voltam com tudo em uma onda horrível.

Eu ia sair para correr de qualquer maneira, penso. Não vejo por que não posso correr até o vilarejo, pegar os suprimentos e voltar. Seria legal ter ovos para o café da manhã, e que melhor maneira de quebrar esse verniz gelado que mamãe está usando do que com rabanadas?

Assim, deixo a casa, trancando a porta mesmo sabendo que mamãe nunca faz isso.

O ar gelado da manhã bate em meu rosto e meus pulmões, e a geada está pesada e branca, cobrindo as sebes. É meu momento favorito do dia, as horas antes do frescor desaparecer na agitação de uma nova segunda-feira. Na metade do caminho até o vilarejo, me deparo com dois rostos vagamente familiares. As velhinhas param e fazem cara feia para mim quando passo, seus cães latindo e puxando a coleira.

— Essa não é a...? — diz uma delas.

A outra faz um sinal para afastar o Diabo. Começo a correr mais depressa. Este vilarejo. Este maldito vilarejo. Nada mudou.

A corrida é mais longa do que estou acostumada, e, quando chego à banca de jornais na Market Street, estou suando horrores. Ao entrar, me pergunto vagamente se o senhor Wynn ainda é o proprietário da loja.

E sim, ele é. Extremamente envelhecido, o senhor Wynn está sentado atrás do balcão, lendo o jornal da manhã. Ele não levanta os olhos quando a sineta dourada acima da porta anuncia minha entrada. Queria saber se ele ainda se lembra dos verões em que trabalhei aqui, abastecendo as prateleiras para ganhar alguns trocados.

Agarro um saco de pães de maneira apressada e percebo que o pacote ainda tem o mesmo logotipo de Tylluan colado na lateral. Nada aqui parece mudar. As garrafas de leite ainda são do tipo antiquado de vidro, aquele que você só vê na soleira da porta de algumas casas de Londres no dia da entrega. Acrescento meia dúzia de ovos à pilha e me encaminho para o caixa.

O senhor Wynn não ergue os olhos quando ponho os itens no balcão, e noto um recorte de jornal colado na caixa registradora jurássica por trás da qual ele está sentado: "Garota local desaparecida".

Abaixo da manchete, a foto de uma menina ao lado de outro rosto conhecido. Estreito os olhos e me inclino para conseguir ler.

"'Estamos fazendo o possível para encontrar Seren Evans', disse a inspetora de polícia Quincey Morris em seu comunicado."

A ex-namorada de Lucy, Quincey, parece calma e confiante na foto, e balanço a cabeça, abismada. Quincey, geralmente a primeira a se juntar aos rapazes quando eles invadiam a loja da esquina a fim de roubar uma cerveja ou duas, agora é *policial*. Que loucura.

— Bom dia, senhor Wynn — acabo dizendo, já que o homem não me nota.

Ele bufa em surpresa e ergue o rosto.

— Ora, ora.

— Vou levar só o básico hoje.

— A filha pródiga retorna — resmunga ele, me encarando, os olhos com remelas e cheios de julgamento.

— Parece que sim.

— E parece que o vasto mundo lá fora não atendeu às suas expectativas exageradas?

Engulo um suspiro.

— Pelo contrário. Moro em Londres. Voltei apenas para visitar.

Ele bufa, registrando manualmente os preços na máquina do caixa. Nada de melhorias para este pequeno estabelecimento então. É claro que não.

— Esnobe.

— Como é?

— Quatro e cinquenta — diz ele sem nenhuma pausa.

Solto no balcão as moedas que mamãe me deu, exatamente quatro libras e cinquenta.

— O senhor me dá uma sacola, por favor?

— Custa cinco centavos.

Não tenho mais dinheiro, e suponho que ele saiba disso, dada a minha calça de lycra e a falta de bolsos.

— Deixa para lá.

Pego as compras, irritada com aquele homem, com o vilarejo e comigo mesma por não ter pensado em trazer uma porcaria de sacola. Agora vou precisar correr para casa segurando os itens contra o peito.

Sou uma psiquiatra, uma profissional da mente, e estou me deixando afetar por esse velho rabugento, assim como sempre acontecia quando eu era criança. *Arrume o leite direito, menina. Empilhe os chocolates em ordem alfabética, menina. Você está fazendo errado, menina.* Fico tão distraída que abro a porta e saio na rua sem prestar atenção, dando de cara com tudo em um peito largo.

Deixo as coisas caírem e fico olhando com uma sensação horrível de inevitabilidade enquanto os ovos e a garrafa de leite se quebram na calçada. O pão rola para debaixo de uma van estacionada ali perto.

— Merda!

Lanço um olhar fulminante para a parede de músculos coberta de lã à minha frente, apenas para me deparar com um par de olhos cinzentos e familiares.

Todas as sensações me abandonam de repente.

— *Jonathan?*

Os olhos de Jonathan Harker são a única coisa que não mudou nesses doze anos. Porque o restante dele... seu rosto... Tento não encarar as cicatrizes sinistras que dividem seu outrora adorável rosto, indo da têmpora esquerda ao lado direito do queixo, puxando sua boca para baixo em uma careta perpétua. Alguns traços são lívidos e vermelhos, outros, retorcidos, de uma cor prateada e brilhante.

Ele arregala os olhos por uma fração de segundo, depois os estreita, as sobrancelhas pesadas descendo feito venezianas.

— Oi — acrescento sem muita firmeza.

Ele não responde, mas também não sai do meu caminho.

— Mina — acaba dizendo, a voz rouca.

Minha garganta fica apertada. O que aconteceu com ele? Algo terrível e doloroso. Quase solto um arquejo, mas o contenho no último minuto, concentrando-me em todas as outras maneiras pelas quais Jonathan está mudado.

Por exemplo, o quanto ele cresceu. Seu pescoço está mais robusto, os ombros estão mais largos, e há uma camada de barba por fazer bastante tentadora salpicada em suas bochechas, nas áreas de pele que não são nodosas ou brilhantes com as cicatrizes. Não há muitas partes assim em seu rosto... Uma onda de terror me atinge outra vez quando processo o quanto Jonathan costumava ser lindo, o quão perfeitas sempre achei suas feições, mas, em vez disso, foco no quanto ele está alto agora, obrigando meus lábios a não tremerem.

Abro a boca para dizer alguma coisa, sem saber ao certo o que, mas ele passa por mim e entra na loja, pisando de forma deliberada na bagunça de ovo e leite cobrindo a calçada.

— C-como você está? — consigo perguntar, minha voz falhando.

Ele para, pensa um pouco e depois se vira.

— Bem, e você?

Assinto de maneira estúpida.

— Está hospedada na sua antiga casa?

— Estou. É como se nada tivesse mudado.

Mas é claro que mudou... e ver Jonathan prova isso. Eu o encaro por um instante a mais do que deveria. Ele percebe minha atenção percorrendo seu semblante machucado e fica tenso.

Jonathan e eu estudamos juntos, ele algumas séries na minha frente, e eu gostava muito dele. Lucy sabia disso, é claro, de modo que, certa noite, durante uma das festas costumeiras na praia, ela o apontou para mim do outro lado da fogueira. "Rostinho bonito", disse Lucy, o que agora pareceria cruel. Fiquei vermelha, mas não discordei. Suponho que tenha sido uma confirmação para ela. Mina Murray tinha uma queda por Jonathan Harker.

Eu tinha quinze anos na época. Jonathan, aos dezessete, era barulhento, confiante, o líder dos rapazes. Era bastante rico por causa das terras cultivadas que a família possuía, mas não esfregava isso na cara de ninguém. Pelo contrário, até comprava batatas fritas bem quentinhas no café da praia, trazendo várias porções para nós, que ficávamos perto da caçamba onde a fogueia ardia. Um de seus amigos, Lee, trazia um engradado de Coca-Cola, e os dois distribuíam os refrigerantes casualmente como se não fosse nada. Em uma noite gelada de praia, no entanto, era o que fazia aquelas festas parecerem seguras e prósperas. *Ele* era o que fazia as festas parecerem seguras e prósperas. Em um vilarejo sem nada localizado em canto nenhum, ele fizera a praia de Tylluan parecer nosso segredo. Nossa casa de veraneio, só que sem uma casa.

Os rapazes tinham trazido álcool também, uma garrafa de vodca barata roubada do estoque dos pais, e estávamos ficando soltos e tontos, reunidos em grupos perto da fogueira, passando a garrafa de mão em mão. Estávamos aquecidos, por fora e por dentro, de barriga cheia, entupidos de carboidrato e birita.

Foi Lucy quem sugeriu jogar Verdade ou Consequência.

Quando chegou a vez de Jonathan, ele escolheu verdade.

— Fala de quem você gosta — disse Lucy, e fiquei horrorizada.

Até, é claro, Jonathan responder, na mais perfeita tranquilidade:

— Ela está sentada bem do seu lado.

Os rapazes gritaram e deram gargalhadas, mas Jonathan só ficou me encarando, seu olhar sólido e inabalável, um meio-sorriso nos lábios.

— Metido — murmurou Quincey.

Mas não pude deixar de sorrir quando Lucy sussurrou em meu ouvido:

— É o destino.

Jonathan não se importava com o que as outras pessoas pensavam. Era dono de si, mesmo aos dezessete anos.

Ficamos juntos durante dois anos irretocáveis. Ainda me lembro da sensação dos lábios dele nos meus, de seu cheiro, de seu gosto...

— Jonathan...

— Preciso ir.

Franzo a testa e fico olhando enquanto esse homem familiar, mas irreconhecível, volta a entrar na loja.

Balanço a cabeça, me ajoelhando para tentar pescar de baixo da van a única compra que deixei ilesa — o pão. Agarro o pacote entre os dedos indicador e médio e puxo, ainda confusa e abalada por Jonathan.

A porta da loja é aberta e fechada outra vez, a sineta tilintando, e Jonathan passa sem dizer uma palavra. Quero chamá-lo, quero implorar para que compreenda, mas o homem que se afasta é um desconhecido.

II

O peso invisível do cartão de visita parece imenso em sua bolsa, um chamado saído do vazio. Magnético. Uma oportunidade. Um trabalho. Uma vida nova.

Ela tinha voltado para o apartamento sujo que dividia com mais três pessoas e discado o número no cartão de visita, apertando o celular contra o rosto como se fosse uma tábua de salvação.

Alguém vai buscar você hoje à noite na sua casa.

A voz era profunda. Sedutora.

Quando as outras garotas perguntaram por que estava se arrumando, ela mentiu e falou que queria sair de novo. Duas noites seguidas? Sozinha?

— Festeira, hein? — disseram elas.

— Vai arrumar problema — disseram elas.

— Ela é pior que a gente — disseram elas.

A confiança vazava por cada um de seus poros brilhantes conforme ela entrava no vestido e aplicava com cuidado os cílios postiços. Confiança. Ela estava embriagada daquilo. Mas só até ficar parada na calçada em frente ao apartamento e perceber que nunca dera seu endereço ao homem no telefone.

A decepção foi esmagadora.

Era uma piada. Uma pegadinha. Um engano.

A LOUCURA

Porém, de repente, uma 4x4 preta com vidros escuros estaciona a seu lado, bem no instante em que ela havia decidido dar meia-volta. Ela franze a testa, indecisa.

A porta se abre, dando para um interior escuro.

— Jennifer.

Ela confirma com a cabeça, perplexa. Abismada. Como eles sabiam onde ela morava?

— Entre.

Ela hesita, olhando por cima do ombro. Mas de que serviria aquilo tudo senão para arriscar, para dar um salto de fé?

Depois que entra no carro, ela não consegue mais enxergar a rua. Os vidros traseiros do veículo não foram apenas obscurecidos; foram totalmente bloqueados, não permitindo qualquer indicação de para onde estavam indo. A frente do carro é isolada do banco traseiro, parece um caixão.

A escuridão é completa, mas ela sabe que há alguém sentado a seu lado. Seria o mesmo homem do pub?

Ela é convidada a descer na frente de um beco estreito.

— Por ali — diz a voz do homem, e uma mão enluvada aponta a direção.

Ela não sabe onde está. Existem apenas duas opções. Fazer o que ele diz ou voltar para o carro.

Ela segue em frente.

No fim do beco, alcança um par de portas pretas com o mesmo símbolo que estava impresso no cartão de visita. Não há ninguém nos arredores. Ela começa a se sentir menos confiante. Um calafrio a percorre, aquela sensação inerente a toda garota de que não devia estar ali. De que deveria fugir. De que foi longe demais. A porta se abre antes que ela possa dar meia-volta, e então a conduzem por um corredor escuro. Até um cômodo lateral.

Uma mulher usando máscara, que pouco faz para esconder a meia-idade, arranca a garota de seu melhor vestido, que ela comprou em uma loja de departamento por um preço razoável, e o atira de lado como se fosse lixo. E é mesmo, pensa a garota. Está começando a ter uma noção das coisas. Aquela é só a ponta do iceberg.

Seus cílios postiços são removidos, o rosto é limpo. Ela não tem mais a aparência que pretendia, e está despida. Fresca. Jovem.

É colocada em um vestido de seda que mais parece ar, deslizando pela pele feito uma nascente de águas calmas. Ela é ungida, perfumada, alimentada com coisas cujo nome não sabe, regada com champanhe e com algo que lhe dizem ser Dalmore 62. Não significa nada para ela, além de saber que parece uísque e que é amargo. Ela pede mais champanhe e o recebe, com bolhas douradas estourando em sua língua ansiosa. A bebida sobe à cabeça depressa, de modo que, quando é escoltada para fora do vestiário minúsculo atulhado de livros, passando por corredores labirínticos e escadas tortuosas de madeira laminada, ela não seria capaz de encontrar a saída mesmo se quisesse.

É algo imprudente. Ela sabe disso. Ela adora.

Homens mascarados olham conforme ela passa, e a garota sente de novo aquela coisa inebriante, aquela coisa que nunca sentira até pouco tempo atrás: poder. Cada homem ali está de olho nela. Desejando. Ela flutua entre as nuvens, bebendo, comendo canapés e qualquer substância desconhecida que lhe oferecem. Ela é tocada — na mão, com gentileza, na bochecha, no ombro, dedos roçando sua pele de forma casta, com reverência, passada de mão em mão como uma obra de arte rara exibida para admiração.

Ela vai até um bar ornamentado onde os homens sussurram no ouvido de belas mulheres. Eles a olham, cada um deles, e a garota se pergunta: *Por que estou aqui? Que tipo de trabalho é esse? Ficar bonita?*

Uma jovem está à sua esquerda, debruçada no bar.

— Mais uma dose — diz ela, pondo um copo no tampo brilhoso.

Ela se vira para Jennifer.

— Não é uma loucura? — comenta, um sorriso conspiratório erguendo seus lábios. — Que eles nos paguem para *flertar*?

Jennifer arqueia uma sobrancelha.

— É para isso que eles pagam? Só isso?

— Aham. E eu faço com prazer. — Ela sorri. — Sou Chloe, por sinal.
— Jennifer. — Está ficando mais fácil mentir.

As sombras crescem na periferia das coisas, tornando o mundo abafado e mole, e ela dá risada e dança e sente sua imensa beleza, com Chloe a seu lado, igualmente adorável.

Um minuto ou uma eternidade depois, um homem vem atrás de Chloe. Ela beija Jennifer na bochecha.

— A gente se vê depois.

Ela fica olhando enquanto Chloe é levada embora.

Algum tempo depois, ela é escoltada para fora dos cômodos sinuosos e retorcidos, para longe do esplendor brilhante e direto para o ar gelado da noite. Ela não tem noção de tempo ou lugar, mas o céu está aberto sobre sua cabeça. E lá está o 4x4 preto, e a apressam para entrar.

Ele está sentado de frente para ela no banco. Seu rosto é uma máscara, escondendo algo terrível e belo por baixo. Quando ele sorri, ela tem vontade de gritar, mesmo quando o calor se espalha por entre suas pernas. Terror e excitação misturados a um aroma inescapável.

Ela não consegue falar. Mas ele, sim.

— Boa noite — diz.

7

Dirijo até a casa de Lucy outra vez, com um vinho de caixinha jogado no banco a meu lado. Dou uma risada sem humor. Lucy costumava pensar que aquilo era o auge da sofisticação. Lembro de um verão em que ela me implorou para tentar roubar vinho de uma loja Tesco enfiando a embalagem cartonada sob o moletom para fingir uma gravidez. Seu argumento era de que meu rosto era o mais confiável e de que ninguém ousaria incomodar uma jovem grávida.

Jonathan estava conosco e se recusou a permitir que tal esquema acontecesse, salvando minha pele, desconfio, de ter que contrariar Lucy, que sempre foi temperamental mesmo em seus melhores dias. Em vez disso, ele entrou na loja, falou com uma das atendentes e nos levou até os fundos do lugar, onde, menos de cinco minutos depois, ela apareceu com um vinho de caixinha debaixo do braço.

— Cuidado para não serem pegos — avisou ela, piscando para Jonathan, e nós, obedientes e um tanto constrangidos, dissemos que iríamos tomar cuidado.

Ficamos largados na praia naquele dia e vimos o sol se pôr, rindo e dançando, nossas línguas com gosto de vinho barato e vinagre.

Dessa vez, quando bato na porta de Lucy, sou recebida pela jovem que nos trouxe chá na última visita.

— A senhora Holmswood vai se juntar à senhorita em breve — diz ela, a voz doce e aguda.

Senhora Holmswood. É tão estranho que ela não seja mais Lucy Westenra. Sempre fui e sempre serei Mina Murray.

Sou conduzida até uma sala de estar menor e deixada sozinha. Vagueio pelo espaço por um tempo, observando os porta-retratos: Lucy ao lado de um homem mais alto, com o rosto ligeiramente vermelho. Depois, de novo, os dois em trajes de casamento. Lucy está linda, com o cabelo preso no topo da cabeça, pontilhado pelo que parecem ser alfinetes de diamante que cintilam na luz. Seu vestido é justo e elegante, com mangas compridas de renda e decote em coração. Ela está virada em um perfil de três quartos, mostrando a parte de trás do vestido, sorrindo para um Arthur mais jovem, muito orgulhoso.

Lucy parece radiante de felicidade.

E eu não estava lá para ver.

Um comichão desconfortável no canto do olho me diz que é hora de parar de olhar aquilo. Eu me sento perto da janela alta e observo o terreno bem-cuidado. A grama é de um verde exuberante, mesmo sob a luz fraca de setembro.

A sensação peculiar de ser a paciente aguardando a terapia toma conta de mim, e preciso me lembrar com firmeza de que *eu* sou a terapeuta. Ainda assim... Já faz um tempo que não tenho nenhum tipo de vida social, e estou sem prática nisso de não haver barreiras entre mim e as pacientes.

Essa não é uma visita de amigas. Olho o vinho e me pergunto se devo levá-lo de volta para o carro antes que Lucy chegue, mas sou pega por um sentimento estranho de... algo. Um calor ante à ideia de ter alguém com quem conversar.

— Mina! Mil desculpas. Cariad acabou de me dizer que você estava aqui!

Ela entra na sala rindo, ainda radiante, os braços abertos.

Congelo por um momento, sem saber se deveria ficar de pé ou não, mas Lucy dá três passos largos até minha poltrona e se inclina para um abraço cheio de intimidade.

O vinho aos meus pés balança, o conteúdo formando marolas lá dentro.

— Ah... — Lucy nota a bebida. Então seu rosto se ilumina e ela começa a rir. — Ah, meu Deus! Eu me lembro disso! Você não trouxe essa coisa escondida no sutiã, trouxe?

— Mas é claro que sim. Aprendi com os gregos em Troia — comento, sorrindo.

Aquela *coisa* familiar se encaixa outra vez, confortável, e me lembro de como é a sensação. Rir de algo besta com uma amiga. Porém, de novo, a memória vem acompanhada de uma pontada de tristeza. Nunca fiz outra amizade depois de Lucy. Nem uma sequer. Minha vida em Oxford foi solitária, ocupada pelos estudos, passando a maior parte do tempo entre as aulas e a biblioteca. Dormir cedo, levantar cedo. Eu tinha conseguido três estágios — qualquer coisa para *não pensar*. Foi nessa época que começou a mania de limpeza. As outras surgiram depois.

— Espere aí — diz Lucy, saindo com pressa da sala.

Olho para o carpete, para as marcas deixadas pelos saltos dela e que agora somem, e tento engolir as emoções crescentes. Estão todas me pegando de surpresa, mas não tenho tempo para isso. Estou aqui para examiná-la, não para trazer à tona sentimentos do passado com os quais claramente não tenho capacidade de lidar.

Lucy volta com duas canecas, erguendo e abaixando as sobrancelhas para mim.

É minha vez de rir.

— Meu Deus, esqueci que a gente só bebia em canecas, fingindo que eram taças de vinho muito sofisticadas.

— Exceto no dia da praia com o vinho de caixinha, lembra? A gente se revezou segurando a embalagem um para o outro e virando direto no gargalo.

Uma onda de risadas estoura entre nós.

— Era como se a gente estivesse se afogando — recordo, sorrindo.

— Glub glub glub glub! — exclama Lucy, imitando o movimento.

— No fim, acho que Jonathan tinha mais vinho em cima dele do que dentro dele — comento, me lembrando da risada fácil que ele tinha na época.

— Nossa, eu fiquei tão preocupada na manhã seguinte. Acordei convencida de que o vinho derramado ia manchar meu cabelo de roxo.

— Oh, não! — Dou risada, arregalando os olhos. — Tudo menos o cabelo!

Abro o lacre na borda da caixinha como uma velha profissional, e Lucy puxa uma poltrona para mais perto da minha. Ela se senta com um suspiro longo e estende as canecas com expectativa.

Assim que cada uma pega sua dose, nós duas viramos para observar o gramado quase ao mesmo tempo.

Lucy prova um gole e balbucia:

— Jesus! Isso é revoltante.

Cheiro minha caneca e faço uma careta.

— Não, de jeito nenhum — diz Lucy. — Foi você que trouxe essa coisa, agora tem que beber também!

Tomo um gole pequeno, e um gosto de vinagre aguado pinica minha garganta.

— Credo.

— Como que a gente bebia essa merda? — Ela se levanta e pega minha caneca, depois vai até a janela, abre o vidro e joga o líquido fora. — Vamos declarar que nossas versões mais jovens eram duas idiotas e tomar uma bebida de verdade.

Lucy deixa as canecas em cima do radiador junto à porta e segue para um minibar que fica perto de uma mesa de apoio.

— O que vai ser?

Eu tinha a intenção de permanecer sóbria, mesmo com o vinho barato, mas... *que se dane.*

— Uísque, se tiver.

— Tenho vários litros.

Ela serve uma dose considerável em dois copos. Entrega minha dose, tira os sapatos e se acomoda na poltrona.

Tento não chamar muita atenção enquanto verifico se o copo está limpo e, satisfeita, tomo um gole. A bebida desce suave.

— Muito melhor — concorda Lucy.

Ficamos sentadas em um silêncio reconfortante por alguns instantes. Meu olhar corre outra vez para a fotografia de casamento de Lucy, para aquele casal radiante.

— Você parece tão feliz nessa foto... Sabe, você quase não me contou nada dele.

— Do Arthur? Não contei?

Passo o dedo pela borda do copo, me perguntando se estou xeretando demais.

— Ele saiu para trabalhar, mas deve voltar... — Lucy verifica o relógio dourado em seu pulso. — daqui a umas quatro horas, eu acho.

— O que ele faz da vida?

Lucy se levanta para reabastecer seu copo. Ela aponta para o decantador, mas apenas lhe mostro meu copo ainda praticamente cheio.

— Ele tem uma empresa de logística — diz ela, voltando a se sentar na poltrona.

— Como vocês se conheceram? Em algum clube chique de Conwy?

Ela ri, seu olhar ficando desfocado ao contemplar as memórias.

— Sim. Eu tinha dezoito ou dezenove anos e fiquei sabendo de uma festa no clube por meio de um colega meu. Me arrumei, joguei qualquer juízo fora e entrei na festa de penetra como se tivesse sido convidada.

Abro um sorriso.

— Você sempre foi boa nisso.

— Obrigada. Eu só queria dançar, beber um pouco de champanhe e comer uns canapés antes de voltar para o meu buraco. Arty me encontrou perto do piano. Eu tinha perdido um pouco da coragem e estava me escondendo.

Meu cérebro vacila ao ouvir o apelido. *Arty?*

— É difícil de acreditar. Você? Perdendo a coragem?

Ela me olha de lado e depois volta a encarar o nada.

— Às vezes acontece ao longo dos anos. Ele me convidou para dançar. Fiquei apavorada, pensei que estava óbvio que eu não pertencia àquele lugar. Minha ideia de elegância ainda precisava ser refinada naquela época. Mas Arty... ele fez eu me sentir acolhida.

— Ele descobriu que você não devia estar na festa?

— Claro. Ele sabia o tempo inteiro. Era a festa de aniversário dele. Vinte e cinco anos. Acho que foi por isso que veio falar comigo. Quando a dança acabou, conversamos um pouco. Eu sabia que precisava me mandar dali, por isso escapei enquanto Arty fazia o brinde de aniversário.

— E como ele te achou de novo?

— Ele correu atrás de mim. Me alcançou perto da saída e me pediu para almoçar na casa dele, *nesta* casa, no fim de semana. E aí eu fui. Confessei que tinha entrado de penetra na festa, e ele confessou que já sabia disso o tempo todo.

Lucy ri outra vez, corando lindamente com a lembrança. Eu gostaria de ter estado aqui para vivenciar isso com ela.

Tomo minha bebida sem mais comentários, espiando a infinidade de porta-retratos sobre a cornija e depois a pintura a óleo em cima da lareira, mostrando os dois.

— Eu sei — diz ela, sorrindo. — Somos ridículos.

— Ah, só um pouquinho. E... nada de filhos?

Lucy dispensa a pergunta com um abanar da mão.

— E quem tem tempo para isso?

— E você sempre odiou crianças — ofereço.

— Também. — Ela fica em silêncio por um momento, depois estremece. — Não. Eca.

Aquilo me arranca uma risada. É tão... *Lucy*. Abaixo o copo vazio, percebendo como minha cabeça está ficando quente e sem freio. É hora de me controlar.

— Você acabou indo para a universidade?

Lucy nega com a cabeça. Um cacho brilhante de cabelo se solta da fivela.

— Não. Fiquei aqui. Não consegui as notas. E ainda bem, ou então não teria conhecido Arthur. — Sua voz adquire um tom caloroso e suave. — E ele é a melhor coisa que já me aconteceu.

Sorrio.

— Dá para ver. Você parece feliz. De verdade.

Ela inclina a cabeça como se estivesse constrangida.

— Obrigada.

— Sabe, nós duas conseguimos fugir do vilarejo, cada uma à sua maneira.

Lucy sorri.

— Como sempre dissemos. Você com a universidade, e eu com Arthur.

— Bom, Arthur com certeza é melhor que Mark Rhuddlan — comento, com o rosto bem sério, citando o namorado que Lucy teve na segunda série. Ele era feio como um sapo e certa vez desenhou para ela um bilhetinho romântico em giz de cera assinado com o próprio ranho.

Lucy fica paralisada na poltrona e depois solta uma gargalhada, bufando pelo nariz.

— Mark Rhuddlan! Que golpe baixo, sua vadia!

Damos gritos de tanto rir, ambas convulsionando nas poltronas. A porta se abre, e Cariad, com uma expressão preocupada, entra correndo.

— Senhora, está tudo...?

Nós duas paramos ao vê-la, congeladas ao sermos pegas no flagra. Mas depois começamos a chorar de tanto rir, porque a funcionária parece tão chocada, mais ainda quando Lucy escorrega da poltrona, cai de bunda no carpete e rola de costas, as pernas no ar.

— Vou deixar as senhoras à vontade — diz Cariad, e se retira.

Decido que é melhor me juntar a Lucy lá embaixo e deslizo para o chão também. Lucy se senta, encostada na base do sofá, tira os sapatos e coloca os pés com meias no meu colo, assim como costumávamos fazer. Como se nada tivesse mudado, e eu me sinto... segura.

— Faz anos que não bebo — diz ela, dando risadinhas. — E agora estou me perguntando o motivo.

— Porque somos duas idiotas risonhas quando estamos bêbadas.

— Existem três tipos de bêbado — recita Lucy, como sempre fazia quando era adolescente. — O bêbado chorão, o bêbado brincalhão e...

— O bêbado que fica rindo! — exclamamos em uníssono.

— Somos iguaizinhas, eu e você — diz ela, abrindo um sorriso. Depois estende a mão. — Posso viver com isso.

Seguro seus dedos nos meus.

— Eu também.

— Mas quero saber da sua vida amorosa, Mina Murray. Quero cada detalhe sórdido, cada...

Lucy se interrompe e fica imóvel, assustada e lenta, como se o tempo estivesse pausado.

— Luce?

Seus lábios tremem — ela parece aterrorizada, olhando por cima do meu ombro. Um choque de medo pulsa em meu corpo, e giro para olhar para trás, mas a sala está vazia. De repente, estou me sentindo muito sóbria.

Quando volto a me virar, ela está tremendo. Lembro de forma muito vívida o motivo de eu estar ali.

Seguro suas mãos entre as minhas e aperto.

— Lucy, é a Mina. Consegue me ouvir?

Nada.

Ela me olha, esfregando o rosto repetidas vezes como se estivesse tentando afastar um fio de cabelo, mas então sua boca se abre bem devagar e continua aberta em um grito silencioso. Seus olhos se arregalam, e uma lágrima escorre por sua bochecha antes de Lucy desmaiar, os músculos se contraindo com violência. Grunhidos horríveis, guturais e tensos escapam de sua boca.

Caio de joelhos e a viro de lado, registrando a hora em meu relógio. Ela cospe uma espuma rosada, e me amaldiçoo por não ter reagido antes. Espero que ela não morda a língua. Tento acalmá-la acariciando seu cabelo e falando baixinho. É provável que ela não esteja ciente de mim ou de qualquer outra coisa, mas, assim como minha reação, é algo instintivo.

Um minuto se passa.

Dois.

No terceiro, começo a ficar preocupada. Mais de cinco minutos e é uma emergência médica. Pego o celular, pronta para chamar uma ambulância, mas as convulsões diminuem e depois vão embora. Lucy suspira, e a respiração retorna ao ritmo. Sua pele recupera um pouco da cor.

Não é a primeira vez que testemunho uma convulsão. E tenho certeza de que não será a última. Mas é diferente, é claro, quando é com sua amiga, alguém que você conhece e ama, quando é inesperado...

Verifico a pulsação e uso a manta do sofá para limpar a saliva ao redor de sua boca, examinando se ela não machucou muito a língua. Coloco Lucy na pose de recuperação e aguardo. O período pós-ictal pode demorar vários minutos.

Há quanto tempo ela estaria tendo convulsões? Existe uma chance de Lucy não ter notado ainda. Seu relato sobre confusão mental e lapso de tempo — como não se lembrar de ter me mandado um e-mail — pode ser simplesmente isto: episódios epilépticos. Tento lembrar se ela mencionou alguma queda ou ferimento na cabeça, mas nenhuma memória surge. Faço uma nota mental para perguntar isso a ela. Tento recordar nossa infância, se ela já tinha tido algum apagão, mas não... nunca houve nada. Estávamos quase sempre juntas, e Lucy era um exemplo de saúde perfeita e efervescente.

Depois de um tempo, ela geme, seus olhos se abrem e ela tenta se levantar. Permito que ela se sente e verifico a palma de suas mãos. Estão geladas e pegajosas. Lucy ergue a mão para puxar a camisa de forma aérea e vejo a erupção cutânea que ela mencionou — e um arquejo de horror sobe pelo meu peito. Quase me afasto, desejando ficar o mais longe possível.

A erupção, se é que é uma erupção mesmo, é grotesca.

É como se a estrutura da pele tivesse desmoronado sob os poros. Dezenas e dezenas de minúsculos buracos negros, semelhantes a cabeças de formiga, estão espalhados feito confete retorcido sobre a pele rosa e arroxeada. Não consigo desviar os olhos, mesmo quando minha pele se arrepia e a garganta fecha. É cem por cento tripofóbico. É aterrorizante.

Não consigo desviar os olhos.

A respiração de Lucy é superficial e rápida, e ela vacila um pouco ao se sentar. Ela solta um suspiro, e meus alarmes internos desligam de novo.

— Certo, está tudo bem — murmuro, cobrindo-a com a manta, ignorando o verdadeiro motivo pelo qual estou fazendo isso. — Vamos nos deitar outra vez, OK?

— Mmm — Lucy murmura, tentando se levantar.

Eu a forço com gentileza para baixo e verifico seu pulso. Está acelerado, mas forte.

— Não — geme Lucy, me afastando. — Mestre...

Tento segurá-la, mas ela volta a se erguer depressa com uma força surpreendente. Fico de pé em seu encalço. Ela me encara de frente, seus olhos me fulminando com perseverança. Depois, Lucy rasga a camisa em um movimento rápido, os botões voando, expondo um par de seios pálidos e uma superfície daquelas erupções na pele. Fico ali imóvel, congelada, enquanto, com um sorriso horrível, ela começa a passar as unhas bem-feitas na pele, deixando arranhões sangrentos em seu rastro. Lucy dá risada.

O sangue me traz de volta à realidade, mesmo quando a bile sobe por minha garganta.

— Lucy!

Agarro suas mãos, tentando impedi-la, mas ela se liberta, segura meu rosto e corre a língua por minha bochecha.

— É doce — sussurra em meu ouvido.

Eu me afasto, olhando com pavor enquanto ela caminha até a janela tropeçando nos próprios pés. Corro atrás dela, mas Lucy desmaia, tendo convulsões pela segunda vez.

— Que merda, Lucy.

— Mes... por favor... por favor... M... na... Mina!

E então outro grito rasga o ar:

— *Lucy*!

O homem de rosto vermelho — o marido dela, Arthur — invade o cômodo com um brilho selvagem nos olhos. Ele tem estatura e constituição medianas, o cabelo ruivo está ficando ralo no topo da cabeça, e os olhos gentis agora estão cheios de preocupação.

— Lucy! Você está bem?

— Mina — geme Lucy de novo, e Arthur quase colide comigo.

— Ela está bem? O que aconteceu?

— Precisamos levá-la para o hospital. Agora.

Estou prestes a tentar erguê-la nos braços em alguma demonstração galante de força ou gritar para que Arthur chame uma ambulância quando os olhos de Lucy se arregalam, e, após um rápido tremor dos globos oculares, ela me encara e se senta.

— Eu vou te matar, porra.

A respiração dele condensa na janela fria.

Para além do vidro: duas mulheres.

O sangue bombeando, quente e tentador, através de veias frágeis e membranas finas. Elas bebem em copos de cristal, línguas úmidas percorrendo lábios carnudos, mãos delicadas percorrendo cabelos sedosos. O calor delas irradia através da janela como um farol, deixando-o louco em seu frenesi silencioso.

O impulso de reivindicá-las é forte; a carne, jovem e imaculada, tem um perfume doce mesmo àquela distância. Folículos de cabelo caem como cristais no luar crescente conforme elas se movem e dançam, a respiração pulsando em ondas na superfície da realidade.

Ele deseja coletar seus gritos.

Ele engole em seco, se demora e observa.

E aguarda.

Fifield Road, nº 17, Peckham, Londres, Reino Unido
02h43 no horário local

Uma luz anêmica tremula ao longo das paredes de um complexo de apartamentos subterrâneos em Londres, o eco de goteiras sonolentas batendo nas paredes de gesso cinzento soando como sentenças de morte. Os apartamentos são do pior tipo, quadrados e úmidos, dormitórios para aqueles pobres demais para se importar ou desesperados demais para pensar nisso.

No 2B, uma mulher encara fixamente a parede à frente; seus olhos astutos — contornados por rugas finas nascidas de franzir o rosto, não de risadas — procuram padrões em meio ao caos. O gesso encardido está repleto de artigos de revistas, recortes de jornais, fotos, xérox, notas rabiscadas às pressas, mapas de cada continente e cidade e post-its de várias cores, tudo conectado por fios de lã vermelha que se projetam a partir de uma única silhueta marcada com um ponto de interrogação bem no centro.

Quem é você?

Ela sussurra a pergunta de novo e de novo, como um mantra, sua obsessão particular. *Quem diabos é você?* Às vezes, ela diz: *vou te encontrar.* E, mais importante ainda: *Vou te matar.*

O marido a achava louca, maníaca, obsessiva... por isso ela foi embora.

Não precisa de muito. Um colchão. Um banheiro. Um fogão portátil conectado a uma tomada escurecida. Seus computadores. Um disco rígido externo conectado ao sistema para queimar o fusível caso ela não digite a senha todos os dias.

Dispositivos de segurança contra falhas.

Lá fora, o mundo segue seu rumo.

Lá dentro, ela segue caçando.

8

As andorinhas dão cambalhotas e mergulham enquanto caminho pela trilha outrora familiar das colinas, a geada matinal estalando sob minhas galochas emprestadas. Cercada de ambos os lados pelas sebes imponentes, sinto-me pequena outra vez. Jovem outra vez. Percebo, conforme ando, que o País de Gales nunca deixou meu sangue. A agudeza do ar gelado, o cheiro argiloso da terra em minhas narinas, os ossos profundos e antigos sob o caminho aos meus pés... Londres não tem nada dessa selvageria primordial.

Enquanto garoa, um chuvisco de névoa fina cobrindo a penumbra antes do amanhecer, minha mente é engolida por Lucy. No momento, ela está segura no hospital com um Arthur em pânico ao lado.

Eu vou te matar, porra.

Ainda estou meio chocada com a gravidade do episódio de Lucy. Durante nossos encontros, ela parecera tão lúcida, tão normal, que foi fácil esquecer o motivo de ela ter me chamado até aqui. Foi fácil me convencer de que talvez tudo o que ela estava descrevendo fosse na verdade resultado do estresse, e de que talvez ela quisesse me ter de volta em sua vida mais como amiga do que como terapeuta. Só posso esperar que os médicos daqui consigam ir a fundo no diagnóstico e prescrever para Lucy o medicamento antiepiléptico certo, de modo que isso nunca mais aconteça.

E aquela erupção cutânea... não consegui tirá-la da cabeça. Pesquisei por referências desse tipo de erupção a noite inteira e não encontrei nada. Estou assombrada por ela.

Balançando a cabeça, sigo em frente. Percebo que estou entrando por uma trilha familiar, quase imperceptível, as botas chapinhando na lama cada vez mais espessa. As árvores encurvadas são as mesmas de doze anos atrás, e, assim como fazia na época, eu as admiro, hipnotizada pelas sombras dançantes no chão conforme a madrugada se transforma em dia, feixes arrepiantes de claridade atravessando os galhos como lanças.

As árvores sussurram segredos que eu ainda gostaria de poder decifrar. Os pássaros estão entregues à fofoca, passando do chapim ao tordo, do ferreirinha ao abibe.

Depois de um tempo, as árvores dão lugar a um céu azul e profundo, eletrificado pelos vestígios de uma tempestade que se aproxima feito uma lua crescente, mas não paro de andar. Os ecos dos balidos das ovelhas, em sintonia com o chamado rouco dos corvos carniceiros, contribuem para a sinfonia que é meu passado. E meu presente.

Vislumbro Jonathan caminhando ao longe, uma silhueta escura, mas reconhecível, a cabeça baixa contra o vento e as mãos nos bolsos do casaco de lã enquanto se aproxima da colina Eithin, cujo nome vem do tojo amarelo que a recobre na primavera. Sei que vim até aqui para procurar por ele.

Uma emoção repentina e abrangente atinge meu peito como uma pedra, e uma memória vem à tona, aguda e nítida.

— *Saudade.* — O professor Milton andava de um lado para o outro durante a aula de Introdução à Psicologia em Oxford, batendo com uma régua de madeira na palma da mão. Eu estava contando o ritmo. Passo, batida, passo, batida, passo, batida.

Ele deu meia-volta de repente e caminhou para o outro lado.

— *Saudade* é uma palavra em português que encapsula o sentimento de profunda nostalgia, melancolia e a falta de algo ou alguém que amamos, mas que talvez nunca mais tenhamos conosco ou vejamos outra vez.

Hiraeth, eu me lembro de ter pensado, o peso do luto em meu peito.

Enxugo o nariz, estremecendo quando o vento norte acaricia meu cabelo, murmurando em meu pescoço. Jonathan faz uma pausa a fim de examinar o vale, então me vê e fica imóvel. Inclino a cabeça, correndo para alcançá-lo no topo da última subida. O vento fica mais forte, gelado como uma repreenda em minhas orelhas.

Já estou sem fôlego quando encaro seu rosto arruinado e castigado pelo tempo. Agora vejo que há mais coisas nele que permaneceram iguais além dos olhos. O cabelo ainda fica espetado do mesmo jeito, mais para a esquerda do que para a direita. A covinha no nariz ainda está ali, talvez até mais funda, como as depressões do próprio vale. Ele ainda é Jonathan, e eu ainda sou Mina. No entanto, nada é como antes.

Por favor, me perdoe.

— Oi — consigo dizer, controlando a voz.

— Não esperava te ver na minha colina de novo.

— Eu não esperava estar aqui. — Escondo as mãos nos bolsos da jaqueta. — Então. Nosso encontro na mercearia foi meio...

— Inesperado.

— Muito inesperado.

Jonathan olha para longe e de volta para mim, enfiando as mãos debaixo das axilas. Fico novamente impressionada com o quão alto ele é e com o quão largo seu corpo fica naquela jaqueta de lã, que parece macia o suficiente para eu me encostar. Noto também como são terríveis as cicatrizes, como desfiguraram um olho e contorceram sua boca naquele esgar horrível. Anseio por tocá-las e remover as marcas dali, por restaurar o que foi tirado, e não apenas na pele, mas de forma mais profunda. O calor irradia de Jonathan em ondas varridas depressa pelo vento, e sinto vontade de me inclinar para ele como costumava fazer, enfiar a cabeça em seu peito e sentir seus braços me envolverem, formando um lugar seguro.

Uma ovelha solta um balido sofrido, e Jonathan desvia o olhar para o outro lado.

— Desculpe por ter sido meio sem jeito.

Dou uma risada amarga.

— Você não foi sem jeito. Foi seco. Agressivo, até.

Ele fecha os olhos por uma fração de segundo. Quando volta a abri-los, as íris são do mesmo cinza metálico e inflexível do céu.

— O que você esperava?

— Não sei — admito.

— O que está fazendo aqui?

— Acho que vim te procurar.

Jonathan franze a testa, os olhos semicerrados.

— Por quê?

Ele quer respostas. Consigo ver em suas feições endurecidas. Acima de nós, as nuvens se enrolam e se retorcem, cada vez mais furiosas. A qualquer momento, vamos tomar um banho. Digo a mim mesma que não é nada que nenhum de nós já não tenha suportado antes, mas a tempestade soa como uma ameaça.

— Eu... Você ficou na minha cabeça. Ver você de novo foi meio chocante.

Jonathan fecha a cara.

— As memórias — explico. — Fiquei chocada com a quantidade de memórias.

Ele grunhe.

— Aham.

— E o que *você* está fazendo aqui?

— O que você acha?

— Procurando um lugar legal para desovar um corpo? — sugiro, rindo de maneira desajeitada.

Ele não responde.

— Por acaso você esqueceu como se ri nos últimos anos?

Ele dá um suspiro profundo e desvia os olhos. Mais uma vez, não responde nada.

Mordo o lábio.

— Você não está me ajudando muito nessa conversa, Jonathan.

— É difícil saber o que dizer.

Eu hesito.

— Quer que eu vá embora?

— Não necessariamente.

Ficamos em silêncio, um silêncio que cresce forte como artemísia.

— Espero que não se incomode com minha invasão.

— Está tudo bem — murmura Jonathan, a voz baixa. — Olha, não posso ficar muito tempo. Tenho uma ovelha prenha me esperando.

Solto um suspiro com os lábios franzidos.

— Estou tentando te dizer uma coisa importante.

— Pode começar falando a verdade.

A verdade. Não posso entrar nesse assunto. Mas, para ser justa, devo uma explicação a Jonathan sobre o motivo pelo qual fugi sem dizer uma palavra e nunca mais entrei em contato.

— Você se lembra daquela noite na praia quando Lucy quis jogar Verdade ou Consequência? — Eu me encolho, e minhas bochechas ficam coradas. Por que diabos mencionei isso?

— Não.

Quero me esconder embaixo de uma pedra.

— Certo. — Já que comecei, resolvo seguir em frente sem nenhuma prudência: — Bom... você escolheu verdade.

De novo, Jonathan não emite uma palavra.

— Você sabia?

— Do quê?

Minhas bochechas estão em chamas. Ele não está facilitando minha vida.

— Ah, você sabe... tipo... que eu...

Não sei dizer se estou percebendo um pequeno indício de diversão em Jonathan. Talvez seja só minha imaginação sob toda aquela carranca.

Ele me olha de cima.

— Você o quê?

— Você com certeza sabe.

— Puta merda, Murray, só fala logo!

— Estou tentando! — exclamo, uma risada nervosa saindo de mim. — Eu estava *tentando* dizer que eu já gostava de você fazia meses naquela época.

— E daí? Foi séculos atrás.

A raiva me queima.

— Foi por isso que disse aos outros que gostava de mim? Por que sabia que era recíproco?

— Ah, que lindo — rebate Jonathan. — Foi isso que pensou de mim?

— Não... Quer dizer, talvez. Minha autoestima não era lá das mais altas naquela época.

— Não — concorda ele, me olhando dos pés à cabeça. — Você agora é um exemplo de autoconfiança.

Ele está expondo minhas fachadas, uma após a outra.

Chego mais perto, incapaz de conter um arquejo repentino.

— Naquela época, você dizia o que pensava.

O peito dele sobe. Desce. Seus olhos procuram meu rosto.

— E veja onde isso me levou.

— Suas cicatrizes — deixo escapar. — Seja lá o que aconteceu com você. — Tento tocá-lo. — Eu sinto muito que...

Jonathan vira de lado, saindo do meu alcance.

— Não. Não se atreva a tentar me confortar, porra.

Um trovão explode no céu.

— Eu...

Mas então ele se vira outra vez, diminuindo a distância entre nós, os lábios a centímetros dos meus.

— Você foi embora. Sem dizer nada, Mina. Você *foi embora*. Perdeu o direito de fazer... seja lá o que for isso.

Seus olhos cintilam, os lábios se afastando para exibir os dentes. Assisto enquanto suas muralhas se erguem. Tão familiares. Semelhantes às minhas.

Com as cicatrizes já deixando sua boca deformada, aquele esgar de escárnio parece algo assustador, como uma fenda em um carvalho atingido por um raio. E, no entanto, ainda há uma beleza miserável em suas feições. Meu coração bate forte contra as costelas, minha respiração encontrando a dele onde esta se curva, condensada e branca na manhã. Jonathan chega mais perto, e meu corpo o segue como um ímã.

Engulo em seco.

— Eu podia ser sua amiga...

Desejo tanto que ele diga que sim.

Mas suas muralhas são impenetráveis.

— Não depois que você partiu meu coração.

Ele sai andando, e fico olhando Jonathan se afastar enquanto o céu se rasga, me encharcando com a chuva fria do País de Gales.

Para: MinaMurray@Murray.net
De: RonaldWexler@StaffordPractice.co.uk
Assunto: Sua paciente desconhecida

Cara dra. Murray,

Aqui é o dr. Wexler, o plantonista da noite da Brookfields. Estou escrevendo para atualizá-la da situação. Fui chamado para tratar sua paciente Renée esta noite e devo confessar que fiquei um tanto alarmado com as condições em que a encontrei. A equipe me informou que, logo após sua avaliação inicial, três dias atrás, a jovem permaneceu calma e lúcida, mas, desde então, Renée se tornou destrutiva e deu um jeito de se machucar. Investiguei quem era o médico designado ao caso e vi que era o dr. John Seward.

Eu ficaria grato se pudesse comparecer para uma nova consulta ou se você considerasse virar a terapeuta encarregada da garota, já que ela parece responder bem à sua presença.

Atenciosamente,
Ron Wexler — Bacharel em Medicina e Cirurgia

9

— Vem dar uma volta comigo, Bambi.
A voz de Lucy era irritante. Era quase o fim do último semestre, e minha prova de matemática seria na manhã seguinte, às dez.

— Sem chance.

— Vamos, vai ser rápido. Prometo.

Lucy, minha melhor amiga incurável em sua busca por diversão, não era conhecida pelos programas rápidos. Eu estava exatamente onde queria e precisava estar. Para além da diversão, minhas notas — três notas máximas era o necessário para obter a vaga em Oxford — seriam minha passagem para longe dali.

Todas e quaisquer festas das quais participei tinham sido em benefício de Lucy, desde que não houvesse provas na agenda. Nunca gostei de festas.

Passei a noite estudando o último capítulo sobre números inteiros, fazendo todas as equações que pude encontrar, e depois fiquei me revirando na cama, preocupada por Lucy ainda não ter me mandado uma mensagem. Terminou sendo um simples caso da bateria do celular dela acabando e da festa durando tempo demais, mas entrei em pânico.

Agora, dirigindo de volta para Londres, essa velha sensação familiar retorna, pesando em meu peito como a gárgula de uma paralisia do sono. Será que ela está bem? Devo me preocupar? Deveria ter ficado?

Mas Arthur me garantiu ter tudo sob controle. Ele mesmo viu o que aconteceu com Lucy — e prometeu cuidar dela. No fim, foi esse fato, aliado ao conhecimento de que Seward anda interferindo no tratamento de Renée, que tomou a decisão por mim. Fiz minhas malas de manhã e deixei um bilhete para mamãe, avisando que fui chamada em casa e que ligaria para ela no dia seguinte, não querendo acordá-la ou perturbar qualquer ritual que ela pudesse estar realizando. Duvido que ela fique surpresa. Pode até ser um alívio. Saber que não vou precisar encarar outra discussão com ela ou ouvir seus sermões me deixa mais animada quanto a ir embora. Meu único arrependimento é Lucy. E Jonathan.

A viagem é longa e monótona, com muito tempo para pensar em tudo o que aconteceu nos últimos dias, mas eu me afogo em Wagner. Quando entro no apartamento, não há nada esperando por mim. É um espaço familiar, claro, mas vazio e pouco convidativo. De repente, parece a casa de um estranho, fria e procedural, cheia de linhas retas em cinza, canos cromados e tampos de vidro. Não há acolhimento, cores ou qualquer indício de personalidade — nem mesmo uma planta. Aqui mora uma máquina, não uma mulher.

A casa de mamãe tinha um cheiro maravilhoso e complexo, com notas doces e amargas, aromas de ervas de todos os tipos, alguns em flor, outros não, misturados ao perfume de café recém-coado, chá de verbena, pão e bacon. De alguma forma, a casa de Lucy conseguia cheirar ao oceano, a lençóis macios, quartos limpos e lírios. Fecho os olhos e tento detectar o cheiro da minha própria casa, mas tudo o que consigo perceber é o leve rastro de alvejante velho e autocontrole. Não há quadros nas paredes ou uma única fotografia sobre o aparador. Eu nem sequer tenho a porcaria de um aparador.

Penso em tudo que recuperei em Tylluan: reviver a amizade com Lucy, encontrar Jonathan de novo e dividir um teto com minha mãe — mesmo que seja de má vontade da parte dela. Mas Lucy está no hospital, mamãe mal me tolera e Jonathan... Jonathan me odeia. Não há nenhuma conexão duradoura com o meu passado, um fato que parece ainda mais nítido agora que estou aqui, de volta ao meu apartamento frio, à minha vida real.

Corro para o quarto e depois para o banheiro. Ligo o chuveiro na temperatura mais quente possível. À medida que o vapor sobe, tiro as roupas e as jogo no cesto que fica no canto. Meus pensamentos se agitam e se aglomeram, girando e congelando assim como fizeram todos aqueles anos atrás, quando eu e Lucy gritamos uma com a outra e dissemos coisas das quais não poderíamos voltar atrás, antes que Jonathan e eu...

— Não — murmuro. — Não, não, não.

A água, quente e forte nas minhas costas, não está fazendo o que preciso, e os sentimentos ainda surgem sem nenhuma pausa. Por que fiz isso? Por que voltei para lá?

Antes que eu perceba, estou de joelhos, encolhida contra as coxas, abraçando meu corpo, a água formando uma cortina protetora. Os soluços chegam, e não consigo impedi-los. *Burra. Idiota. Fraca. Disposta a se abrir outra vez, e para quê?*

Depois de muito tempo, a água esfria, e desligo o chuveiro. Em seguida, pego o alvejante especial extraforte que guardo no armário para os dias ruins, volto a ficar de joelhos no box vazio e começo a esfregar. Esfrego com mais força do que nunca, e, quando meus olhos voltam a lacrimejar, é por um motivo diferente, e tudo bem. Minhas narinas ardem, o cheiro do alvejante cobre minha língua. Sinto-me envenenada, mas bem. Meus joelhos estão roxos e arranhados, e tudo bem também.

Nesse meio-tempo, meus pensamentos seguem uma única direção: *você merece isso.*

Depois que o box está brilhando, lavo também as mãos com água sanitária, várias vezes, contando, contando, sempre contando, até me hipnotizar o suficiente para interromper a ação. Minhas mãos estão vermelhas e ressecadas, e estou cheirando a produtos químicos, mas minha alma está entorpecida e eu recobrei o controle.

Sempre vou recobrar o controle.

Em meu quarto, fecho as cortinas, acendo a luminária de cabeceira e tiro todas as roupas da mala — roupas que ainda cheiram ao

País de Gales, a caminhadas íngremes pelas colinas, a ovos quebrados e encontros acalorados, a paixão, sentimento, *vida*. Eu nunca tinha sentido falta do meu passado. Sempre pensei nele como uma linha que cruzei e depois segui andando. Mas agora sei que não construí nada real em sua ausência. Uma casa de papel, um castelo de cartas. E era grande a facilidade com que tudo quase desmoronou.

Visto um pijama limpo, subo em minha cama estéril e aguardo o sono me tomar. De manhã, me sinto mais como eu mesma e volto à rotina que mantenho há uma década. Lavar o rosto, escovar os dentes, banho quente, a ronda dos azulejos, narinas queimadas por hipoclorito de sódio, hidratante.

Ligo a chaleira e acendo o gás na lareira pequena, permitindo que os estalos de frio derretam dos meus ossos. Quando a água está fervendo, pego o pote com o chá de verbena galesa e urtiga e hesito.

Não vou deixar o País de Gales me controlar.

Em vez disso, faço café solúvel e rançoso e tento ignorar a sensação da urticária de ansiedade surgindo em meu peito e a coceira, coceira, *coceira* em meu pescoço. *Está tudo na sua cabeça*, lembro a mim mesma. *Você não é fraca.*

Minhas roupas são como trajes de proteção. Uso o conjunto preto de sempre, mas dessa vez adiciono um toque de vermelho na forma de um lenço de pashmina. Ele vai absorver qualquer fraqueza remanescente no meu sistema e permitir que eu enfrente Renée. É possível que ela me ofereça um pedaço de inseto, e devo estar preparada. Enquanto estiver usando o lenço, e enquanto Renée não tocar nele, estarei segura. Serei forte. Posso sobreviver a qualquer coisa.

Quando chego à Brookfields, a recepção me informa que Renée foi transferida para um quarto permanente na ala oeste do hospital e que ainda está sob os cuidados do dr. Seward. Minha raiva cresce. Ele é um homem interessado em quebra-cabeças, não em pessoas. Ele gosta de curiosidades — a próxima exibição psicológica maluca para um artigo ou outro livro best-seller.

Dou entrada no posto de enfermagem, a tensão correndo como um fio energizado, subindo e descendo pelas linhas do meu corpo.

— Dra. Murray para Renée Doe.

A enfermeira, uma senhora rechonchuda de traços asiáticos, verifica o sistema e assente.

— Quarto cinco, por ali.

— Qual a política de livre circulação nesta ala?

— É permitida, a depender do bom comportamento. Mas ela está confinada faz dois dias e não nos deixa acender as luzes ou abrir as persianas.

Franzo a testa.

— Certo, obrigada.

A enfermeira dá de ombros.

— É um pesadelo para fazer as verificações de rotina, mas ela fica violenta quando acendemos a luz.

— Sim, Renée é fotossensível. Você tem o arquivo dela?

A enfermeira vasculha uma pilha de pastas pardas em sua mesa, enfim extraindo um arquivo fino bem no meio e entregando-o para mim. Examino o conteúdo.

— Doutor Seward prescreveu cetamina?

A enfermeira dá de ombros de novo, parecendo infeliz, de modo que assinto e vou até o quarto de Renée. Todo o trabalho de confiança que fiz com ela talvez precise ser reconstruído.

Bato três vezes na porta e entro. Está tão escuro que só consigo distinguir a silhueta vaga da cama, uma mesa de hospital e algo menor amontoado no canto. Quando a porta se fecha às minhas costas, a luz desaparece por completo.

— Renée? É a dra. Murray. Eu vim ver você.

Nenhuma resposta.

Tiro o celular da bolsa, mas hesito. Mesmo uma pequena iluminação poderia lhe causar angústia. Em vez disso, acendo a tela de modo que ela possa enxergar meu rosto e ver que sou mesmo quem estou dizendo ser.

Só consigo enxergar o retângulo iluminado à minha frente e algumas vagas formas escuras além.

— Sinto muito por ter estado ausente — digo para ela, o celular ainda na minha cara. — Uma pessoa estava com problemas. Mas voltei para te ver quando soube que não estava se sentindo bem.

Enquanto falo, tenho a estranha sensação de perceber um movimento sutil no escuro, como se houvesse silhuetas na penumbra para além da tela do celular que não sou capaz de discernir. Meu corpo fica gelado de horror à medida que cresce em mim a certeza de que eu e Renée não estamos sozinhas.

Giro o celular por instinto, e a propagação de luz escassa confirma que, sim, estamos sozinhas. Renée está encolhida no chão, bem no canto, com o rosto pressionado contra a parede.

— *Renée.*

Ela vira a cabeça de súbito, como se só agora tivesse me escutado, e o rosto se abre em um sorriso esquisito.

— Dra. Moça — diz Renée entredentes.

— Dra. Murray — corrijo.

— Dra. Murray — repete ela, soando um tanto ausente, torcendo as mãos no colo, puxando com força a pele dos dedos e cutucando as unhas grossas. Na escuridão, ela é enervante.

— Como você está, Renée?

A jovem não responde, apenas continua sorrindo para mim daquele jeito horrível.

— Posso me sentar na sua cama?

— Gosto de você — diz ela, o que tomo com uma confirmação.

Sorrio com gentileza depois de me sentar.

— Fico feliz por isso.

— Mas... Eu não... Este quarto.

Ela olha em volta com agitação, remexendo o corpo, nervosa. A bainha da camisola do hospital está em frangalhos, como se ela a estivesse moendo entre as unhas ou os dentes. A luz do celular se apaga, e me atrapalho para ativar a tela outra vez.

— Me diga o que está errado.

— Eles limpam aqui. Todo dia. Toda noite. O tempo todo.

— Você não gosta?

— Preciso alimentar minhas aranhas para poder alimentar o rato... quando eu encontrar o rato...

— Os insetos.

Seus olhos brilham na penumbra.

— Preciso da vida deles.

— Você não gosta da comida daqui?

Ela cospe de desgosto, a saliva saindo da boca em um jato arqueado.

Aperto o celular com mais força e pressiono meu lenço.

— Insetos são sujos, Renée. Só queremos manter você segura. Evitar que fique doente.

— Eu *vou* ficar doente! — diz ela, com medo nos olhos. — Sem a força vital, vou morrer!

— Além da limpeza, você foi bem tratada? Estão te dando suco de laranja?

Renée parece quase desamparada ao confirmar que, sim, estão todos de fato sendo muito legais com ela.

— Bons demais para mim — murmura.

— Não acha que merece ser bem tratada?

— Ele não vai gostar.

— Quem?

— Eu estou... ficando mais fraca — balbucia a jovem, o olhar deslizando para o lado e se tornando vago. — Mas... mas ele vai ficar feliz com a volta da moça. Ele gosta do cheiro dela.

Percebo que Renée está falando de mim e faço uma anotação mental de que a paciente tem afinidade com cheiros. Por enquanto, preciso entrar nessa persona, nessa construção ou memória de um "ele".

— Quem é "ele", Renée?

Ela me ignora, balbuciando consigo mesma, os olhos correndo para a esquerda e para a direita como se estivessem lendo um livro que só ela consegue ver.

— Renée, "ele" é seu irmão? Seu pai? Um namorado?

Renée geme, fechando os olhos com força.

— Eu *preciso*!

De repente, as luzes ganham vida e a porta é escancarada.

O dr. Seward está parado na soleira. Ele faz uma pausa por meio segundo, depois seu rosto se abre em um sorriso fácil e encantador.

— Dra. Murray — diz ele. — Entrei no quarto errado?

Ele chega a se virar para conferir, zombando de mim.

Mas antes que eu possa reagir, Renée voa para cima dele, os olhos selvagens, os dentes à mostra. Ela é mais pesada do que o corpo franzino sugere, e Seward é empurrado vários passos para trás. Renée tenta alcançar o rosto dele, mas Seward a agarra pelos pulsos e a afasta com uma careta.

Corro para segurar a paciente pela cintura, mas ela se vira e grita na minha cara. Seu hálito penetra em minha boca, potente e nefasto.

— Sedação! — grito.

Tudo o que ouço é minha pulsação nos ouvidos e os rosnados dela em meu rosto. Renée dá outro impulso com uma onda de energia que eu não esperava, e quase morde o rosto de Seward, mas uso o peso do meu corpo para puxá-la de volta.

— Renée, não!

Ela recua de repente, jogando o peso para longe de Seward e por cima de mim. Ele a empurrou? Ela levanta os braços por cima da cabeça e arranca meu lenço, gritando como um animal encurralado. Virando o rosto, as costas pressionadas contra meu torso, Renée morde meu pescoço, bem onde antes estava o lenço.

O cheiro dele é avassalador. Ele é uma pedra me pressionando, me esmagando na areia molhada. Suas mãos me seguram como tornos...

Minha pele cede sob seus dentes, e sinto uma dor penetrante. Solto um grito, mas ela é levantada por Seward um instante depois, chutando e gritando. Deve tê-lo mordido também, porque ele está xingando.

Dois auxiliares correm para o quarto e ajudam Seward, que está lutando para conter Renée sozinho. Eu me concentro nos olhos dela, notando algo.

— Vamos lá, senhorita Renée — exclama um deles enquanto ambos a arrastam para a cama. Eles a imobilizam com restrições que eu não tinha notado nos pulsos e nos tornozelos, e depois prendem tiras de velcro em seu tronco e nas coxas.

Eu me afasto dela, tentando me recompor, mas o ferimento em meu pescoço está pulsando e minha mente não para de berrar. Consigo ver minhas mãos tremendo, mas não as sinto. O mundo inteiro é apenas a batida do meu coração gritando: *Corra, corra, corra!*

A enfermeira chega com uma seringa, e Seward a pega, injetando sedativo no acesso de Renée.

— Eu me sinto esquisita — fala Renée em voz baixa, me encarando com olhos arregalados e traídos.

No mesmo momento, ela chuta com a perna presa outra vez, fazendo a camisola do hospital deslizar e revelar algo que tira meu fôlego e me faz engasgar. Uma erupção cutânea horrível e tripofóbica. Idêntica à de Lucy.

— Você está sangrando — constata Seward.

Eu pestanejo.

— O quê?

— Sangue, Murray — explica ele, apontando para meu pescoço. Atordoada, toco o ponto que dói logo acima da clavícula, que está ficando roxa bem depressa. Seward se vira para a enfermeira. — Traga um kit de primeiros socorros.

A mulher assente e sai correndo. Os auxiliares também vão embora.

Na cama, Renée está gritando:

— Mestre!

Uma coisinha distante em minha consciência me preocupa, mas não consigo raciocinar enquanto aquelas brotoejas seguem olhando para mim. Aqueles pequenos buracos negros horríveis na pele, como minúsculas sementes de papoula enterradas sob a carne roxa e inchada.

A enfermeira volta com o kit de primeiros socorros, e eu a sigo para fora do quarto de Renée até uma sala vizinha que não está em uso. Sinto que não estou ali de verdade, e sei que estou dissociando.

— A senhora está bem? — pergunta ela, os lábios comprimidos.

Eu me ouço responder:

— Tudo certo.

— A senhora perdeu um sapato — diz a enfermeira.

De repente, percebo que meu pé esquerdo está tocando os azulejos frios.

Infectados. Sujos. Imundos.

Seward entra no cômodo novo segurando meu sapato.

— Que diabos foi aquilo?

Arranco meu sapato de suas mãos — *manchado, encardido, enlameado* — e o enfio no pé agora dormente.

— Me diga *você*. Renée se deteriorou completamente desde a última semana!

Diplomática, a enfermeira resolve que é hora de se ausentar após acenar com a cabeça para mim.

— Suponho que eu vá ver esse incidente no seu próximo livro — murmuro.

— Como é?

— O que eu *falei* foi que acho que vou ver esse incidente "divertidíssimo" no seu próximo artigo.

O canto da boca de Seward se curva.

— Talvez. Com certeza arrancaria algumas risadas.

Imbecil. Não me digno a responder ao comentário.

Em vez disso, exijo:

— Quero saber exatamente o que você fez com Renée desde que parti. Os motivos para ela estar tão agitada.

Não me passara despercebido que Renée não fora de maneira alguma violenta comigo no tempo que ficamos juntas. Seu estado só mudou depois que Seward presumivelmente atrapalhou as coisas entre nós duas.

— *Você* agitou a paciente, Murray. E seria uma satisfação do caralho saber por que você está aqui.

Minhas narinas se dilatam.

— Ron me mandou um e-mail. Estava preocupado com a piora de Renée e me pediu para vir falar com ela.

— O plantonista?

— Sim, o plantonista.

— Hum. Talvez ele não tenha percebido que sou eu o médico encarregado. Vou mandar um belo memorando cheio de palavras fortes para ele.

— Acho que ele me mandou o e-mail porque fiz um bom progresso com Renée. Ela estava lúcida. Estabelecemos confiança.

— É, mas aí você foi embora — provoca ele.

— E é evidente que você fez um trabalho ótimo nesse meio-tempo — rebato. — Não fui eu que prescrevi cetamina, John.

Os olhos dele brilham, e sei que peguei no calo.

— É uma psicose induzida por trauma. Ela precisa de medicação. Fim da história.

— Ela é *minha* paciente.

— Na verdade, não é, não. O conselho preferiu designar a paciente para mim, já que você estava... — ele faz uma pausa primorosamente cronometrada — indisponível. Eles claramente sentem que farei um trabalho melhor. Então fique fora do meu caminho.

Meu sangue está fervendo.

— Isso não passa de uma brincadeira para você, não é? O que fazemos, a profissão inteira, é só uma grande caixa de areia no seu playground.

— Ora, ora — diz ele. — Vamos nos acalmar.

— Essas pacientes são pessoas. Seres humanos vivos, respirando e com sentimentos, não *brinquedos*. Essa profissão é um dever sagrado, não uma *piada*.

Seward inclina a cabeça, me encarando com divertimento.

— Caramba, Murray. Como você se leva a sério.

— Perdão?

— Está mais tensa do que uma corda de violão.

— Eu sou uma *profissional*.

Ele ri e me dá um tapinha no ombro antes de sair para o corredor, forçando-me a segui-lo como um cachorrinho.

— Relaxe, Murray. Do contrário, vai acabar tendo um infarto antes dos quarenta.

— Você não pode simplesmente trancá-la em um quarto e sedar a garota até que ela esqueça.

Dando as costas, ele diz com frieza:

— Você não tem mais acesso não supervisionado à *minha* paciente.

Ele se afasta pelo corredor, e tenho de me esforçar muito, muito mesmo para não atirar o sapato em sua nuca.

Entrego meu cartão de acesso de médica visitante na recepção e ando o mais depressa que posso, sem correr, até estar de novo no carro. Chegando lá, afogo as mãos em desinfetante e arranco a gaze do pescoço a fim de verificar o ferimento no espelho retrovisor. Marcas de dentes em minha pele, sangrentas, mas não muito fundas, se sobrepõem às velhas cicatrizes que ficam ali, como um lembrete permanente, da clavícula até logo abaixo do lóbulo da orelha. Aplico álcool nelas também, estremecendo com a dor, depois removo os saltos e derramo o resto de desinfetante sobre meu pé e sobre o sapato ofensivo.

Que *idiota*.

A coisinha em minha mente retorna, trazendo junto o perfume de uma manhã galesa.

Lucy havia tido a mesma erupção cutânea. Estou certa disso. E há outra coisa... algo menos exato. Lucy estava com o mesmo olhar vago e atordoado de Renée naquele quarto de hospital. As duas mulheres haviam exibido espasmos nos globos oculares, e Lucy também tinha murmurado "Mestre".

Quais as chances de duas mulheres, separadas por centenas de quilômetros, apresentarem sintomas tão semelhantes, se não iguais? Talvez ambas sofram de uma enfermidade comum que ainda não conheço. Talvez tenham o mesmo problema de saúde mental. Será que ambas tomaram o mesmo medicamento na semana passada? Seus caminhos já se cruzaram antes?

Pelo que me lembro, Renée não teve convulsões. Faço uma nota mental para verificar outra vez. Seja qual for a conexão entre as duas, parece tênue.

Só sei que, até descobrir quem é Renée e o que aconteceu com ela, não posso ter certeza se existe algo que a conecte com Lucy.

Ainda assim, preciso puxar o fio do novelo e ver até onde ele me leva.

Registro de Sessão [Data Suprimida]
Dr. John Seward (JS), Enfermeira Ann Roberts (AR) e Paciente Renée [Sobrenome Desconhecido] (RSD)
Número de Referência [Suprimido]

Dr. Seward: Aqui é o dr. John Seward, gravando no dia 25 de setembro de 2015. Sessão número três. Bom dia, Renée. Como está se sentindo hoje? Como vão as suas brotoejas?

[Pausa]

[Som abafado]

Dr. Seward: Por favor, pare de cuspir em mim. Conversamos sobre isso da última vez.

Renée: [Risos] Cadê a moça médica?

Dr. Seward: Como já expliquei, ela não está mais tratando você. Eu estou.

[Som abafado]

Dr. Seward: Por favor, pare com isso. Se precisa assoar o nariz, é melhor usar um lenço de papel.

[O mesmo som, repetidas vezes]

Dr. Seward: Por que está sujando o rosto inteiro de catarro?

Renée: Para sentir melhor o cheiro da força vital!

[O som se repete]

[Silêncio]

Renée: Suco de laranja! Quero suco de laranja!

Dr. Seward: Vamos conversar primeiro.

Renée: [Resmungos] Ela disse que eu podia tomar suco de laranja.

Dr. Seward: Da última vez que conversamos, você insistiu bastante para que eu fosse olhar a lua.

Renée: A lua… a lua…

Dr. Seward: Eu fui olhar a lua. Pode me dizer por que ela é tão importante?

Renée: Lua… lua… lua… lua…

Dr. Seward: Você pode me contar mais sobre a lua?

Renée: [Resmungos] Preciso de remédio para ficar boa.

Dr. Seward: Já falamos sobre isso. Não posso lhe dar medicamentos sem ter seu prontuário médico. E, sem saber seu sobrenome, não consigo obter seu prontuário.

Renée: Eu sou… Renée. Preciso de remédio.

Dr. Seward: Estamos andando em círculos.

[Murmúrios incoerentes]

Renée: Campos, campos, campos, campos.

Dr. Seward: [Murmurando] Uma palavra nova. Mas que maravilha. [Suspiro] [Sons de papel]

Renée: Voando… voando… voando…

Dr. Seward: Você não pode voar. Também já falamos desse assunto. É por isso que você não pode ter uma janela.

Renée: JANELA!

Dr. Seward: [Murmurando] Voando, janela, telhado, sangue, lua e agora campos. Estamos fazendo progresso, não estamos?

Renée: [Ofegante]

Dr. Seward: Agora, nós já repassamos todas essas palavras. [Sons de papel] Voando, janela, telhado, lua, sangue. Examinamos cada uma delas. Voando — você não pode voar. Você é humana. Janela — você não pode ter uma janela porque é sensível à luz e começou a gritar quando o sol nasceu. Lua — sim, a lua é linda. Mas o que significa? Sangue — você não pode machucar as pessoas, e não é bom que machuque a si mesma. [Pausa] Lembra disso, Renée?

Renée: Ele vai te deixar em pedacinhos, e eu vou dar risada.

[Som de cusparada]

Dr. Seward: [Suspiro] Cuspir em mim não vai te ajudar.

[Gemidos e sons de movimento ao fundo]

Dr. Seward: Por favor, fique calma. Está tudo bem.

[Gemidos ficam mais altos]

Dr. Seward: Olhe, se quiser ser levada a sério, você vai ter que se controlar.

[Sons angustiados]

Renée: [Gritando]

Dr. Seward: Se não parar de gritar e de se arranhar, vou chamar a enfermeira.

Renée: [Gritos. Movimentação]

Dr. Seward: [Grunhido] Renée, deixa isso… [Sons de esforço]

Renée: Não… não! Não, por favor, não! [Gritos abafados]

Dr. Seward: Renée… [Grunhido]

[Passos, porta se abrindo, vozes distantes, gritos]

Dr. Seward: [Falando à parte] Dois miligramas de lorazepam diluídos em água via intramuscular. Tragam o desfibrilador e o equipamento de ventilação, só para garantir.

[Grunhidos]

Dr. Seward: Renée, a menos que se acalme, vou ter que te dar uma injeção, entendeu? Renée. Você quer tomar o sedativo por via oral?

[Gritos. Sons de disputa]

Dr. Seward: Mantenha ela parada.

Enfermeira AR: Estou segurando.

[Gritos]

Dr. Seward: Pronto. Certo, tudo bem. Deu certo.

[Gritos continuam por dois minutos antes de se transformarem em murmúrios incoerentes]

Relatório Pós-Incidente: Dr. John Seward
Para consideração da Equipe de Apoio à Governança em Saúde e Assistência Social

A paciente Renée [sobrenome desconhecido] estava calma e complacente quando a gravação foi iniciada. [O que desencadeou a violência por parte dela?] Considerei que a Tranquilização Rápida não consensual seria necessária, sob amparo da Seção 62 da Lei de Saúde Mental, após uma explosão violenta em que Renée começou a arranhar o rosto e os olhos, tendo me atacado logo depois, ferindo minha bochecha esquerda com as unhas. Nenhuma informação estava disponível para orientar a escolha da medicação, incluindo a idade da paciente. Portanto, dois miligramas de lorazepam intramuscular foram administrados na suposição de que Renée tenha mais de dezoito anos de idade. Até onde sabemos, não há contraindicações, pois a paciente está em tratamento seccionado há uma semana e não apresenta evidências de problemas cardíacos após um ecocardiograma anterior. Contudo, a paciente chegou gravemente anêmica e está sendo tratada com fumarato ferroso. A paciente não se encontra gestante. A Tranquilização Rápida administrada no músculo vasto lateral foi apenas parcialmente eficaz, tendo sido administrada outra vez após trinta minutos para sedação completa, totalizando quatro miligramas. Olanzapina e haloperidol intramuscular foram adicionados à medicação autorizada em caso de administração ineficaz de novo lorazepam intramuscular. A ordem de administração de medicamentos foi arquivada no prontuário. O pedido de assistência médica foi concluído on-line, e a avaliação começará dentro de uma semana. No momento, a paciente está isolada e monitorada pela enfermeira Stevens, que faz as verificações em intervalos de quinze minutos. Ao acordar, a paciente terá a oportunidade de apresentar seu próprio relato por escrito acerca do incidente. Favor observar o Formulário de Incidente em anexo.

Assinado

_____

Dr. John Seward, Bacharel em Medicina e Psiquiatria

10

Quando termino de ler as transcrições das sessões de Seward com Renée, gentilmente fornecidas a mim por Ron, o plantonista, aquela lista de palavras já se tornou uma espécie de refrão em minha mente. *Voando, janela, telhado, lua, sangue, campos.* Eu teria conduzido as coisas de maneira muito diferente; sedação teria sido o último recurso. Renée e eu havíamos estabelecido confiança em nossas duas sessões. Uma confiança que Seward destruiu por completo.

Você a deixou, uma voz me lembra.

E está certa. Eu a deixei mesmo. Uma sessão na qual ganhei sua confiança, fiz uma promessa tácita e depois a abandonei sem dizer nada. Estava tão focada em Lucy que basicamente entreguei Renée para outra pessoa.

Um incômodo na garganta me avisa sobre uma crise de ansiedade a caminho, como o primeiro bater da água na praia antes da chegada de um maremoto que não sou capaz de impedir. Ao contrário do esperado, porém, rabiscar em meu caderno, meu método corriqueiro para acalmar a mente, não está ajudando.

Eu me afasto do computador e ando de um lado para o outro, notando o som da água lá fora.

Está chovendo.

Sem pensar, faço algo que não fazia há anos: abro o janelão que dá para o terraço e saio, totalmente vestida, ofegando quando a chuva atinge meu rosto como alfinetadas geladas de consciência.

Há algo de purificador em uma chuva fria. Como um banho de alvejante. Ou milhares de pequenos beijos. Quase tão bom quanto o abraço de um amigo. Deito-me e deixo a chuva me encharcar, sentindo de forma distante meu corpo transitar de uma resistência rígida para uma aceitação calma e relaxada. Liberando tudo. Rendendo-se.

Fecho os olhos e deixo a mente vagar.

Voando.
Janela.
Telhado.
Sangue.
Lua.
Campos.
Voando, janela, telhado, sangue, lua, campos.

Suas palavras viram um mantra conforme minha mente busca conexões, movendo-as de um lado para outro no quadro branco do meu cérebro, tentando diferentes ordens e combinações. Tento me imaginar no lugar de Renée, sozinha, confusa, presa. Como ela se sentiria? Quais seriam as sensações?

E então sou Renée. Minha mente está quebrada. Tento desesperadamente transmitir informações a alguém que não consegue ou não deseja ver.

— OK, Renée — sussurro, as gotas de chuva atingindo minha língua, frias e doces.

Considero cada palavra por vez, refletindo sobre os termos. Quando chego na palavra *lua*, já estou perdendo as esperanças de perceber algo relevante. Parece tudo uma extrapolação, como se eu estivesse forçando um pino redondo em uma abertura quadrada e julgando se tratar de um encaixe perfeito.

Já *campos*... Minha mente fica presa na palavra, voltando para ela. Em todas as gravações, até a última, Renée nunca disse aquilo. É algo novo.

A faísca de uma ideia passa por minhas pálpebras fechadas. Eu me levanto e volto pelo janelão, pingando água no piso. Tiro as roupas grudentas no banheiro, visto o roupão e vou para o computador, acessando o Google Maps.

Encontro o local onde a encontraram e examino a área, procurando estádios de futebol, campos, parques ou áreas verdes — qualquer coisa que me dê uma ideia de onde ela pode ter vindo. Após vinte minutos de busca cuidadosa, admito a derrota.

Volto ao e-mail que Ron me enviou e abro outra vez a transcrição da terceira sessão, lendo, relendo, tentando encontrar algum padrão, qualquer pista. Pode ser uma coisinha mínima, pode ser...

Mas então eu vejo. Cada palavra foi dita como resposta a uma pergunta. Ela respondeu "lua" quando questionada sobre a data em que fora encontrada. Após verificar o calendário, percebo que era lua cheia. Ela respondeu "voando" quando questionada sobre por que não estava comendo. Ela não queria voar, queria *comer as moscas voando*. Falou "telhado" quando lhe perguntaram sobre o novo quarto, e "janela" quando a questionaram a respeito do quarto em outra ocasião. Renée está em algum tipo de estado de fuga, não totalmente presente, mas ela *está* respondendo às perguntas.

Consigo enxergar a conexão com a maioria das palavras. Incluindo a mais vital:

Seward precisava do sobrenome... e Renée contou para ele.

Campos. *Fields*.

Renée Fields.

Pego o celular e disco o número do meu contato favorito na Polícia Metropolitana.

— George Baxter. — Rápido como sempre.

— George, aqui é Mina Murray.

— Oi, Mina. O que posso fazer por você?

— Estou com uma paciente não identificada na Brookfields. Acho que o nome dela é Renée Fields. Final da adolescência ou início dos vinte, cabelo loiro. Você teria algum relatório de desaparecimento que corresponda a essa descrição?

— Me dê um segundo. Renée... Fields... Na região das docas?

Meus ombros caem de alívio.

— *Isso*.

Eu tinha me esquecido do gosto da noite, a podridão salgada e banhada de luar de Londres após o anoitecer. Enquanto calço os tênis de corrida, afastando os impulsos gritando que estou quebrando a rotina e que os dentes do destino estão mordendo meus calcanhares, mastigo um diazepam. Talvez a maré preguiçosa do ansiolítico sufoque as compulsões, me afastando dos cacos quebrados dos meus pensamentos, transformando-os em areia fina e macia.

Antes de desligar, George me deu o endereço de Renée depois que falei que precisava entender algumas questões em prol de seu tratamento médico. Era uma extrapolação, tanto técnica quanto ética, mas uma que eu estava disposta a fazer.

É uma corrida fácil de dez minutos entre Kensington e Notting Hill Gate, onde pego a linha central até a estação Bank. Observo a lua nascendo enquanto meus tênis vencem a calçada, sentindo minha pele arrepiar conforme uma névoa baixa chega através do rio distante.

Outra corrida curta até a parada da Princes Street, onde pego o ônibus 141 para Palmers Green e desço cinco paradas depois, na Bevenden Street, Hoxton. Com discrição, permito que o aplicativo de navegação me conduza verbalmente pelos fones de ouvido durante uma caminhada de oitocentos metros até a Torre Caliban, onde mora a família de Renée. No bolso do moletom, seguro as chaves com firmeza entre os dedos, só por precaução.

A neblina aumentou, transformando as lojas fechadas e cheias de grafites em pequenos *Cewri*. Não consigo ler muitas das fachadas em néon, mas uma delas se parece com Lorde Demônio, e outra com Princesa Farsante.

O cheiro forte de gordura de kebab vindo do fast-food a cinquenta passos de distância e o fedor azedo que sobe dos infindáveis amontoados de sacos de lixo aguardando a coleta matinal se misturam em um aroma único de carniça doce. Respiro pela boca, evitando um homem sentado na calçada devorando um kebab no pão, as cebolas oleosas pingando em sua barba. A seus pés, uma camisinha usada jaz na sarjeta.

— Tudo bem, amorzinho? — pergunta um homem magro ao passar.

O sujeito faz minha pele arrepiar, e aperto o passo, mas ele se vira e me segue com um andar arrogante. Seguro as chaves com mais força.

— Lindos peitos — comenta ele, tão baixo que quase não ouço.

Gostaria de ter uma arma de choque ou um spray de pimenta, mas as chaves terão de servir.

— Ei, você, fale comigo — exige, chegando perto demais agora. — E dê um sorrisinho para a gente.

Algo venenoso irrompe em meu peito, e eu paro e encaro o homem bem nos olhos.

— Vai se foder!

— Aaaah, que mal-educada! — diz ele, fingindo estar ofendido. Ele fede a nicotina e cerveja. — O que foi? Acha que é boa demais para mim?

Eu olho para o homem, sem me mover ou falar. Preciso de toda a força de vontade do mundo para não gritar, e aperto as chaves com tanta força que elas afundam na pele. No fim, depois de muito, muito tempo, ele começa a olhar para os lados, desconfortável.

— De qualquer jeito, você não é tão bonita assim. — O homem cospe na rua e sai andando.

Quando bato na porta do número 42, ainda estou abalada. Em algum dos apartamentos, uma criança grita um protesto faminto, e, na pequena praça concretada mais abaixo, um grupo de rapazes chuta uma bola de futebol, bradando palavrões uns para os outros.

A porta se abre alguns centímetros. Um garotinho, com talvez dois ou três anos, olha para mim. Ele está de fraldas e nada mais, e um fio de baba que me lembra muito Renée brilha no queixo e no peito dele.

— Olá. A sua mamãe está em casa?

Ele nega com a cabeça e fecha a porta.

Franzo a testa e volto a bater. Há uma longa espera e um grito lá dentro, e então a porta é aberta e uma adolescente de cabelo castanho me encara na soleira.

— O que foi? — cospe ela, com uma mão na cintura.

— Estou procurando por... — Verifico o nome no celular. — Janet Lucas?

— Quem quer saber?

— Meu nome é dra. Murray. Estou tratando Renée Fields na Brookfields. Preciso muito conversar com Janet.

Ela me olha dos pés à cabeça.

Enfio a mão no bolso e puxo minha credencial da Brookfields.

— Aqui.

Ela pega o cartão e examina tanto o documento quanto minha pessoa, depois assente de leve com a cabeça.

— Janet é minha mãe. Ela está no trabalho.

Franzo a testa, considerando as opções.

— Por que está fazendo essa cara para mim? — reclama ela de repente, o rosto inclinado adiante como se fosse uma tartaruga-mordedora.

— Eu... desculpe?

A jovem pestaneja, fecha a cara e me analisa, os olhos percorrendo meu corpo de cima a baixo.

— Você é Desirée, certo? — pergunto. — A prima de Renée?

Ela faz uma careta.

— Como você sabe?

— A polícia me passou suas informações. Olha, preciso mesmo fazer algumas perguntas sobre Renée, se você tiver um tempinho.

Ela cruza os braços.

— É falta de educação vir sem avisar.

— Ninguém atendeu o telefone, e Renée precisa de ajuda.

Desirée enfia a cabeça no corredor e verifica os dois lados. Depois me examina dos pés à cabeça de novo, suspira, revira os olhos e volta para o apartamento, deixando a porta aberta para que eu a siga. Entro e fecho a porta.

— Desirée...

— Desi — diz ela por cima do ombro.

Eu a sigo até uma cozinha apertada e abarrotada de pratos, copos plásticos e potes de fórmula. Percebo que ela também tem mamadeiras e uma bombinha de tirar leite em cima do balcão.

— Desi, olha, não vou demorar muito...

Um choro irrompe em outro cômodo.

— Puta merda, espera aí.

Ela sai, e eu a acompanho com cautela até um quarto escuro onde um bebê recém-nascido chora em um berço no canto.

— Você a acordou — acusa Desi.

— Sinto muito, eu... Você quer ajuda?

Ela me olha, considerando a oferta.

— Não, ela só está agitada. Deve estar com fome.

Não consigo descobrir se ela é irmã ou mãe da criança. Para começo de conversa, tenho a mesma dúvida quanto ao garotinho na sala.

Desi pega a bebê no colo e, com a mesma habilidade, ergue a blusa, revelando um seio inchado e cheio de veias.

— Devo ir assistir...? — Aponto vagamente para a sala de estar pela qual passamos, onde a tevê está transmitindo desenho animado no último volume.

— Você se importa?

— Não, de jeito nenhum.

Afasto-me dela com pressa, desconfortável com aquela intimidade tão casual, e entro constrangida na sala. O garotinho está sentado na frente da tevê, olhando para a tela com uma fascinação extasiada, de modo que tiro um momento para espiar em volta. O cômodo é pequeno e desorganizado, mas limpo. Brinquedos de plástico estão espalhados sobre um tapete aspirado, e um pacote de fraldas foi derrubado aos pés do sofá. Pego os quadradinhos brancos e os recoloco na embalagem antes de ir me postar junto à porta.

Após um tempo, Desi retorna sem a bebê.

— Ela está trocada e capotou de novo — informa, suspirando enquanto se senta. — Você tem filhos?

— Eu? Não mesmo.

Ela ri.

— Não tenha. É um pesadelo.

— Preciso fazer algumas perguntas sobre Renée... sobre antes de ela desaparecer. Estou tentando entender o que há de errado com sua prima.

— Ela ficou biruta?

— Não é bem assim.

— Você disse que é a médica de Renée?

— Isso.

— Mas não sabe o que tem de errado com ela?

— Ainda não. Pode me contar alguma coisa sobre os dias pouco antes de Renée sumir? Como ela estava agindo? Parecia normal?

Desi se recosta, tira os chinelos e cruza as pernas.

— Ren — diz ela, metade zombando, metade rindo. — Ela era irritante, mas ao mesmo tempo também era incrível, entende o que quero dizer? Tipo, ela era bonita *e* talentosa *e* esperta *e* simpática sem fazer força, sabe? Mas aí ela também era tipo, incrivelmente inocente. Nada de namorados, não de verdade. — Desi revira os olhos, um sorriso afetuoso nos lábios. — Era irritante para caralho.

— Você notou algo de estranho nas semanas ou nos dias que antecederam o desaparecimento?

— Ela estava sendo meio... misteriosa. Andava dormindo até tarde, o que nunca fazia. Se alguém perguntasse sobre isso, ela ficava nervosa. Uma noite, ouvi um barulho e olhei pela janela. Vi Renée saindo de fininho e pegando carona em um carro preto chique.

— Tipo uma limusine? E ela nunca contou a você para onde estava indo ou com quem?

— Não é da minha conta, é? Ela nunca foi de sair muito, o que me deixou com a pulga atrás da orelha. Porque tipo, a Ren? Ela é tímida de verdade, sabe? Mas, sim, provavelmente ela conheceu algum cara rico, porque, como falei, ela é muito bonita, e aqui na parte pobre da cidade, vamos ser sinceras, isso é tudo o que a gente tem: um rostinho bonito e um bom par de... bom, você sabe.

Desi me faz lembrar de Lucy com tanta intensidade que, por uma fração de segundo, é ela sentada ali, com dezessete anos e cheia de vida. Pestanejo, e é Desi outra vez, a miragem de Lucy desaparecendo no vazio da memória.

— Acha que ela se envolveu com um homem rico, que eles estavam saindo juntos?

Desi dá de ombros.

— Nem ideia. Só presumi porque não temos muitos carros assim por estas bandas. — Ela põe um chumaço de tabaco no papel e enrola o cigarro com uma mão hábil e experiente, a língua se esticando para molhar as bordas e selar o preparo. — De todo modo, ela saiu numa noite, e aí, quando voltou, estava estranha.

— Estranha como?

— Doente. Achamos que tinha ficado gripada. Ficava na cama, não comia, dormia o tempo todo. Mas aí passou uma semana e ela não melhorava. Depois, outra semana, e Ren parecia pior. Sonambulismo, falando todo tipo de maluquice. Ela devia estar drogada...

— O que ela dizia?

— Porra, não consigo lembrar. Eu estava grávida de nove meses, então ela parecia só um pé no saco. — Desi acende o cigarro, dá uma tragada longa e exala. — Eu me sinto mal, mas tipo, eu não fazia ideia de que ela estava biruta, entende?

Faço que sim com a cabeça.

— Aí um dia ela sumiu. Achamos que tinha melhorado e ido para a faculdade. Mas ela não voltou para casa. Não atendia o celular. Ligamos para a polícia, mas disseram que a gente precisaria esperar 24 horas. — A jovem se inclina, cuspindo um pedacinho de tabaco da língua. — Onde vocês a acharam?

— A polícia encontrou Renée vagando pela região das docas. Ela não usava roupas.

Desi exala com força pelos lábios entreabertos. Toda mulher sabe o que isso significa, seja rica ou pobre, nova ou velha.

— Que merda.

— Ela estava desnutrida e anêmica. Tirando isso, está bem fisicamente. Mas seu estado mental está perturbado, e ela foi internada.

— Caramba. Mamãe anda nervosa, achando que ela morreu. Mal posso esperar para ver a cara dela quando eu disser que Ren está segura com você.

— Pode dar uma olhada nesta lista e me dizer se esqueci alguma coisa?

Entrego meu iPhone para Desi, onde registrei, no bloco de notas, as coisas que ela me disse.

— É o modelo mais novo?

— Ah. É, sim.

— Bacana.

Desi revisa tudo que escrevi com cuidado, mas estremeço quando um pouco de cinza de cigarro cai na tela e a jovem não a limpa.

— Você esqueceu os pesadelos.

Pego o celular de volta e acrescento pesadelos à lista. Está tudo soando muito familiar.

— Ela pode voltar para casa? — pergunta Desi. — Talvez ajude a melhorar.

— Não posso prometer nada. Mas vou ver o que consigo.

Desi assente e se inclina para apagar o cigarro.

— Tenho que voltar para o batente.

Não sei ao certo de que batente ela está falando.

— Acha que eu poderia dar uma olhada no quarto de Renée?

A jovem me examina dos pés à cabeça.

— Para quê?

— Gostaria de saber como era a personalidade dela antes de ficar doente.

Uma pausa.

— Certo, tudo bem. Mas se você pegar qualquer coisa, eu chamo a polícia.

— Eu nunca...

Desi cai na risada.

— A sua cara! Eu só estava tirando onda com você. Não dou a mínima.

Ela põe uma mecha de cabelo atrás da orelha de um jeito que já vi Renée fazendo e se levanta.

— Fica por ali.

Vou até o quarto de Renée. É simples e limpo. Não há nenhum pôster na parede. Nenhuma arte. Apenas paredes brancas e cortinas cinzentas. Até a roupa de cama me diz pouca coisa, tirando o fato óbvio de que ela era higiênica e organizada. Uma pessoa de poucas necessidades, eu diria. Tímida, até.

Uma imagem de Lucy volta à minha memória, enfiando cigarros e o sutiã de Quincey por baixo do colchão — seu esconderijo secreto, o único lugar em que a mãe não olharia.

Espio por cima do ombro para ter certeza de que Desi não está olhando. Depois me curvo e deslizo a mão por baixo do colchão de Renée. A suavidade fresca do algodão é quebrada por uma ponta afiada de cartolina.

Agarro o pequeno retângulo e o puxo.

É um cartão de visita preto com um logotipo estranho na frente e um número de telefone no verso.

Minha pele fica arrepiada ao olhar aquilo.

— O que é você? — sussurro.

III

Ela está de volta ao clube, e feliz por isso. Ganhou duzentas libras para beber alguns coquetéis, usar vestidos bonitos e flertar. É como Chloe disse: dinheiro fácil. Se homens ricos queriam pagar para conversar com ela, por que recusar? É como o mundo funciona. E mais algumas centenas de libras vão ajudar com o aluguel do mês seguinte.

O homem na porta a reconhece, fazendo-a entrar sem mais preâmbulos. A rotina é a mesma de antes, só que agora ela já veio sem maquiagem, de modo que não precisam limpá-la. Assim que se veste e toma mais alguns drinques, é conduzida até o mesmo salão da última vez, um bar chamativo com homens bem-vestidos e mascarados. Ela está mais confiante agora, em breve será uma profissional experiente.

Ela procura Chloe, buscando o conforto de um rosto familiar. Querendo dizer: *você estava certa, isso aqui é divertido*. Desejando alguém para lhe confirmar a compreensão de seu fascínio. Dane-se a universidade. Dane-se ser escravizada por um emprego que ela odeia para colocar alguns trocados em casa. Ali, ela pode ganhar dinheiro envolta em seda enquanto se expõe a um mundo inteiramente novo.

Ela circula pelo salão, os olhos percorrendo os homens sem interesse, analisando as mulheres, procurando. Mas Chloe não está entre as garotas. Ela lembra que a colega foi levada para um cômodo vizinho — bem por aquela porta no canto, aquela com a moldura vermelha.

Um tapinha em seu ombro; uma mão firme em seu braço. Um homem de terno a puxa para mais perto.

— Venha comigo para a outra sala.

Não é um pedido.

Ele é bonito o bastante, mas ela tem o pressentimento inato e indescritível de que, de alguma maneira, ele é *menos*. Menos do que alguns dos outros homens no salão, aqueles que permanecem nas sombras, que ficam recostados, que exalam um ar de poder.

Ele aponta para a porta com o batente vermelho — a mesma pela qual Chloe foi levada da última vez. O homem a puxa de novo, os dedos apertando, e o sorriso se torna menos indulgente.

Ela arqueia as sobrancelhas para a mão dele em sua carne e deseja poder cuspir no homem. Em vez disso, sorri.

— Se quer me tocar desse jeito, deveria me pagar um jantar primeiro.

Ele aperta ainda mais forte, e ela levanta o queixo e joga o cabelo de lado, usando o movimento para se libertar. Ela ri, como se ele tivesse feito uma piada, mas seus olhos dizem tudo: *tire as mãos de mim*.

O homem tenta segurá-la de novo, mudando o peso de um pé para o outro, e ela dá um passo para trás, erguendo o dedo.

— Jantar primeiro — brinca, sentindo aquela onda de poder outra vez. *Este é o meu jogo.*

Um homem alto usando um ponto eletrônico no ouvido se aproxima.

— Essa não — diz ele.

O sr. Mãos Bobas faz uma careta e se afasta.

— Perdão, senhorita — diz o recém-chegado, fazendo uma pequena reverência. — Se puder me acompanhar, o dono do clube gostaria de pedir desculpas.

Ela sorri.

— Não há necessidade. É tudo muito divertido.

— Ele insiste.

O sr. Ponto no Ouvido — um segurança para as garotas, ela presume — se vira e segue na direção oposta. Ela vai atrás, e as outras jovens ficam olhando, enciumadas. Ela percebe uma pequena câmera de segurança no canto do salão. O ângulo de filmagem muda sutilmente conforme ela passa, como se a estivesse observando. Talvez seja o dono por trás da câmera. Alguns dos homens nos cantos mais escuros sorriem quando ela passa, então ela sorri de volta e empina o queixo.

Ela é conduzida através do cômodo onde a vestiram e depois por vários corredores sinuosos com painéis de madeira que cheiram a segredos. Em seguida, desce dois lances de escada e chega a um corredor comprido cheio de portas metálicas idênticas. É incongruente, o metal da porta em desacordo com a madeira suave de todos os outros lugares. Ela conta as portas enquanto caminha. Seriam câmaras de armazenamento? Despensas?

Na porta número 6, o homem para e faz sinal para que ela entre.

— Não preciso de um pedido de desculpas — repete ela, entrando. Ela sabe como é quando as pessoas bebem demais. — Não estou chateada...

É só quando a porta se fecha com firmeza às suas costas que lhe ocorre ficar aterrorizada.

PASSARINHO:
@Espectro34 Encontrei outra possível ligação com o PREDADOR — Bessy Klein, desaparecida desde 2007. Dezenove, loira, supostamente doente antes de "fugir". Alguma conexão?

> **ESPECTRO34:**
> @Passarinho Nada. O corpo foi encontrado no Tâmisa após decomposição. Nenhuma evidência a ser catalogada.
>
>> **PASSARINHO:**
>> @Espectro34 Mesmo que seu corpo tenha sido encontrado, ela pode ter sido vítima do PREDADOR. Talvez ele tenha cometido um erro. Quanto às outras evidências, podem ter sido disfarçadas pela decomposição. Verifique também o desaparecimento de Leslie Folk, 2010. A família disse que ela apresentava sintomas estranhos antes de sumir. Pode haver uma conexão.
>>
>>> **ESPECTRO34:**
>>> @Passarinho Concordo sobre Leslie, vou adicionar ao arquivo. Parece que uma garota desaparece a cada sete meses.
>>>
>>>> **PASSARINHO:**
>>>> @Espectro34 Até onde sabemos. Suspeito de que sejam mais.

DRAMM:
Procurando informações sobre mulheres jovens com sintomas misteriosos conforme detalhado em seu arquivo Sintomas.doc após contato com uma casa noturna muito exclusiva. Ambas vivas, mas nada bem. Alguém pode me ajudar?

11

São três da manhã quando a mensagem chega à minha caixa de entrada no fórum, que tenho atualizado periodicamente desde que concluí que dormir era uma causa perdida, horas atrás.

Após sair da casa de Desi, liguei para o número no cartão a partir de um telefone público a vários quarteirões de distância. Tocou duas vezes antes de alguém atender. Hesitei, perplexa com o silêncio, depois pedi para falar com o gerente. Fosse lá quem estivesse do outro lado da linha, desligou na minha cara sem dizer uma palavra ou emitir ao menos um som de respiração. Quando tentei de novo, a ligação caiu de imediato. No trajeto de volta a Kensington, pesquisei o número no Google, mas sem resultados.

Eu estava abismada. Tentei diferentes maneiras de pesquisar o logotipo, descrevendo-o, procurando em fóruns por qualquer menção a ele. Pensei no que Desi tinha dito sobre Renée sair com um cara rico e me perguntei para onde ele a estaria levando. Uma casa noturna, é claro — aonde mais um homem rico levaria uma jovem bonita e pobre? Quem mais teria um cartão com logotipo, mas nenhuma identificação? Que outro lugar poderia ser tão exclusivo e secreto?

Procurar "boate sem nome" no Google foi infrutífero, mas a pesquisa por imagens resultou em uma única correspondência: a foto estava em péssima qualidade, mas mostrava claramente um par de portas pretas no fim de um beco estreito. O mesmo símbolo do cartão estava estampado em tinta fosca na madeira.

Cliquei no link da imagem, que me levou a um fórum especializado em teorias da conspiração. Entre tópicos sobre alienígenas, reptilianos e efeitos Mandela, havia uma breve menção à boate sem nome. Anexada ao post, a foto do Google e um endereço: Cloth Fair, 41. Tirei print da postagem para revisar depois, caso não conseguisse encontrar o fórum de novo, o que acabou sendo uma boa decisão. Quando voltei mais tarde, o post havia sido excluído.

Pesquisei por "Cloth Fair, 41, boate sem nome" no Google e encontrei vários resultados arquivados na web que não consegui acessar, mesmo quando entrei pelo código HTML — um truque que aprendi na universidade.

A coisa toda parecia incrivelmente encoberta. Como se estivesse sendo bem protegida por alguém com influência — e devia ser mesmo, se a pessoa tinha poder suficiente para editar o próprio Google e manter olhares indiscretos afastados por toda parte. Alguém privado o suficiente para não estar listado em nenhum local que eu pudesse encontrar, exceto por um fórum de teorias da conspiração que, ao que parecia, hospedava mais teorias malucas sobre lagartos reptilianos do que fatos de verdade.

Mesmo assim, meu coração dispara quando recebo uma mensagem de uma pessoa no fórum.

> *Olá, @DraMM.*
> *Aqui é Passarinho.*

Estou ocupada digitando uma resposta quando novas mensagens aparecem.

> *Eloise Reid*

> *Mandip Bhatta*

A LOUCURA

> Georgia Murphy

> Laura C. Bradford

> Olivia Helman

> Diya Singh

> Todas essas mulheres foram vistas pela última vez no centro de Londres. A maioria morava na região entre Limehouse e Finsbury. Após verificação, os sintomas observados pelos familiares antes do desaparecimento correspondem àqueles listados no arquivo Sintomas.doc

Entre Limehouse e Finsbury... Abro o Google Maps. Renée e a família moram a seis minutos de carro do norte de Finsbury, na Torre Caliban. Umedeço os lábios e digito, meu corpo inteiro formigando ante à nova informação.

> Todas elas tinham os mesmos sintomas?

> Como você obteve essa informação?

> Não importa como.

Respiro fundo e me recosto na cadeira. Seja lá quem for Passarinho, é a única pessoa que encontrei capaz de enxergar o mesmo padrão que eu. Ainda assim, meu lado cético precisa de mais detalhes.

> Me diga quem você é.

Vários minutos depois, tenho certeza de que assustei a pessoa. Volto a me sentar direito e digito outra mensagem.

> Meu nome é

Uma mensagem de texto pipoca no celular, me assustando antes que eu consiga terminar de digitar. Quando leio seu conteúdo, meu sangue gela.

> Sei quem você é, Mina Murray.

> Ando investigando isso já faz muito tempo.

> Como conseguiu meu número?

> Tudo e todos podem ser rastreados. É algo que você deve se lembrar no futuro, caso queira continuar cavando esse buraco em específico.

Não gosto do puxão de orelha, se é que foi isso mesmo. Decido testar as coisas.

> Se você é tão expert assim, então rastreie este número: 07929886726.

> Me dê um minuto.

Leva menos do que isso para a pessoa responder.

> O telefone associado a esse número fez sua última ligação a cerca de um quilômetro e meio de Finsbury. Que número é esse?

> Um cartão de visita dado a uma das garotas antes de ela ficar doente.

Sento-me diante do computador, a mente acelerada, absorvendo as informações. Todas essas mulheres, incluindo Renée, desaparecidas nas mesmas regiões de Londres, apresentando os mesmos sintomas, e a única conexão que tenho — o número de telefone no cartão de visita entregue diretamente a uma das garotas — fez sua última ligação na mesma área. Um logotipo que se transforma em uma pesquisa de imagem mostrando uma porta no fim de um beco estreito, levando a um fórum que discute sobre essas mesmas jovens desaparecidas?

Não pode ser coincidência. Não pode, simples assim. Essas coisas — todas essas mulheres — estão conectadas.

E, de algum jeito, a casa noturna sem nome também está.

Para: MinaMurray@Murray.net
De: RonaldWexler@StaffordPractice.co.uk
Assunto: Renée Fields

Cara dra. Murray,

Achei que gostaria de saber que, infelizmente, Renée Fields foi encontrada morta em seu quarto esta manhã. Não tenho mais detalhes.

Atenciosamente,
Ron Wexler — Bacharel em Medicina e Cirurgia

12

R enée Fields foi encontrada morta em seu quarto esta manhã.
Não há tempo para gritar. Não há tempo para chorar, bater no travesseiro ou exigir algum tipo de resposta do universo. Minha dor lamentável e autocentrada diz mais sobre meu ego do que sobre meu coração. Renée era minha, e falhei em mantê-la segura.

Ela era uma pessoa, não um projeto.

Cada ligação que faço para Seward cai na caixa postal. Não tenho seu e-mail, mas, mesmo se tivesse, quero ouvir a voz dele ao ser confrontado, e não ler uma narrativa construída cuidadosamente por escrito. Quero ouvir em primeira mão o que aconteceu.

O controle tênue que tenho sobre minha raiva se desfaz conforme marcho até Brookfields. O ódio pulsa em meus ouvidos como uma sirene. Renée Fields, morta. Deixei-a com Seward e agora ela está *morta*.

— Quero falar com John Seward — digo ao recepcionista.

Dessa vez é um homem jovem, alguém que nunca vi.

— Hum, seu nome?

— Dra. Mina Murray.

Ele pega o telefone e sussurra na ligação, desligando menos de três segundos depois.

— Desculpe, mas o dr. Seward está ocupado no momento.

— Pois que ele trate de se *desocupar* — respondo. — Diga a ele que estou aqui para conversar e não vou embora.

O rapaz suspira e enfia a mão por baixo do balcão, retirando uma credencial de visitante e deslizando-a pelo tampo de maneira preguiçosa.

— Pode subir. Tenho certeza de que não tem problema.

Vou direto para o consultório de Seward, evitando a recepção psiquiátrica e os postos de enfermagem. Paro na porta, escutando. Ele está no telefone. *Rindo.*

Quando entro, encontro-o reclinado na cadeira, perfeitamente relaxado, com a gravata pendurada no ombro esquerdo.

Ele lança um rápido olhar para mim, mas segue conversando, seu semblante, voz e postura inalterados.

Aguardo por um minuto inteiro, cada segundo uma eternidade injuriante, perfurando-o com os olhos para sinalizar que desejo vê-lo dando cabo do telefonema depressa.

O dr. Seward persiste na ligação sem olhar para mim. Eu poderia muito bem ser uma planta de plástico.

— Dr. Seward — acabo dizendo.

Nenhum efeito. Pelo contrário, ele faz outra piada e ri, a traqueia ondulando de jovialidade.

Minha raiva se dilui em uma satisfação perversa quando dou um passo à frente e encerro manualmente a ligação, pressionando o gancho do telefone. Seward se ajeita na cadeira e me encara com uma expressão cômica de espanto, como se não pudesse acreditar na minha audácia.

— Dr. Seward — repito. — Fui informada de que Renée Fields faleceu.

Ele aponta para o telefone.

— Você desligou enquanto eu estava falando?

— Desliguei. Gostaria de saber os detalhes do que aconteceu com Renée.

Ele sustenta meu olhar por um momento, com o rosto sério, depois abre um sorriso. Seu corpo volta a relaxar.

— Nossa, como você está de mau humor hoje.
— Meu humor não importa.

Ele põe o telefone no gancho.

— Gosto disso. Uma médica que se importa de verdade com os pacientes. Precisamos de mais gente assim no mundo.

Franzo os lábios.

— Não vou perguntar de novo.

Seward suspira. O sorriso desaparece.

— Como deve imaginar, o assunto se encontra sob investigação. Receio não poder revelar nada além disso.

— Então houve conduta criminosa.

Ele suspira de novo, como se exasperado de súbito.

— Por que acha que houve crime?

— Por que haveria uma investigação se não fosse o caso?

— Rotina. Você sabe como é. — Ele encolhe os ombros e exibe a palma das mãos, como se não pudesse acreditar estar falando algo tão óbvio.

Respiro fundo.

— Renée era minha paciente.

— *Era*. Exatamente.

Ergo o tom de voz para dar ênfase:

— Como eu ia dizendo, existem outras jovens envolvidas e...

— Essas outras jovens são pacientes suas?

— Não, mas...

— Então receio que, no que lhe diz respeito, esse assunto esteja encerrado.

— Não me diga como fazer meu trabalho.

— Então faça. A morte da paciente está sob investigação. Não posso discutir esse caso com você, portanto, a menos que haja mais alguma coisa...

Ele se levanta.

— Escuta aqui. — Empurro o ar para baixo com as mãos espalmadas, encarando a borda da mesa por um instante antes de fazer contato visual outra vez. — Renée se enquadra em um padrão que envolve outras jovens, algumas das quais desapareceram sem deixar rastros enquanto outras foram encontradas mortas.

— Infelizmente, existem muitas Renée Fields no mundo. Quando ela chegou para nós, já não havia mais meio de ajudá-la. Acontece.

— Não aceito isso. Especialmente quando pode haver mais coisas nessa história.

Ele ergue as sobrancelhas de modo sardônico.

— Mais coisas?

— Renée tinha certo conjunto de sintomas. Existem outras garotas que sumiram na mesma região de Londres e cujas famílias reportaram sintomas semelhantes. Tenho uma amiga no País de Gales apresentando os mesmos sintomas. E aí parece haver uma ligação com um clube em Londres... uma boate.

Seward estreita os olhos para mim como se estivesse tentando entender em qual idioma estou falando, e percebo que não estou mesmo fazendo muito sentido.

— Deixe-me ver se entendi — diz ele lentamente. — Você acha que Renée Fields e uma lista de outras garotas com as quais você magicamente se deparou, além da sua amiga, que está em Gales, entre todos os lugares, contraíram uma espécie de, sei lá, doença por causa de uma *boate*?

Contraio os lábios.

— É possível.

— E a razão para não termos uma pandemia em nossas mãos, dado que casas noturnas recebem centenas, quando não milhares de visitantes toda semana, é...?

— Ainda não sei.

— E quais são exatamente esses sintomas?

— Fadiga, anemia, insônia, sonambulismo, pesadelos...

Seward dá uma risada, a tensão em seu corpo sumindo de repente.

— Pelo amor de Deus, você está de brincadeira! Por um momento, achei que estivesse falando sério. Mas você só está me provocando.

— E uma erupção cutânea...

— Eu não devia ter de lhe dizer que, em nossa profissão, baseamos nossas ações em *evidências*. Atrelar uma lista de sintomas comuns que toda a população provavelmente já teve uma vez ou outra a um grupo de mulheres desaparecidas é forçar muito a barra, não acha? Quanto à senhorita Fields, até que um relatório seja publicado, não tenho nada para oferecer. E como a paciente não estava mais sob seus cuidados...

— Estou afirmando que existe um padrão! — Deixo a frase escapar mais alto do que pretendia e me amaldiçoo em silêncio. — Outras jovens podem estar em perigo. Todas essas garotas tinham uma conexão com uma casa noturna que...

— Que casa noturna? — As mãos de Seward estão nos quadris, e ele abre um sorriso de antecipação.

Hesito por apenas uma fração de segundo.

— Não sei. Não tem nome. Tudo o que tenho é um logotipo que...

Ele ri.

— Então agora entramos nas teorias da conspiração.

Minhas narinas se dilatam, e conto os tiques do relógio na parede.

— Vou te dizer uma coisa — fala Seward. — Vou fingir que essa conversa nunca existiu. É óbvio que você andou sob muito estresse. E esse é um daqueles casos para esquecer.

— Para esquecer?

— Pacientes às vezes morrem sob nossos cuidados. É uma realidade da profissão.

— Ela era um ser humano, *dr.* Seward. — Minha língua fica presa no céu ressecado da boca ao dizer a palavra "doutor". Engulo em seco.

— Há uma série de coisas que podem ter dado errado. E às vezes não é culpa de ninguém. Quando esse tipo de gente chega nas nossas mãos, há muito pouco que pode ser feito.

Minha raiva está fervendo de verdade agora. Cerro os dentes, os punhos, os dedos dos pés.

— Esse tipo de gente? Você não tem coração.

— Sou um profissional. Tente ser também, Mina. Vá para casa, tome uma ducha quente, beba um vinho — continua ele, a voz calma. —

Espere uns dias. Sei que é perturbador quando você se envolve com um caso, mas você vai superar. Virão novos pacientes.

Quero dizer alguma coisa, mas me sinto inesperadamente perdida.

Será que ele tem razão?

Eu me envolvi demais?

É porque me sinto culpada por ter ido embora?

Seward começa a andar até a porta.

— Nesse meio-tempo, se não tiver mais nada a discutir...

Puxo o ar para responder alguma coisa, mas ele já está abrindo a porta.

— E, Mina... pare de ler coisas malucas na internet, está bem? Da próxima vez, vai querer me dizer que o 11 de Setembro foi um trabalho interno e que a Terra é plana! E aí será *você* sob os nossos cuidados! — Ele ri e me dá uma piscadela. — Vá para casa.

Do lado de fora da Brookfields, fico parada no meio da calçada, imóvel por um longo período. Merda! O que diabos aconteceu? Como foi que me deixei ficar tão envolvida em conjecturas e conspirações? E ter sido *John Seward* a apontar isso, dentre todas as pessoas! Aquele charlatão!

Pego o celular e digito uma mensagem para Lucy.

> *Oi, Luce, como está se sentindo?*

> *Pergunta rápida: você já esteve em uma boate em Londres que não tinha nome, só um símbolo na porta?*

Ando de um lado para o outro enquanto espero pela resposta.

> *Saí do hospital e voltei para casa*
> *Estou me sentindo melhor, eu acho*
> *Disseram que eu estava muito anêmica,*

> então comecei a fazer transfusão
> Reza por mim, eu acho LOL!

> Nunca estive em uma boate em Londres
> Está pensando em me levar para uma noitada?!

A humilhação afunda em meus ossos diante da resposta. Percebo que estive presa nos últimos dias e semanas exatamente na mesma coisa da qual tantas vezes tento curar minhas pacientes: uma ilusão, uma loucura, um desejo que me consome de procurar respostas onde elas não existem, tentando compreender um mundo que, muitas vezes, simplesmente não faz sentido. Seward está certo: estou vendo fantasmas onde não há nenhum.

IV

A escuridão é impenetrável.

Ela passou o primeiro dia explorando o cômodo com a ponta dos dedos, estendendo mãos hesitantes pelo breu. Não há janelas. Não há quadros. Não há cornijas. As paredes são de um metal sólido e gelado ao toque. Ela deixou de sentir as próprias nádegas há horas (ou dias?). Tirando uma privada sem assento, não há nada em que ela possa se concentrar ou marcar o tempo. Está ali há dias; disso tem certeza. Talvez uma semana.

Em intervalos regulares, a porta se abre no escuro e uma bandeja entra. Na primeira vez que isso acontece, ela está despreparada e grita, recuando contra a parede oposta, mais tarde amaldiçoando a si mesma por sua fraqueza e falta de ação. Na segunda vez, ela está um pouco mais pronta. Ela corre em direção ao som o mais rápido que consegue, sabendo que pode ser sua única chance de fugir. Mãos a agarram no escuro; um golpe é desferido com tanta força que ela fica sem respirar por longos e agonizantes segundos. Um choque elétrico, algo preso em seu pescoço, depois mais dor — excruciante e interminável, liquefazendo seus globos oculares. Depois de um tempo a dor desaparece, deixando no rastro uma quentura vibrante, uma névoa de desorientação. A coisa em torno do seu pescoço zumbe em alerta, e ela sabe que não quer senti-la ganhando vida outra vez. Fará qualquer coisa para evitar aquilo.

Ela come o que seus dedos encontram, primeiro sentindo o conteúdo, mas depois devorando tudo sem pensar ou hesitar. A comida é de boa qualidade — isso ela sabe —, mas, a partir do terceiro (ou quarto ou quinto) dia, já não importa. Eles lhe dão água com um gosto amargo ou medicamentoso, e ela dorme por horas — ou dias, ou semanas ou meses. O tempo não significa nada.

Ela não sabe quem está por trás disso.

Ela não sabe por que alguém está fazendo isso.

Ninguém a tocou. Esse costuma ser o motivo de sempre, não?

Nada faz sentido. Mas, devagar, um padrão emerge. A comida chega três vezes por dia. É trazida por alguém com sapatos barulhentos. É a mesma pessoa, ela sabe, porque há um perfume. Algo limpo, como pinho e hortelã.

Ela tenta fazer perguntas...

O que você quer comigo?

Por quanto tempo vai me prender aqui?

Onde estou?

Quem é você?

O que está acontecendo?

Que dia é hoje?

... mas a pessoa nunca responde.

Depois de muito tempo, o padrão muda. Certo dia, as luzes se acendem. A dor é tão intensa que seus ouvidos gritam com ela. Seus olhos lacrimejam, mesmo fechados com força.

Uma voz de homem. Um homem novo — o cheiro dele é diferente, e os sapatos não fazem barulho.

— Fique de pé.

Ela é colocada de pé, ainda ofuscada.

— Suba. Coloque o pé para a frente.

Ela é puxada para uma superfície fria. Força um olho a se abrir e espia para baixo através das lágrimas que nadam em sua visão. Ela está em uma balança. Eles a estão *pesando*. Ela olha ao redor da sala, com medo de não ter outra chance. Tinha razão: não há nada visível. Nenhum móvel.

São três homens na sala. Dois usando uniforme preto e um terceiro — um médico. Ela percebe o crachá e o símbolo nele, mas o homem se move outra vez antes que ela possa se concentrar em discernir as letras.

— Ótimo. Tragam a cadeira.

Os dois homens de preto trazem uma poltrona do tipo reclinável. Parece um anteparo médico, e ela estremece e se encolhe para longe.

— O que vocês querem? — Sua voz soa tão fraca que ela percebe que não fala nada desde... quando?

Os homens prendem a poltrona no chão, cada um dos quatro grandes parafusos girando em aberturas que ela não notara no metal. Eles já fizeram aquilo antes. Ela é "ajudada" a subir na cadeira. Eles a amarram.

— Fique quieta, a menos que queira ser sedada — diz o homem de jaleco branco, dando-lhe um sorriso que faz a pele dela se arrepiar. — Não vai demorar nadinha.

Um torniquete, uma agulha com acesso do tipo borboleta. Ele tira seus frascos de sangue com uma mão hábil. Obedecendo, ela se mantém quieta, raciocinando que será menos doloroso não ser empalada mais do que o necessário, ou, conforme ameaçado, ser sedada. Em vez disso, ela observa tudo enquanto pode. Olha para o rosto do médico, para cada linha e poro. Olha para os homens que parecem apenas músculos e nenhum cérebro, que nunca olham de volta para ela nem parecem muito incomodados com qualquer coisa. Ela observa a porta, tentando descobrir como mexer naquela maçaneta a fim de escapar.

Eles obviamente a estão preparando para alguma coisa. *Cevando-a*, por assim dizer. Mas com que propósito?

Após um tempo, ela é liberada, sem sangue, e a poltrona é desparafusada do chão. Ela gostaria que eles a tivessem deixado. Ela quase se esqueceu como é dormir em algo macio, e mesmo o vinil rígido daquela engenhoca já seria uma melhoria.

Eles trancam a porta ao sair, e nada do que ela faça poderia abrir a passagem de novo.

As luzes se demoram por alguns segundos preciosos antes de ela ser mergulhada de novo no escuro. Com a noite, vêm os pensamentos:

Por que me trouxeram para cá?

> *Por que estão tirando meu sangue?*

> *Quem é o homem de jaleco e o que ele quer?*

> *Estão planejando me vender pelo lance mais alto em algum país distante do qual nunca escaparei?*

Um pensamento persiste acima dos outros:
Eu não vou sair disso viva.

13

Estou chafurdando em pensamentos contidos pelas sensações físicas. A borracha indulgente da sola dos tênis batendo na calçada molhada pela chuva. Hálito quente em meus ouvidos. Pulmões contraídos de adrenalina, estômago nadando em cortisol.

A voz de Seward em minha cabeça. *Sou um profissional. Tente ser também.*

Eu me encolho e corro mais depressa.

Como pude me deixar levar tanto assim? Tão impotente e ávida por me envolver em fantasias? Conjecturas. Teorias da conspiração. A humilhação me faz correr mais rápido, e percorro os últimos metros até meu apartamento. Lá dentro, tiro a roupa de corrida no banheiro e ligo o chuveiro no mais quente possível, reprimindo um grito quando a água atinge minha pele frígida. Quarenta e cinco minutos depois — quatro com cinco dá nove, que é três vezes três —, estou rosada, em carne viva e de joelhos, tremendo enquanto esfrego os azulejos com água sanitária. De volta à antiga rotina.

Sou uma tola por achar que Renée estava de alguma forma ligada a Lucy, por perseguir teorias e fantasmas. Não acredito que caí em uma toca de coelho cheia de boates misteriosas, fóruns na internet e dezenas de casos conectados… E tudo por Lucy. É por isso que as emoções são perigosas. Joguei uma década e meia de lógica no lixo só pela chance de salvá-la. Mas onde estavam os fatos? As evidências? Por que ignorei lacunas tão gritantes?

Na cozinha, faço chá de verbena com os dedos inchados, estalando nas juntas, e preparo dois ovos perfeitos que como sem nenhum prazer, da esquerda para a direita, da direita para a esquerda, ignorando o espaço vazio onde habito.

Suéter de lã merino.

Calças de tecido misto de algodão.

Botas elegantes.

Coque torcido.

De volta à vida que dei tão duro para conseguir.

Minha consulta às nove horas é com uma mulher cujo marido foi preso seis meses atrás por violência doméstica. Ela está lidando com a culpa. Ela arruinou a vida dele. Que desgraçada. Que maldito desperdício. Se ao menos não tivesse dito nada. Agora o filho a odeia.

Às dez e quinze atendo uma mãe cuja filha não fala há quase um ano. Explico a ela sobre mutismo seletivo e sugiro que eu trabalhe sozinha com a menina. A mãe está agitada e ansiosa. A filha está indo mal na escola. Que futuro terá se não voltar a falar? O que os outros vão pensar? O constrangimento é insuportável.

Onze e meia: um caso de abuso sexual. Quase não vou. Meus próprios pensamentos e sentimentos estão expostos em meu peito como um par de seios obscenos, não mais contidos no espartilho que funcionou durante anos. Outra caneca de chá de verbena e puxo o zíper de volta ao lugar, pensando, *Renée, Lucy, Renée, Lucy.* Chego trinta minutos atrasada. A assistente social é gentil, mas está fora de sua especialidade. Comando o show e forneço um relatório complementar à polícia. Saio após garantir à vítima aterrorizada que a verei em breve. Ela me olha como se eu tivesse a resposta. Como se eu pudesse consertar o que foi quebrado nela, e me sinto uma charlatã.

Como uma maçã no almoço, dentro do carro, encarando o vazio.

Eu não devia ter de lhe dizer que, em nossa profissão, baseamos nossas ações em evidências.

Pacientes às vezes morrem sob nossos cuidados. É uma realidade da profissão. Fecho os olhos e belisco a pele fina dos nós dos dedos.

Meus dias se sobrepõem como uma gelatina disforme, um ciclo interminável de trauma embrulhado em minha nova insegurança.

Na manhã da quinta-feira, acordo com uma sensação de tristeza palpável. Encaro o teto e tento me concentrar nos meus sentidos. Vejo um teto branco tão perfeitamente rebocado que nem consigo formar imagens a partir dos pequenos defeitos da obra. O cheiro opaco da água sanitária de ontem vem até mim do banheiro. O apartamento está silencioso — vazio —, mas o barulho da cidade por trás das paredes frágeis e dos vidros ainda mais frágeis é tão alto que não consigo raciocinar direito. Como nunca percebi isso?

Sento-me na cama e tomo um gole do chá de verbena que estava na mesinha de cabeceira. Vou para o banheiro (um, dois, três, quatro, cinco, seis, sete, oito, nove passos), parando na porta. O que mamãe deve estar fazendo agora? Colhendo abobrinha no jardim, talvez? Foi até a cidade para uma reunião matutina do clube do livro? E Lucy? Ainda estará no hospital? Ou voltou para casa, se recuperando das transfusões? E Jonathan... o que deve estar fazendo? Dormindo em sua cama? Sozinho? Com alguém?

Acerto a cabeça no batente da porta, minha testa cantando quando a pele já fina como papel se rompe. Pressiono os dedos na ferida e fecho os olhos, imaginando que são os lábios de Jonathan ali. Quentes. Macios. Engulo em seco.

Idiota... tão idiota.

Mais tarde, na cozinha, já quase consegui controlar minha mente errante, mas uma pontada de curiosidade me leva até o jornal on-line de Tylluan. É só uma espiada, prometo a mim mesma. Uma espiada e então esquecerei tudo.

A principal manchete é uma reportagem sobre o show rural de Tylluan. A corrida de porcos foi o destaque do dia. A foto me faz sorrir e revirar os olhos. Uma fileira de porquinhos com roupas numeradas corre rumo a um pequeno obstáculo, o rosto borrado das pessoas assistindo boquiabertas, aplaudindo e gritando por um vencedor.

Desço a página até a próxima matéria, e meus ombros começam a relaxar, meus olhos se fixando em uma chamada.

É uma atualização do caso que vi na mercearia do senhor Wynn.

> **BUSCAS POR GAROTA LOCAL DESAPARECIDA SÃO AMPLIADAS**
>
> Seren Evans, dezesseis anos, que sumiu de Tylluan há mais de um mês, ainda está desaparecida após quase cinquenta dias de busca. Autoridades locais e voluntários vasculharam os arredores e as possíveis pistas, mas nenhum vestígio da garota foi encontrado. A polícia agora está trabalhando com outras autoridades em diversos condados vizinhos a fim de ampliar a busca.
>
> Segundo a família, Evans não demonstrou sinais de estresse nos dias anteriores ao desaparecimento. "É como se ela tivesse simplesmente evaporado", disse aos repórteres a senhora Catrin Evans. "Num dia, minha filhinha estava brincando com as amigas, e no dia seguinte, sumiu."
> Traremos mais atualizações conforme o caso progrida.

Abaixo do artigo, há um vídeo incorporado à página. Aperto o play e vejo uma adolescente corpulenta, de aparência rude e feições quadradas, franzindo o rosto para o repórter que está em algum ponto fora do alcance da câmera. A legenda abaixo do vídeo informa: Rhiannon Jones, amiga.

— Comigo agora — diz um repórter com ares de novato — está Rhiannon Jones, moradora de Tylluan e melhor amiga de Seren Evans. Pode esclarecer para nós a situação de Seren? Havia algo de incomum com a sua amiga na noite anterior ao desaparecimento?

Rhiannon joga o cigarro fora e cospe um fiapo de tabaco que prendeu no lábio.

— Como vou saber? — Ela dá de ombros. — Tipo, OK, ela esteve doente uns dias antes, mas foi só isso. Brotoejas. E tipo uns calafrios. Achei que ela estava enchendo a cara. É fraca para bebida que só ela.

Franzo a testa e assisto ao vídeo outra vez, prestando atenção no rosto de Rhiannon. A tensão ao redor da boca já é natural — anos de uma vida difícil com palavras duras. Mas o tremor no canto do olho... isso é estresse. Ela não está contando alguma coisa.

Pare com isso.

Fecho o notebook e despejo o chá frio na pia, lembrando-me de parar de procurar conexões onde não há nenhuma. Estou tirando conclusões precipitadas. Estou forçando a barra. Talvez a garota só não goste de aparecer na câmera, simples assim.

Não é nada. *Nada.*

E, no entanto... a coisinha em meu cérebro ainda está ali. Que mal faria voltar ao País de Gales por uns dias? Que mal poderia haver em visitar minha mãe e minha amiga?

As racionalizações ainda estão correndo em minha mente enquanto faço as malas mais uma vez e peço a Kerry que adie todas as minhas consultas.

14

Forço os ombros para trás e respiro fundo, me preparando para o que sei que está por vir. *Ela é apenas uma mulher.* Cerro os dentes e passo pela porta da casa da minha mãe.

— Mãe?

Encontro-a no jardim de inverno, colhendo tomates-cereja e pepinos das plantas que sobem até o teto, colocando os frutos em uma cesta de vime que ela segura contra o quadril como se fosse uma criança. Ela ergue os olhos quando me aproximo.

— Voltou cedo assim? — Ela arqueia as sobrancelhas de forma dramática antes de voltar a atenção às plantas. — Com certeza não foi pela minha companhia.

— Lamento ter ido embora sem me despedir, mas aconteceu uma emergência no trabalho e precisei voltar. Não tinha o que fazer.

— Você praticou esse discurso quantas vezes?

Engulo minha resposta e solto a mala pequena do lado da porta. *É bom ver você também.* Danem-se as gentilezas. De todo jeito, elas não significam nada por aqui. Duvido que qualquer coisa menor do que cair de joelhos e implorar por seu perdão misericordioso pudesse adiantar. Talvez nem isso.

— Sabia que Lucy está doente?

— É claro que sim. Ela é como uma... — Mamãe engole em seco. — Ela é minha amiga, Mina.

Sei o que ela ia dizer. *Ela é como uma filha*. É o que ela sente por dentro; o que nunca sentiu em relação a mim. E não me importo, tenho de lembrar a mim mesma. Nosso relacionamento sempre foi complicado — não permito que os sentimentos entrem no caminho do meu trabalho ou das minhas pacientes. E, para o bem ou para o mal, Lucy *é* minha paciente. Ela pediu para que eu fosse sua médica, para que eu viesse ajudar, estando bêbada ou não, e pretendo fazer isso. Londres me lembrou de que, por dentro, sou feita de aço.

— Bom, estou aqui para tratá-la.

Ela funga.

— Então vou servir de hotel de novo?

— Prefere que eu me hospede em um?

A verdade é que ainda preciso ficar perto de minha mãe. Por mais que isso me irrite, que me encha de uma raiva que faz cerrar meus punhos, mamãe e Lucy têm um vínculo especial. Lucy sempre confiou nela, já que não tinha uma mãe — ou ao menos uma que se importasse — para fazer isso. Ela contava coisas à minha mãe que eu só ficava sabendo dias ou mesmo semanas mais tarde. Era a única coisa de que nunca gostei, mas eu não podia negar aquilo a Lucy. Eu não podia negar nada a Lucy. Ainda não consigo, ao que parece. Assim, preciso interrogar minha mãe com sutileza e tentar descobrir o que Lucy anda escondendo. Porque ela está escondendo alguma coisa. Um amante, um vício em drogas... algo. Pode ser uma besteira. Algo aparentemente inconsequente. E, se ela não quis me contar, deve ter contado para minha mãe.

Minha mãe.

A criança dentro de mim, aquela que sofre pela dor que mamãe causou, por sua culpa e ódio, anseia pelos anos em que ela me abraçaria e diria que tudo ficaria bem, que eu seria capaz de iluminar qualquer sombra e fazê-la desaparecer como uma chama extinta.

Lucy e eu temos muito em comum, e uma das coisas é: ambas temos mães que não nos querem.

— Bom, e o que você acha que pode fazer por ela? — pergunta mamãe, virando de costas como se não se importasse.

— Tudo que for possível.

Consigo imaginar seus lábios franzindo, o leve erguer das sobrancelhas indicando que discorda. Ela me olha de lado como se quisesse falar mais alguma coisa — confidenciar algo —, mas depois volta a franzir a boca.

— Seu quarto não mudou de localização desde que você foi embora — diz ela, apontando para as escadas. — Então pode ir.

Na Propriedade Ifori, Cariad me leva pela escadaria curva e por um corredor com carpete branco até o quarto de Lucy. É um espaço aberto e, eu acho, normalmente bem-iluminado, embora agora as cortinas estejam fechadas sobre o que presumo serem janelões do chão ao teto, projetando sombras pegajosas no ambiente. Lucy está apoiada em travesseiros, sorrindo de forma fraca para mim. Agora tenho certeza de que ela e Arthur não dividem o quarto. Não há um pingo de masculinidade em nenhuma parte deste lugar. Ao olhar em volta, tudo o que vejo é Lucy.

Ela está pálida, deitada sobre os lençóis brancos e apoiada em travesseiros tão fofos que a fazem parecer ainda mais magra do que realmente está. Tento não deixar transparecer o choque. Em apenas uma semana, seu estado se deteriorou depressa. As maçãs do rosto se projetam abaixo dos olhos encovados e com olheiras. Os lábios estão rachados e pálidos.

Percebo que ela andou se fazendo de forte nas mensagens de texto, fingindo normalidade quando claramente nada está normal. As transfusões não estão funcionando. Lucy está ficando ainda mais doente.

— Lucy...

Ela parece pior. Por que parece pior? Largo no chão a sacola plástica que trouxe comigo e seguro a mão dela, frágil contra a roupa de cama e igualmente pálida.

— Como está se sentindo, bobona?

— Bambi — sussurra ela, os lábios se abrindo como uma lixa, um rastro de gosma branca se estendendo entre eles antes de estourar como um balão de festa deprimente. — Você voltou.

Meu estômago se revira ao vê-la tão branca e debilitada. Ainda na semana passada ela estava rindo feito louca enquanto bebíamos vinho barato e uísque fino, conversando sobre os velhos tempos.

— Você não está fazendo o que mandei e ficando boa — digo, fingindo uma reprimenda.

— Eu sou rebelde.

Aperto sua mão.

— Sei disso. O que eles te disseram?

— Praticamente nada. As transfusões ajudaram, por um tempo. Depois piorei de novo. E o fumarato sei lá de quê... As pílulas?

— Fumarato ferroso. Pastilhas de ferro.

Ela sorri, os dentes grandes em seu rosto magro.

— Você sabia que elas fazem o cocô ficar preto, não sabia? Tudo isso foi uma pegadinha bem elaborada, certo?

Forço um sorriso.

— Você me pegou. Minha missão sempre foi te fazer cagar preto.

Uma risada ofegante, uma tosse fraca.

— Eu sabia. Pelo menos não são sanguessugas na vagina.

Uma risada surpresa escapa de mim.

— *Quê?*

— Ah, qual é, você não se lembra das sanguessugas vaginais?

— Eu deveria me lembrar?

Lucy ri.

— A gente costumava ficar citando fatos sobre sanguessugas. Não acredito que você esqueceu.

Uma lembrança ressurge da lama.

— Sanguessugas amazônicas podem crescer até os quarenta e cinco centímetros...

— A maior parte das espécies medicinais de sanguessugas são galesas! E mesmo que a vida sugue sua alegria mais do que imagina... — Lucy dá a deixa, erguendo as sobrancelhas.

— Pelo menos não temos...

— *Sanguessugas na vagina*! — exclamamos juntas.

Caímos na risada, mas Lucy tem um ataque de tosse e não consegue puxar o ar o suficiente. Sua vivacidade se esvai depressa. Ajusto os travesseiros. Depois de um tempo, ela se recosta de novo, ofegante.

— Estou me sentindo melhor, de verdade — diz ela. — O sonambulismo quase não acontece mais. Só estou um pouco cansada. Deram uma cópia dos resultados do exame de sangue para Arthur. Está ali naquela pasta.

Ela aponta para a penteadeira do outro lado do quarto. Há uma pasta azul no topo.

— Se importa se eu olhar?

Minha mente percorre os caminhos mais sombrios. Será que ela teve um derrame? Está sofrendo demência precoce? Teve uma lesão no cérebro devido a um trauma do qual ninguém se lembra? Poderia ser um tumor na cabeça?

Ela balança a cabeça.

— A médica aqui é você.

Fico de pé e folheio as páginas, correndo o dedo pela lista de resultados. Não parecem bons. A repetição da contagem de células está estranha. Elas melhoram e depois pioram, melhoram e depois pioram.

— Me recomendaram descansar o máximo possível — diz Lucy. — Então estou fazendo isso. Mas é chato. — Ela dá um tapinha na cama, me chamando outra vez. — Chega de dra. Mina. Quero saber como está minha Bambi. Como foi reencontrar sua mãe? Aposto que ela ficou feliz em te ver.

— Reencontrar mamãe foi... interessante. Ela está a mesma de sempre.

— Biruta?

— Demais. Ela ama a própria reputação. Estou convencida disso.

— É claro que ama — afirma Lucy, sorrindo. — Quando eu for mais velha, tenho plenas intenções de assumir o manto de maluca depois dela. Vou cultivar essa personalidade como um bom vinho. As pessoas vão sentir o cheiro antes mesmo de me ver.

Faço uma careta.

— Por causa de todas as ervas e incensos! — Lucy explica, rindo, os lábios se esticando tanto que temo vê-los se rompendo.

Estremeço com seu hálito. Doce. Frutado. O fígado dela não está bem. Mesmo sem ter visto os resultados do exame hepático, eu saberia só pelo odor.

— E Jonathan? — pergunta ela após um tempo, me observando com atenção.

Respiro fundo e cato fiapos em meu suéter.

— O que tem ele?

— Você o viu de novo? Falou com ele?

— A gente meio que conversou. Não sei se dá para chamar de conversa. Ele está muito diferente.

— Diferente como?

Faço um gesto vago. Não quero de verdade entrar nesse assunto, mas a resposta me escapa do mesmo jeito:

— Algo apagou a luz que ele tinha. Agora ele está mais...

— Parecido com você?

Reflito sobre a comparação.

— É. Acho que seria uma forma de descrevê-lo. Ele está mais parecido comigo.

— Senhora do mistério — entoa Lucy com imponência. — Arauta do silêncio.

— É só que ele está... não sei. Parecido comigo.

Lucy sorri com os olhos.

— Bom, isso só pode ser uma coisa boa.

— Você é gentil demais com a minha pessoa. Agora, me conte quando vai ser sua próxima transfusão.

Ela revira os olhos, e vejo uma parte amarelada. Droga.

— Semana que vem. Segunda-feira. *Um. Grande. Tédio.*

— Você vai me contar depois? Falar como está se sentindo?

Ela ri pelo nariz.

— Dá para ver que é isso que você considera uma fofoca suculenta agora.

— Só quando é sobre você.

— Fico lisonjeada.

— Ah, e eu te trouxe uma coisa — digo, me abaixando para pegar a sacola plástica. — Mas acho que você não vai conseguir aproveitar direito até melhorar um pouco.

Ergo o embrulho de presente que há lá dentro para que ela possa ver.

— O que é? — pergunta Lucy, ficando animada.

Uma pontada de nostalgia; ela sempre teve uma queda por presentes. Lucy não mudou. O que significa que, de certa forma, eu ainda a conheço muito bem.

Mostro a ursinha de pelúcia rosa que comprei em uma lojinha enquanto estava de passagem por Birmingham. Ela tem a orelha costurada para baixo em um padrão xadrez que faz com que pareça carrancuda. Lucy dá um gritinho de alegria infantil.

— Ah, Mina! Eu amei!

Ela imita garras com as mãos, a pantomima de uma criança, e lhe entrego a bola felpuda. Lucy abraça a ursinha e beija o topo de sua cabeça.

— Vou chamá-la de Ellie-Barriguda — declara, acariciando a barriga do urso, cuja área circular é forrada no mesmo tecido xadrez.

— Ela me fez lembrar de...

— *Shauna-Pé-Doente*! — Lucy termina minha frase.

Shauna-Pé-Doente era uma pelúcia que Lucy tinha desde que era uma menininha. Certo dia, minha mãe encontrou Lucy gritando no meio da cozinha. A pata da ursa estava no chão, rodeada pela carnificina do próprio enchimento de algodão. Minha mãe costurou a coisa toda — sem o pé, que Lucy declarou ter dado *"engrena"* — enquanto Lucy soluçava e eu assistia a tudo com olhos arregalados e medrosos. A ursinha ficou conhecida como Shauna-Pé-Doente desde então.

Lucy e eu suspiramos em uníssono.

— Eu tinha me esquecido daquela coisa velha — diz ela com melancolia. — Ela começou rosinha desse jeito e terminou ficando meio bege desbotado.

— Achei que Ellie-Barriguda pudesse ser uma boa companheira para te ajudar a se sentir melhor.

— Contanto que os pés dela não caiam, ficarei bem.

— Não, não podemos ter nenhuma *engrena* acontecendo.

Ela dá uma risada pelo nariz, e eu sorrio. Essas somos nós. Sendo patetas e ridículas.

— Agora me deixe descansar um pouco, sua vagabunda — diz ela, inclinando-se na cama para posicionar Ellie-Barriguda a seu lado, debaixo do edredom.

Ao fazer isso, sua camisola desliza pelo ombro.

As brotoejas estão piores.

— Lucy, você já pediu para alguém dar uma olhada nisso?

Ela pestaneja e desce as vistas para o ombro.

— Ah, isso? É uma dermatite de contato por causa da roupa de cama do hospital. Eu duvido muito que eles troquem os lençóis depois que alguém morre naquele lugar.

— Você já estava com isso na pele antes de ser internada. Eu vi quando você teve a convulsão.

— Ah. — Ela dá de ombros. — Não sei. Vou chamar um médico para dar uma olhada.

— Preciso ir — declaro, forçando um sorriso. — Eu te mando mensagem.

— Só se for sobre Jonathan ou sua mãe ou qualquer outra coisa importante. Eu me recuso a permitir que você me aborreça com minha própria mortalidade.

Um arrepio gelado me atravessa ao ouvir a palavra, tendo visto a erupção cutânea tão de perto.

— Eu te amo, Bambi — sussurra Lucy, fechando os olhos.

Há um momento de paz, mas então uma tosse a invade. Antes que eu pisque, ela vomitou bile e sangue na colcha. Seus olhos rolam para a parte de trás da cabeça, o corpo teso, as mãos e os pés ficando rígidos.

Em um movimento horrível, uma convulsão a faz cair da cama, e ela vomita mais sangue no chão. O vômito mancha seu rosto, viscoso de bile, grudando em seu cabelo como sangue na neve.

— Lucy... merda. Socorro! Precisamos de ajuda aqui!

Quantas convulsões ela anda tendo? Essa é muito pior do que a anterior. Quase posso sentir seus ossos rangendo. Ela está ficando azul, o sangue espumando em seus lábios.

Grito de novo, chamando Arthur, Cariad, seja lá quem estiver mais perto, mas parece que estou longe demais para alguém me ouvir.

Eu a coloco de lado e posiciono um dos travesseiros caídos sob sua cabeça. Lucy bateu no chão com muita força, pode ter tido uma concussão, mas posso fazer com que não piore. Um calor se espalha por meus joelhos no ponto em que estou ajoelhada, e percebo que Lucy perdeu o controle da bexiga, a camisola branca encharcada de urina escura.

Chamo seu nome para ver se ela está consciente, mas seus olhos continuam girando e não há resposta.

De repente, Arthur irrompe no quarto, ofegante.

— Ah, meu Deus! — diz ele, correndo até nós.

— Ela está tendo outra convulsão — falo, minha voz fraca.

— Fico feliz demais que você esteja aqui... de novo. — A voz de Arthur embarga enquanto ele acaricia o cabelo da esposa.

Olho para o relógio. Já se passaram três minutos.

— Pode me dar um celular? Preciso chamar uma ambulância.

Arthur se levanta e pega o telefone que fica preso na parede junto da porta, e eu me amaldiçoo pela negligência de ter deixado meu maldito celular no carro. Ele me entrega o aparelho, quase deixando-o cair, e ligo para a emergência. Passo pelo questionário, e ela é colocada na prioridade um.

Minhas mãos tremem ao devolver o telefone para Arthur. De modo involuntário, lágrimas brotam em meus olhos. Volto a olhar para Lucy.

A convulsão tônico-clônica persiste por mais um minuto angustiante durante o qual ela adquire um tom ainda mais profundo de azul.

Quando finalmente termina, Arthur e eu a colocamos em posição de recuperação, e Lucy arqueja em busca de ar. Não consigo acreditar nisso. Por que lhe deram alta do hospital se ela claramente não está bem?

O som das sirenes ecoa pelas janelas. Um suspiro escapa dos meus lábios, e o corpo de Arthur começa a tremer inteiro, fora de controle.

Quando nossos olhos se encontram, a expressão dele é um espelho da minha. Amor. Desespero. Preocupação. Alívio.

Cariad irrompe no cômodo com os paramédicos, e, em uma agitação cacofônica, Lucy é colocada em uma maca. Como não sou membro da família, não sou autorizada a entrar na ambulância. Arthur me lança um último olhar antes de seguir os médicos, um *obrigado* silencioso em seus lábios finos. Em poucos instantes, o quarto está quase vazio.

O silêncio repentino é ensurdecedor. O relógio de pêndulo faz tique-taque no canto, e Cariad abre uma janela a fim de arejar a atmosfera pútrida. Pela primeira vez, noto minhas mãos. Cobertas de bile e sangue. Sinto a umidade gelada onde me ajoelhei na urina de Lucy. Meu pescoço começa a coçar desesperadamente, e logo minhas mãos estão queimando.

— Me mostre o banheiro — consigo dizer.

Cariad me leva até o banheiro na porta ao lado, onde aqueço a água até que fique escaldante e lavo as mãos repetidas vezes. Minha mente está gritando.

Eu estou no controle.

Eu estou no controle.

Euestounocontrole...

A LOUCURA

A próxima coisa que registro é que saio correndo da casa e vomito no chão de cascalho.

Ouço alguém atrás de mim, e estendo a mão para dizer a Cariad que estou bem. Escuto passos no cascalho conforme ela chega mais perto, e me viro para dizer à funcionária que ela pode voltar, mas, quando ergo os olhos, não vejo nada. Ninguém.

Giro em círculos, certa de que ouvi alguém me seguindo. O vento assobia nas árvores, e, por um instante, juro que consigo escutar uma voz sussurrando meu nome. Mas estou sozinha — com meus pensamentos, com meu desespero.

— Lucy — murmuro. — Como vou salvar você?

15

Vou para a praia. A caçamba está acesa com a fogueira de novo, e um punhado de adolescentes vagueia, tomando bebidas disfarçadas em garrafinhas de água. Os que estão sentados mais perto da areia pedregosa me observam com cautela quando me aproximo.

Pego o maço de cigarros que acabei de comprar e abro o pacote devagarinho, contemplando as ondas. Tiro um cigarro e o prendo entre os lábios, apesar de não fumar desde que Lucy e eu éramos mais novas.

Lucy ainda está no hospital, sendo espetada e monitorada enquanto os médicos tentam descobrir mais uma vez o que há de errado com ela. Eu a visitei no dia anterior, mas não havia nada para dizer ou fazer. Sentada na sala de espera do hospital, inundada pelo cheiro de antisséptico e pela forte iluminação no teto, acabei lembrando do que me levara de volta a Tylluan: a ligação tênue, mas possível, entre Lucy e a garota desaparecida. E assim, me sentindo impotente lá, decidi vir aqui.

— Estou procurando uma pessoa — digo, ainda sem olhar para o grupo de adolescentes.

Eles me ignoram.

— Um cigarro se me apontarem a direção certa.

Agora sim eu olho para eles, e fico satisfeita ao vê-los me encarando, considerando a oferta.

A LOUCURA

— Não sou dedo-duro — diz um dos meninos, mas ele observa meu cigarro, incerto.

— Não sou da polícia.

— E quem é você, então?

— Eu cresci aqui.

Eles zombam.

— Que papinho.

— Minha mãe é Vanessa Murray.

Os garotos ficam em um silêncio atordoado por meio segundo, depois caem na risada.

— Sua mãe é a bruxa biruta da colina?

Acendo o cigarro e dou uma tragada.

— É.

Algumas coisas nunca mudam.

Um dos rapazes oferece uma batata frita quebrada de um pacote tirado do bolso.

— Que porra é essa? — reclama seu companheiro. — Não daria para alimentar nem um rato doente!

O amigo ri, dá de ombros e come ele mesmo o pedaço de batata.

— E aí? Vão querer ou não? — pergunto.

— Eu topo pelo maço inteiro — responde o mesmo garoto, recostando-se e sorrindo.

— Só se você me apontar diretamente a pessoa com quem quero falar.

— E se eu não conhecer?

— Então não tem cigarro. Eu cresci aqui, lembra? Sei que vocês jovens conhecem tudo e todo mundo que vale a pena conhecer.

Ele morde os lábios, trocando olhares incertos com os companheiros. Uma das garotas o cutuca e sussurra:

— Vai lá, Ig.

— Certo, tudo bem.

— Rhiannon Jones.

— Rhiannon? — Uma das meninas ri, sentando-se mais ereta. — O que você quer com Rhiannon?

— É assunto meu.

— Você disse que não era da polícia.

— Não sou.

Estendo os cigarros para o garoto, embora mantendo-os fora de alcance.

— E então, Ig?

Ele suspira e aponta para a caçamba onde um grupo de rapazes e uma garota corpulenta estão conversando.

— Ali. Usando casaco vermelho.

Atiro o maço para eles e vou embora, com as mãos nos bolsos, a fim de parecer casual, mas na verdade não quero que os adolescentes vejam que estou tremendo. Às minhas costas, eles gritam e começam a brigar para ver quem fica com o primeiro do pacote. Meu próprio cigarro cai na areia para queimar até virar cinzas — isso se eles não vierem buscá-lo também.

Rhiannon nota a minha presença antes dos rapazes e fica na defensiva de imediato. Ela parece bruta. Como se nada a perturbasse e nada atravessasse seu exterior. De modo geral, ela é como a maior parte das pacientes que atendi nos primeiros dias de trabalho como psicóloga, o que acabo achando surpreendentemente reconfortante.

— Rhiannon — falo com calma. — Gostaria de conversar.

— Vai se foder, senhora.

— A menos que queira que seus amigos escutem o que tenho a dizer — aviso, soando como uma professora aos meus próprios ouvidos e odiando cada segundo.

Ela olha para os companheiros e depois de volta para mim.

— Eu não fiz nada.

— Ninguém disse que fez. Mas ainda precisamos conversar.

— Tem algum cigarro aí? Vi você dando um monte para Ignatius.

Eu a olho de lado. Em seguida, assinto.

— Só se você falar comigo.

Rhiannon debocha e se afasta dos rapazes, que ficam olhando perplexos como se nunca fizessem nada sem a permissão dela e estivessem totalmente perdidos sem receber instruções diretas.

Caminhamos na direção oposta. Eu assumo a dianteira.

— E então? — pergunta ela, assim que saímos do alcance dos ouvidos.

— Onde você e Seren estavam na noite em que ela desapareceu?

— Eu não estava com Seren na noite em que ela sumiu — rebate a garota, um pouco rápido demais.

— Olha, eu sei que estava. Você foi entrevistada sobre isso. Assisti ao vídeo na internet ontem. Se vai mentir, melhor eu pegar os cigarros e ir embora. Talvez eu possa conversar com seus pais em vez disso.

— Não!

Eu me viro para ela.

— Não dou a mínima para o que vocês estavam fazendo. Só preciso saber onde estavam e qual era o estado de Seren.

— O estado?

— É. Ela estava agindo normal? Tinha alguma coisa errada com a sua amiga?

— Você é policial?

— Eu pareço ser da polícia para você? — rebato.

Rhiannon pensa, me analisando.

— Não muito.

— E aí? Desembucha.

Ela suspira e tira um chiclete do bolso, desembrulhando e colocando-o na boca, mastigando de forma desagradável enquanto fala. Faço o possível para ignorar sua saliva e minha crescente misofonia.

— Ela estava normal. A mesma de sempre, tirando umas brotoejas que teve, mas você já sabe disso e, de qualquer forma, não era nada de outro mundo. A gente estava jogando boliche em Wrexham. Ela foi ao banheiro e nunca mais voltou. Pensei que tivesse ido para casa. Eu estava humilhando no jogo, e Seren ficou choramingando por isso. — Rhiannon balança a cabeça. — Uma idiota.

— É só isso?
— Sim, só isso.
— Ela estava sob efeito de drogas?
Rhiannon ri pelo nariz.
— Seren? Porra, não. Aquela ali estava mais para água de chuchu.
— Como é?
Ela projeta o queixo para a frente, arregalando os olhos.
— Sabe, tipo sem sal? Um zero à esquerda. A porra de um bebê... A senhora devia aprender minha língua, sabia?
— Você notou alguém conversando com ela?
A garota suspira, entediada.
— Não. Posso ir agora?
— Tem *certeza*?
— *Tenho*! Pelo amor de Deus.
— Nada de incomum naquela noite?
Rhiannon cospe o chiclete, errando meu casaco por um centímetro.
— Nada. Tudo igual a sempre. Agora me dê os cigarros e me deixe em paz.
Franzo a testa e ofereço o segundo maço que comprei, mas não o solto. Ela puxa o pacote, me lançando um olhar obsceno.
— Sua amiga *desapareceu* e você está agindo como se fosse tudo um tédio.
Rhiannon engole em seco. Por um momento, acho que consegui atingi-la. Mas então ela ri outra vez, arranca os cigarros da minha mão e sai andando.
Estou prestes a ir embora quando a ouço murmurar:
— Filha da puta.

V

Algo diferente enfim acontece.

Eles trazem uma mulher jovem para seu quarto.

Ela é bonita e veste o mesmo tipo de roupa que haviam colocado nela quando chegara. Um vestido chique que é mais um guardanapo brilhante do que uma roupa de verdade.

— Filhos da puta! — brada a jovem. — Seus putos do caralho!

Ela é selvagem. Andando de um lado para o outro e arranhando as paredes. Jennifer a observa por um bom tempo, sabendo que logo apagarão as luzes. Essa é a coisa mais interessante a acontecer desde que a condenaram àquela masmorra.

Com o tempo, a recém-chegada se acalma o bastante para se sentar de cócoras num canto, olhando para todos os lados, menos para a outra pessoa em sua cela.

— Aqui — diz Jennifer, entregando um suéter para a colega se sentar por cima. Ela sabe que serão apenas alguns minutos até que o frio de gelar os ossos do piso se instale. A jovem a encara, pega o suéter e o veste pela cabeça.

Ela vai aprender em breve, pensa Jennifer com uma espécie de diversão doentia.

— Sou Tiff — diz a jovem alguns minutos depois.

— Jennifer — responde. Jennifer é como um casaco que ela usa, uma proteção quente a fim de manter a pessoa real em segurança por dentro. Ela também duvida que o nome dessa garota seja Tiff.

— Eles não podem fazer isso — declara Tiff. — É totalmente contra a lei. Essas coisas não acontecem na vida real. Não *aqui*.

E quem poderia dizer que ela está errada? Quem poderia dizer que aquilo, ali e agora, não é a vida real?

A jovem está com raiva. Mas a indignação logo se transforma em medo. Em pânico. Em terror.

Tiff vai chegando cada vez mais perto, até que finalmente as duas se aninham juntas. Jennifer não recua. Quando Tiff chora, Jennifer enxuga as lágrimas até secarem.

— Imagino que seja melhor não desperdiçar água — diz a garota.

— Ah, eles nos dão água e comida. Na verdade, é meio estranho.

— Eu sei — responde Tiff. — Já estou aqui faz muito, muito tempo. Eles me tiram de vez em quando para participar de uma festa. Ainda não achei um jeito de escapar.

— Eles...? — A frase de Jennifer morre antes do fim.

Ela não precisa completar a sentença. Toda mulher conhece essa quase-pergunta.

Eles tocaram em você? Machucaram você?

O silêncio já é resposta suficiente.

— Eles me arrastam até lá em cima para as festas, e sempre penso: *é isso. Essa é a minha chance.*

Mas eles vendam os olhos dela, e são tantos, todos envolvidos no esquema. Eles a vestem e a exibem em um salão, depois a entregam para um dos homens. Tiff briga, chuta e arranha, mas o homem só a devolve com uma risada depois de ter feito o que queria com ela. Eles a trazem de volta.

— *Ainda nervosinha*, um deles me disse esta noite — comenta Tiff, cuspindo as palavras com desgosto. — Ainda não fui quebrada. É um bom sinal.

— Bom sinal para quê? — pergunta Jennifer.

— Para esse culto erótico assustador — fala Tiff, chutando a parede de forma inútil. — Algumas das mulheres são mantidas na boate, como eu. Outras ficam no porão até a hora do grande evento. — Seus lábios se curvam em um sorriso malicioso.

— O que acontece nele?

Tiff se aproxima mais de Jennifer e baixa a voz.

— A primeira garota que conheci aqui se chamava Laura. Laura foi informada de que era especial. De que tinha sido convidada para uma festa exclusiva. Ela nunca foi levada para o andar de cima. Meses se passaram. Um dia, ela foi levada e nunca mais voltou.

Há certa selvageria em seus olhos, certo medo.

— Aposto que você também "está convidada" — diz ela, rindo. Metade rindo, metade gritando. Ela parece louca. Parece um lobo. Nem mesmo humana.

Jennifer sabe o que Tiff está insinuando. O tal evento não é algo do qual se volta viva. Jennifer sempre soube que a morte chegaria para ela um dia, mas não era o tipo de coisa para a qual pudesse se preparar ou sobre a qual pensar muito. Jamais teria imaginado morrer desse jeito.

— Minhas unhas estão afiadas — diz Jennifer. — Então temos isso. Nenhum dos médicos que mandaram ou dos lacaios trazendo a comida e a bebida pensaram em contar minhas unhas. E tenho meus dentes. Consigo pelo menos causar algum estrago.

Tiff responde com um sorriso sombrio e depois assente, analisando os próprios dedos.

— Faça o que puder — declara ela, mas seus olhos ficam opacos diante das palavras.

As horas passam, depois dias e depois semanas.

As mulheres traçam um plano para escapar. Elas alinham os detalhes e tentam deixar os passos simples. Revisam tudo de novo e de novo, procurando brechas e cenários de segundo, terceiro ou quarto caso.

É o suficiente para fazer Jennifer ter esperança de que elas tenham mesmo uma chance de sair daquele lugar.

Enfim chega o dia em que a porta de metal se abre. Os guardas dão um passo à frente e agarram Tiff pelos braços. A jovem grita, e Jennifer sabe que é agora ou nunca. Ela se joga em um dos guardas e o prende em uma gravata. Por um momento, o homem se distrai, e Tiff tenta se libertar. Mas uma súbita onda de dor percorre o corpo inteiro de Jennifer — uma descarga de eletricidade que a faz cair no chão. Seus membros se contraem involuntariamente, a vista fica embaçada. Ela consegue apenas distinguir o movimento da porta enquanto a luz evapora do quarto.

Ela está trancada. Sozinha.

O plano evapora em um piscar de olhos. Elas não estavam prontas. Os homens eram fortes demais.

Tiff fica ausente por horas. Jennifer percorre a cela quatrocentas vezes e se pergunta vagamente quantos passos seu relógio de pulso teria registrado.

Quando eles trazem Tiff de volta, algo mudou. Eles a jogam no chão, e a jovem não se levanta.

— O que aconteceu? — pergunta Jennifer. — O que eles fizeram?

Ela se abaixa e puxa Tiff para seu colo. A cabeça da garota pende, os olhos se revirando antes de encontrarem preguiçosamente o olhar de Jennifer.

— Quem é você? — pergunta ela. — Tiraamãodemim.

Sua voz está arrastada, e Tiff luta fracamente para se afastar. O suéter que Jennifer lhe emprestou sumiu.

Jennifer a deixa no chão, gemendo e rolando de um lado para o outro como se a gravidade estivesse em dúvida do que fazer.

— Tiff — chama ela, uma onda de pânico explodindo dentro do peito conforme os olhos da jovem giram em sua direção.

— Quem? — pergunta ela.

16

A rua principal é um mundo novo, o que não é nenhuma surpresa. Durante minha infância, os comércios iam e vinham como trocas de lâmpadas, uma procissão de esperança e desalento. A única constância eram os cabeleireiros, Cortes e Cachos para Meninos e Meninas, que todos os pais dos vilarejos vizinhos frequentavam e que todas as crianças temiam. Alguém quer um corte tigela? Agora vejo que o lugar está sob nova gestão, com uma nova marca: Corto Cabelo e Pinto. Abro um sorriso. Espertinho.

O Cantinho do Roe, o único restaurante com exceção do pub local, também está de pé, mas convidei Jonathan para beber, não para jantar. Qualquer coisa além disso seria presunção, especialmente depois da forma como deixamos as coisas. Estou até mesmo surpresa de que ele esteja disposto a me encontrar. Ainda falta uma hora e meia para sua chegada, então peço *fish and chips** para viagem e caminho até o calçadão, inclinando o corpo contra o vento. Está tudo estranhamente deserto, ainda que a praia esteja apinhada de máquinas automáticas que funcionam até tarde da noite, suas vozes pré-programadas gritando

---

* *Fish and chips* é um prato típico dos países do Reino Unido, que consiste em um peixe frito empanado, acompanhado por batatas fritas. Tradicionalmente, era servido em embalagens de papel de jornal. [N. E.]

algodão doce! Pipoca! E tente a sorte aqui! Há algo de deprimente em uma máquina de praia deserta durante uma noite tempestuosa.

Ainda não sei exatamente qual o propósito de sair para beber... mas tive de tentar fazê-lo conversar comigo mais uma vez. Sei que Jonathan tem coisas que precisa me dizer — ele *tem que ter*. E vai esperar que outras coisas sejam ditas em resposta. Explicações, talvez, o que não posso oferecer. Mas talvez possamos desviar do assunto, conversar sobre o presente, bater papo e falar besteiras enquanto bebemos uma dose ou duas, o que seria ótimo para mim. Quem sou eu para bancar a terapeuta de mim mesma? Ou dele?

Amanhã é primeiro de outubro, dia em que sempre insisti para mudarmos a decoração outonal que minha mãe montava no fim de agosto para dar lugar aos adereços dedicados ao Dia das Bruxas. Ela sorria e me ajudava, contando lendas sobre a *Nos Galan Gaeaf*, a versão gaélica do Samhain, e sobre *Ysbrydnos*, a noite dos espíritos.

Antes de sair de casa esta noite, passei em silêncio por minha mãe. Este ano não há decorações. Nada de histórias. Nada de alegria. Nem mesmo os conselhos astutos para evitar cemitérios, encruzilhadas e escadas, pois os espíritos se reúnem nesses lugares, fazendo sua comunhão. Nada de cosquinhas enquanto ela bradava: *Adref, adref, am y cyntaf, Hwch Ddu Gwta a gipio'rola! Para casa, para casa já, ou a porca preta sem rabo vai pegar o último a passar!*

Toda a alegria e as histórias ridículas foram substituídas por uma reprovação silenciosa, e nunca me senti tão malquista.

Enquanto descia pelo caminho do jardim, fiquei me perguntando quando ela teria parado de fazer a decoração... mas então percebi que eu sabia. Quase me virei e disse alguma coisa. *Me desculpa*, talvez, mas mamãe estava de costas, e saí correndo como uma covarde. As paredes entre nós são tão altas que nem consigo mais vê-la, tão grossas que acho que ela não consegue me ouvir chamando seu nome.

Abro o embrulho em jornal e puxo uma batatinha cheia de óleo. Ainda está quente, salgada e picante na minha língua. Costumava ser a melhor coisa do mundo, um lanche na praia.

A LOUCURA

Desde que voltei, as coisas que suprimi seguem voltando à tona na memória, e ele ocupa várias delas. Jonathan. Era mais fácil esquecê-lo quando eu estava a quatrocentos quilômetros de distância, em outro mundo, ocupada com trabalho e pesquisa. Mas aqui, cada rua, cada praia, cada morro... tudo tem alguma associação com ele. Sua imagem surge como uma quimera a todo momento. Deitada na cama hoje de manhã, o Jonathan que conheci e o Jonathan do presente ficaram sobrepostos no meu cérebro, lutando por espaço, e fiquei me perguntando... Quanto do que Jonathan é agora aconteceu pelo que fiz com ele? A mesma pergunta egocêntrica repetida várias vezes.

Quando termino a comida, jogo os restos em uma das lixeiras e dou início à longa e fria caminhada de volta ao pub. Uma vez lá dentro, pego uma caneca de Magners e encontro uma mesa perto da lareira, onde me sento.

Dez minutos depois das oito, me ocorre que Jonathan pode não aparecer. Vinte minutos depois das oito, estou certa de que não vem. Eu já devia ter esperado... Se estivesse no lugar dele, talvez fizesse a mesma coisa. Ainda assim, dói.

Mas então a sineta toca e ele entra. Olha ao redor meio incerto, os olhos perdendo o brilho quando não me encontram. Entro em pânico, ficando de pé e acenando sem jeito, e ele visivelmente relaxa.

— Achei que fosse me dar um bolo — digo quando ele me alcança.

— Pensei nisso — admite Jonathan.

Há um longo silêncio.

— Fiquei surpreso ao receber sua mensagem — revela ele.

— Tão surpreso quanto eu ao enviar, aposto.

Nós nos encaramos por um segundo a mais do que o necessário.

— Bom... — murmura Jonathan, sentando-se na poltrona de frente para a minha.

— Fico feliz que não tenha feito isso. Me dado um bolo, quer dizer.

O rosto dele é indecifrável, mas, se eu tivesse de chutar, diria algo como "*é, vamos ver se valeu a pena*".

— Cerveja? — pergunto após um tempo.
— Já tomei mais cedo.
Assinto.
— Certo. Refrigerante?
— Aceito, obrigado.
— Quer alguma coisa para comer? — pergunto, mas Jonathan nega com a cabeça e tira as luvas, colocando-as embaixo do braço como se não planejasse ficar muito tempo.
— Me traz uma Guinness, na verdade.
Abro um sorriso.
— A mesma de sempre. Pensei que você já tivesse bebido mais cedo.
Ele me encara.
Assinto.
— Volto daqui a pouco.
Retorno com a bebida dele e me sento, mas então percebo que já tomei mais da metade da minha cerveja e me levanto para pegar outra.
— Você se lembra de quando tentamos catar mexilhões? — pergunto ao voltar pela segunda vez, tendo pensado naquilo no bar.
Jonathan tem todo o poder ali: pode me rejeitar ou continuar o assunto, pode ser nostálgico ou franzir a testa, e me vejo ansiando por uma conversa de verdade com alguém que não gire em torno da possibilidade da morte.
Ele me oferece um olhar analítico.
— Você se achava tão esperta.
— Eu *era* muito esperta. A gente conseguiu uma refeição grátis, caso não se lembre.
— O que eu *me lembro* é de mastigar areia por meia hora e fingir que estava amando.
Dou risada, esfregando as mãos, que estão quentes e coçando agora que descongelaram.
— Certo, certo. Não foi o meu melhor momento.
Jonathan volta a atenção para o fogo.
— Do que você se lembra? — acabo perguntando.

Ele fica muito quieto. Ergue os olhos para meu rosto. Não consigo ler sua expressão.

— Não faça isso — diz ele baixinho.

Concordo com a cabeça.

— Tudo bem.

— Me conte sobre a sua vida agora — diz ele, recostando-se na cadeira e me observando.

Sinto como se estivesse em uma entrevista de emprego. De repente, fico nervosa. Ele está me examinando. Me testando, talvez.

— Bom... é... uma vida. Comum. Entediante.

— Seu conceito de comum é diferente do meu.

Justo.

— Bom, cada dia começa igual. Acordo cedo, saio para correr, depois volto e tomo banho. — Faço uma pausa, engolindo a quase gafe em que conto para ele sobre meus rituais envolvendo alvejante e contagem de passos. — Depois saio para trabalhar. Pode ser uma sessão com uma paciente particular. Pode ser uma consulta... qualquer coisa, na verdade. Passo a maior parte do dia com as pacientes ou fazendo anotações. Escutando, observando. Tentando achar meios de ajudar pessoas mais quebradas do que eu — explico, me esforçando para sorrir.

Jonathan bebe um gole da Guinness, pensativo.

— E você? Como é um dia normal no seu caso?

— Trabalho na fazenda.

— Você é... digo, você não é casado?

Ele estreita os olhos.

— Não. E você?

Nego com a cabeça, minha garganta ficando apertada.

— Não. Trabalho, você sabe.

— Sei.

De repente, a situação inteira me parece muito engraçada.

— Meu Deus, isso é...

Ele consegue dar um sorriso, o que pode parecer grotesco para as outras pessoas, com o rosto metade puxado para baixo pelas cicatrizes, mas que para mim parece algo glorioso. De súbito, aquela pele brilhante e arruinada é a coisa mais linda que já vi em muito tempo.

— É esquisito mesmo.

— Sabe — comento —, estar em casa, tudo me lembra você. Me lembra daquela época. As colinas, as sebes ao longo das estradas, as praias... tudo.

Ele me observa com cautela, mas sigo falando:

— Lembra que mamãe não deixava você entrar em casa porque papai sempre dizia que nenhum homem era permitido além dele mesmo?

Jonathan assente.

— E aí eu saía escondida com você até a colina por trás da casa, e subíamos a encosta até a floresta.

Ele assente de novo.

— Quando a silagem era armazenada ali — acrescento —, escalávamos até o topo e ficávamos sentados naqueles fardos pretos como se fôssemos os reis do lugar.

Ele solta um suspiro.

— Até as árvores me fazem lembrar de você.

— Mina...

— Prontinho. — A garçonete do bar deposita uma cestinha de pão na mesa. — Por conta da casa — diz a moça, olhando para Jonathan de um jeito que não me agrada muito.

— Valeu, Gina.

Gina paira na mesa por um momento, sorrindo, e depois volta para o bar, onde pega um copo e começa a limpá-lo, sem tirar os olhos de nós.

— Ela é bem simpática — murmuro, engolindo o resto da minha primeira cerveja.

— Ela é só uma criança com uma paixonite.

De alguma forma, me sinto repreendida. Humilhada.

Após um longo silêncio constrangedor, pergunto:

— Você nunca foi para a universidade?

Os músculos no rosto de Jonathan se contraem, distorcendo a cicatriz.

— Não.

— É só que... você sempre falava sobre o assunto com tanta paixão. A gente ia para a Reading estudar arqueologia. Todo mundo sabia disso.

— É. Bom, as coisas mudam.

— Sim. Mudam mesmo.

Ele suspira.

— Esse bate-papo aqui...

— *Bate-papo*? — Não consigo deixar de rir.

— É... eu pensei que ia ser...

Um silêncio se estende entre nós, tão amplo quanto o Canal da Mancha. É como se estivéssemos ambos segurando a respiração de forma dolorosa.

— Por que de verdade você veio até aqui? — pergunta ele. — E não minta para mim de novo sobre visitar sua mãe. Nós dois sabemos que esse não é o motivo.

Baixo os olhos, enxugando a condensação do copo de cerveja.

— Foi por causa de Lucy. Ela está doente, Jonathan. E pediu minha ajuda.

Jonathan franze a testa.

— E por que você se daria ao trabalho? Depois de todos os anos em que ela precisou de você. Na época, você não pareceu se importar.

— Nunca parei de me importar com ela. Com todos vocês. — Meu tom de voz começa a aumentar conforme minha garganta fica estreita. Comprimo os lábios e engulo em seco, recuperando o controle.

Ele suspira.

— Sabe... achamos que tinham levado você. Sequestrada. Antes que sua mãe visse o guarda-roupa vazio e a carta enfiada no micro-ondas. Fomos à polícia. Eu, Quincey, Lucy e sua mãe, marchando até a delegacia feito um bando de idiotas.

Engulo em seco. Então vamos ter essa conversa. Aqui.

— Eu sinto muito.

— Você sente muito, porra? — Ele ri de modo irônico. Está com tanta raiva que começou a tremer. — Isso conserta tudo, não é mesmo?

— Não sei mais o que responder.

— Que tal um pouco de honestidade? O que aconteceu?

Meu pulso acelera, minha mente começa a correr. Devia ser fácil contar para ele — já confessei tudo para Lucy, ou ao menos cheguei perto o bastante para que ela pudesse inferir o resto. Também já compartilhei aquilo com algumas pacientes ao longo dos anos a fim de estabelecer confiança, para que soubessem que alguém entendia. Já falei as palavras antes: *fui atacada*. E, ainda assim, contar para Jonathan parece impossível, as palavras ficam presas na garganta. Tenho medo de que, se contar o que aconteceu, ele nunca mais me olhe da mesma forma. Pior, eu sei que, por causa de quando e de como aconteceu, ele vai se culpar.

— Eu quero te contar — falo baixinho. — Eu só não posso.

Ele fica de pé e calça as luvas, saindo do pub sem dizer mais nada. Fico imóvel por um tempo, meu rosto vermelho de humilhação, antes de me levantar e ir atrás dele, agora com raiva.

— Jonathan! — grito, correndo em seu encalço. Ele está indo para a praia.

— Doze anos, Mina — rosna Jonathan quando o alcanço. — Esperei por doze anos.

— Eu sei. Mas... você parece alguém que entende que às vezes é melhor deixar o passado onde está.

Ele para de andar e me analisa, a fúria ainda presente.

— Às vezes, sim.

— Porque causaria dor demais empurrar o passado para o aqui e o agora. — Faço uma pausa, escolhendo as palavras com cuidado. — Podemos concordar que erros foram cometidos, erros terríveis? — Respiro fundo, resoluta. — E que não vou perguntar sobre a sua dor se você não perguntar sobre a minha?

Há algo acontecendo em seu rosto enquanto ele desmembra as palavras que escolhi com tanto cuidado. Alguma compreensão que só as pessoas com traumas profundos possuem. O céu se abre, encharcando nós dois sob a implacável chuva galesa.

Jonathan se aproxima, a respiração acelerada. Ele está prestes a dizer algo cruel, sei que está — consigo ver pela maneira com que exibe os dentes. Mas, em vez disso, ele respira fundo, procurando meus olhos, e então seus lábios encostam nos meus.

Nós nos encontramos em um beijo faminto.

Ele me segura com tanta força contra o corpo que quase posso senti-lo tremendo, e eu o agarro com ainda mais força. Meu estômago dá cambalhotas para combinar com meu coração retumbante. Solto um gemido, bem fundo na garganta.

Ele me solta. Cedo demais. Frio.

— Eu era viciado em você — diz ele, os lábios quase tocando os meus.

— Jonathan, por favor...

Ele fecha os olhos.

— Levei muito tempo para entender que você me fazia mal. — Ele ergue o rosto, os olhos brilhando. — Ainda faz.

Então, Jonathan dá as costas e vai embora, e não há nada que eu possa fazer para trazê-lo de volta.

17

Os dias passam, e me sinto paralisada, perdida.

Converso com Lucy, que está outra vez em casa, tendo recebido alta do hospital sem mais respostas do que antes. Ela tenta parecer alegre, mas percebo o quanto está exausta e me pergunto pela milionésima vez o que está acontecendo com minha amiga — e o que posso fazer para ajudar. O que estou fazendo aqui, senão buscando progresso na condição de Lucy? Com certeza não estou fazendo nenhum progresso com Jonathan, com quem não falo desde o encontro no bar, se é que dá para chamar assim. Também não estou fazendo progresso no meu mistério médico, o que atormenta minhas noites enquanto me reviro na cama, imaginando o que está acontecendo com essas mulheres. Renée Fields está morta… Lucy será a próxima?

Mamãe e eu continuamos circundando uma à outra com cautela, tentando não atrapalhar a rotina. Certa manhã, quando ela deixa o jornal de lado, eu o leio enquanto tomo café e paro em um detalhe que me deixa ao mesmo tempo frustrada e esperançosa.

Explico a situação para mamãe e lhe peço um favor. Ela aceita de má vontade. No fim das contas, talvez as coisas não estejam tão paralisadas assim.

★ ★ ★

A LOUCURA

Rhiannon chega à casa parecendo taciturna como sempre, usando o mesmo casaco vermelho sujo daquele dia na praia.

Encontro-a no portão dos fundos e indico a trilha que leva às colinas. Sim, mamãe ajudou a trazer Rhiannon para cá hoje — fazendo chantagem emocional até a garota falar comigo de novo —, mas não há necessidade de que ela ouça essa conversa.

— Não sabia que você era uma de nós — diz Rhiannon em tom acusador assim que nos afastamos da casa, me olhando de lado e mexendo no piercing em seu nariz. Parece que ela também quer ficar longe de ouvidos curiosos.

— Você nunca perguntou.

Ela bufa, e o meio-sorriso transforma suas feições em algo menos anfíbio. Está garoando, mas ela não parece se importar.

— Você mentiu para mim...

— Jamais — responde ela, me interrompendo.

— A pista de boliche fechou faz seis meses. Li algo no jornal sobre a nova loja que vai ocupar o espaço.

Ela faz uma careta para as urzes e os tojos, roxo e amarelo contra as samambaias secas, mas não me oferece explicações.

— Então talvez você queira me contar a verdade? Sobre onde você e Seren realmente estavam naquela noite?

— Talvez você queira ir se catar.

— Você sabe que eu conheço sua mãe, certo?

Uma meia-verdade. *Mamãe* conhece a mãe dela.

— Sim, e...? Isso devia me assustar?

Suspiro e paro de andar. Ela veio até aqui, afinal, o que significa que vai falar comigo em algum momento. Só preciso ser paciente.

— Sabe, eu dei muito duro para sair desta cidade, e agora aqui estou, de volta ao ponto de partida.

— É uma merda ser você.

— É uma merda ser *a gente*, na verdade. Algumas de nós nunca deixam lugares como este, e outras de nós sequer sobrevivem. Seren *desapareceu*. A sua suposta amiga? Você sequer se importa?

Um lampejo de incerteza cruza seu rosto, mas depois as venezianas se fecham de novo. Apesar de toda a bravata, Rhiannon ainda é apenas uma criança, e prefiro ajudá-la a manter o vigor e toda aquela atitude provocativa do que transformá-la em uma vítima, como Seren. Como Lucy.

— Olha, não sou nenhuma informante. Não para uma ratinha metida feito você.

— Você não pode dedurar o sequestrador — aponto. — Mas não é por honra que fica calada. Você está com medo. Consigo ver na sua cara. Você é a ratinha.

Rhiannon abre a boca para responder, mas continuo antes que ela tenha a chance de retrucar.

— Sou terapeuta, e perdi uma paciente faz pouco tempo, uma garota meio parecida com a sua Seren — digo, apoiando os braços na cerca de madeira, contemplando os campos adiante. Espio Rhiannon. Percebo seu olhar penetrante. — Ela era jovem, vulnerável. Desapareceu, assim como a sua amiga. Ninguém procurou por ela, nem mesmo a família. Eles mal notaram o sumiço. E agora ela está morta. Morreu sem amigos, sozinha. Provavelmente assustada e com dor.

Ela vem para o meu lado e encara o horizonte, pensando. Pesando minhas palavras e as próprias opções.

— Alguém está mexendo com mulheres jovens e pobres, pensando que pode se safar porque ninguém dá falta de garotas como você. Como Seren. — Eu me viro para ela. — E essa pessoa está certa. As jovens daqui são as vítimas perfeitas porque ninguém dá a mínima, nem mesmo você.

Ela morde o lábio, insegura pela primeira vez.

— Se eu contar, você vai direto para a polícia.

Começo a rir, cansada.

— Falando sério, Rhi? Não dou a mínima para o que vocês estavam fazendo. Só quero saber onde vocês estavam.

Rhiannon puxa o lábio inferior com dois dedos.

— Tivemos uma briga. Seren e eu. Tipo, uma briga de verdade. Aconteceu porque... Bom, ela sempre foi toda certinha. Aí recebeu esse convite de um ricaço para ir até o castelo Cysgod discutir algum trabalho. Ela tinha o cartão de visita chique dele, e estava tão orgulhosa que veio me mostrar, mesmo que o cara tenha dito para não contar a ninguém. Eu avisei para ela não ir. Falei que era duvidoso, mas ela disse que eu estava com ciúmes por ser *ela* a ter um encontro em Cysgod e não eu, como se eu fosse dar a mínima. Foi a última vez que conversamos. Eu a vi depois disso, mas ainda estava puta. Só que ela parecia doente, disso eu me lembro, e pensei tipo *beleza, acho ótimo. É bem-feito.* E quando vi aquelas brotoejas nojentas, soube que ela tinha pegado uma IST ou coisa assim. Eu sabia que era uma doença venérea. Como alguém pode ser tão estúpida?

Todos os meus alarmes estão gritando.

— Por que não contou nada disso à polícia?

— Pensei que fosse algo ilegal. Não queria causar problemas para Seren, mesmo ela sendo uma idiota. Acho que pode ter sido estupidez minha.

— Esse cartão de visita, como era?

— Preto, eu acho, com um símbolo em cima. De resto, não lembro de porra nenhuma.

— Mais alguma coisa em que consiga pensar?

— Não.

Assinto.

— Certo. Obrigada por me contar.

Eu me viro para ir embora, mas ela me segura pela manga.

— Não queria que ela fosse sequestrada.

— Eu sei.

Há fogo nos olhos de Rhiannon.

— Espero que a pessoa que fez isso morra.

— Eu também — admito, odiando quem estou me tornando. Compreender isso é apenas o começo.

18

Com o depoimento revisado de Rhiannon e as informações sobre Lucy e Renée, vou até a delegacia.

Consegui marcar uma reunião com o detetive e inspetor Seb Davies para as nove da manhã, de modo que fiquei acordada a maior parte da noite organizando meus pensamentos e repassando o que iria dizer a fim de apresentar meu caso. Pesquisei no Google tudo o que pude imaginar sobre o castelo Cysgod, mas não encontrei nada. Até o registro de propriedade e os arquivos históricos terminavam em paredes de tijolos, relutantes em ceder qualquer detalhe.

Preciso saber quem é o dono do castelo e o que acontece lá. Os detalhes da história de Rhiannon — a erupção cutânea, o cartão de visita — e o fato de que o Cysgod está de algum jeito envolvido... É minha primeira evidência tangível conectando Gales a Londres, ligando Seren e Lucy ao que quer que tenha acontecido com Renée, à casa noturna sem nome e à todas as garotas sobre as quais li nos fóruns, que apresentaram os mesmos sintomas antes de sumirem ou aparecerem mortas.

Sei que estou indo para a reunião com quase nada, mas, sem ajuda, também me encontro em um beco sem saída, e o tempo está correndo para Lucy.

A sede da polícia local ocupa o que parece ser uma grande casa de família a um vilarejo de distância, e, quando toco a campainha de bronze na parede de tijolinhos vermelhos, quase espero que um velhinho gentil abra a porta e me convide para tomar chá e comer uma fatia de bolo. Em vez disso, uma voz granulada pergunta meu nome e se tenho um horário.

— Dra. Mina Murray para detetive Seb Davies, nove da manhã.

A porta é liberada, e vou para uma pequena área de recepção, onde me pedem para esperar. Às nove e meia, um homem robusto vem me buscar e me conduz até o escritório do detetive Davies.

— Entre, entre — chama ele em um tom amigável, levantando-se da escrivaninha e gesticulando de forma ampla com as mãos.

É um homem baixo, quase careca, com olhos brilhantes e um sorriso caloroso.

— Quando fiquei sabendo que tínhamos uma médica londrina na cidade com uma teoria sobre o caso da nossa menina desaparecida, isso atiçou minha curiosidade — diz ele, voltando a se sentar.

— Obrigada pelo seu tempo.

O detetive esfrega as mãos nos apoios de vinil desgastado da cadeira.

— Agora, como posso ajudá-la?

Ele está disposto. É um bom sinal.

— Encontrei um padrão. Inúmeros casos de jovens desaparecidas por todo o país, sendo Seren Evans a mais recente. Todos parecem estar conectados por uma série de sintomas fisiológicos e por uma localização em Londres. Possivelmente uma aqui em Tylluan também. — Folheio meus papéis.

Ele se recosta na cadeira, o sorriso sumindo.

— Entendo. Fale mais sobre isso.

— Este lugar — explico, deslizando a fotografia das portas da boate sem nome em sua mesa. — As moças são recrutadas por homens oferecendo algum tipo de "oportunidade de emprego", compartilhando o mesmo cartão de visita misterioso. Depois de trabalhar lá ou talvez comparecer a algum evento, elas apresentavam sintomas estranhos. Muitas das jovens simplesmente desapareceram, como Seren, e acabam sendo encontradas mortas semanas ou meses mais tarde. Acredito que os casos estão todos interligados. A doença dura por períodos variados, mas acaba levando à morte. Esses são os sintomas comuns.

Deslizo uma pilha de papel para ele, e o detetive folheia o arquivo, franzindo a testa. Ele assente devagar ao virar as páginas, enquanto prossigo contando a história do meu envolvimento naquilo até o momento em que Rhiannon me contou a verdade.

— A melhor amiga de Seren, Rhiannon Jones, falou que Seren recebeu um convite para ir ao castelo Cysgod antes de desaparecer. Uma oferta de emprego, um cartão de visita. E ficou doente logo depois. Rhiannon afirma ter visto a mesma erupção cutânea, e então Seren sumiu. Por isso, eu gostaria de saber se há ligações mais estreitas entre a boate misteriosa de Cloth Fair e o castelo. Andei pesquisando a propriedade on-line, mas não tem muita coisa disponível de forma pública. Pode ser algum tipo de IST — continuo —, ou talvez uma nova droga artificial circulando. Algo que não vimos antes.

O detetive Davies devolve as folhas de papel para mim.

— Posso ver que andou pensando muito sobre isso.

— Sim. E gostaria que o senhor abrisse uma investigação sobre o proprietário do castelo Cysgod.

O detetive exala e se recosta na cadeira.

— Deve saber que não posso fazer isso.

Crispo os lábios.

— Como é?

— O que está sugerindo é fazer de alvo uma propriedade bem-estabelecida e de alto perfil com nada mais do que boatos vindos de... uma delinquente renomada.

Pressiono os joelhos um contra o outro para evitar ficar de pé.

— Com um depoimento de que a garota desaparecida esteve lá meros dias antes de sumir — esclareço.

Ele ergue as mãos e encolhe os ombros.

— Para iniciar uma investigação, precisamos de *evidências*.

Ele é o segundo homem a me dizer aquilo, e sinto vontade de gritar.

A LOUCURA

— O mesmo princípio se aplica no começo, no meio e no fim. Evidência. Caso contrário, qualquer Fulano poderia entrar em uma delegacia de polícia com um arquivo cheio de rumores e especulações, alegando qualquer coisa, e dar início a uma caça às bruxas. Eu poderia perder meu emprego.

Eu me inclino para a frente.

— Entendo que o senhor não possa apresentar queixa contra o proprietário do Cysgod levando em conta apenas o que eu disse. Não sou ingênua, nem estou pedindo que faça isso. Estou simplesmente sugerindo que, dadas as novas informações e as possíveis conexões com um caso em aberto em Londres, exista algo a ser investigado aqui.

— Estamos nadando em casos até as orelhas — diz ele, esfregando a careca. — Seria necessária uma informação convincente para alocar recursos para essa história, mas essa informação simplesmente não existe. Não quero parecer rude, mas, até onde sei, a senhora poderia muito bem ser uma ex que levou um pé na bunda e agora está em busca de vingança.

Pisco várias vezes. Esse homem acaba de receber um relato sobre um possível predador em sua pacata cidade galesa e não acha isso convincente? Eu sabia que não receberia lá muito apoio, mas esperava ao menos que ele fizesse algumas anotações, ligasse para alguém ou procurasse na papelada qualquer conexão entre Cloth Fair e Cysgod.

— Então o senhor não vai fazer nada? Nem sequer verificar se existe ligação entre a boate e o castelo? Nem olhar se as mulheres apareceram mortas?

O detetive Davies ergue as sobrancelhas e balança a cabeça.

— Olha, o que você me contou não é suficiente para prosseguir. No entanto, vou ficar atento. Se surgir algo novo, vamos acompanhar.

Ele fica de pé, soltando um longo suspiro.

Este homem não vai levantar um único dedo, isso está claro. Não sem provas contundentes — e talvez nem assim. Sinto raiva de mim mesma por cogitar que poderia encontrar um aliado na delegacia. Preciso de mais. Preciso encontrar Seren, isso se ela ainda estiver viva.

175

— Mais alguma coisa em que eu possa ajudá-la?

Eu me levanto, coloco os papéis de volta na pasta e a pego.

— Não. *Muito* obrigada.

Ele me conduz até a porta. Quando estou do lado de fora, o detetive diz:

— Lamento que tenha vindo até aqui por nada.

— Pode ser alguma coisa — digo com firmeza. — Talvez eu volte a visitá-lo.

O homem ri.

— Vamos torcer para que não.

E fecha a porta na minha cara.

Contei treze passos na direção da saída antes de ouvir uma voz:

— Mina *Murray*?

Eu me viro e vejo uma policial saindo de uma das salas anexas. É uma mulher alta, imponente, com cabelo loiro e curto — linda e vagamente familiar. Seu rosto se abre em um sorriso.

— Meu Deus, é você mesmo!

Pestanejo, o quebra-cabeça se encaixando.

— *Quincey*?

Quincey Morris, ex-namorada de Lucy, surge na minha frente.

— Não acredito que você voltou.

— Por um tempinho, sim.

Quincey olha por cima do meu ombro.

— Está tudo bem?

— Está — respondo com amargor. — Tive uma reunião com o detetive Davies.

— Conseguiu tudo que precisava?

Faço uma careta.

— Não correu tão bem quanto eu esperava.

Quincey troca o peso de pé e analisa minha expressão por um momento antes de dizer:

— Escuta, preciso sair agora, mas você pode passar na minha casa mais tarde? Por volta das sete? Seria bom conversar.

— Claro. Onde fica?

— Lembra da casa dos meus pais?

Assinto.

Ela enfia a mão no cinto de utilidades e tira um cartão de visita de um dos bolsos.

— Esse é meu telefone, caso você se perca. Nos vemos às sete.

A casa de Quincey fica perto de Cefn Close, logo depois do zoológico da montanha. É um bangalô pequeno e não geminado, convertido em loft e com uma mansarda, uma monstruosidade feia em bege com uma garagem externa. Um pequeno BMW i3 está estacionado do lado de fora.

Hesito em meu próprio carro, me perguntando se estou fazendo a coisa certa. A pasta está no banco do carona. Sei que Quincey provavelmente fez o convite como uma visita social, mas não posso evitar... Estou tentada a levar os papéis, contar tudo o que sei e rezar para que ela seja mais aberta em ouvir o que tenho a dizer do que o detetive Davies.

Cerro os dentes e saio do carro.

Antes que eu perceba, estou batendo na porta.

— Mina Murray em pessoa — diz Quincey quando abre, como se não tivéssemos nos encontrado pouco tempo antes na delegacia. Quase rio de como ela parece diferente usando roupão xadrez e pantufas.

— Quincey Morris em pessoa — respondo, dando uma risada.

— Como diabos você ficou com a mesma cara? — Ela finge tapar os olhos. — É revoltante como você parece jovem!

— Sua idiota — digo, seus braços me envolvendo em um abraço apertado. Ela me ergue do chão, os braços fortes como um torno. Quando me solta, ela empurra meus ombros para trás e me dá uma boa olhada. Estamos sorrindo feito colegiais uma para a outra.

— Entre e me conte o que andou fazendo da vida. Desculpe se fui um pouco formal demais lá na delegacia.

Entramos na sala principal, que ainda está decorada como se ali morasse uma velhinha em vez de uma policial durona. Suponho que Quincey não sentiu necessidade de reformar depois que seus pais...

Percebo que não sei o que aconteceu. Eles se mudaram? Faleceram? Ela percebe minha expressão.

— São coisas antigas de mamãe. Ela morreu ano passado e ainda não tive coragem de me livrar de tudo.

— Ah, que merda. Sinto muito. Acho que só cheguei a conhecer a parte externa da sua casa quando éramos crianças.

Ela abre os braços.

— Bem, é isso. Ando por aqui desde então. Estou pensando em vender para morar mais perto da delegacia, mas ainda é muito recente. Quer beber algo?

— Uma xícara de chá seria ótimo.

— Perfeito. Volto em um instante.

Uso o tempo sozinha para recuperar a compostura, as memórias da infância inundando minha mente.

Quincey Morris entrou em cena quando se mudou para cá vinda com a família do Texas no meio do semestre de primavera do primeiro ano. Ela era filha de soldado e já tinha morado no mundo inteiro, indo da Arábia Saudita e Nova York até a Turquia. Todos na escola ficaram fascinados pela nova *americana*, Lucy principalmente. Ela parecia tão chique e viajada para nós. Quincey e Lucy ficaram amigas depressa, o que me deixou ressentida até que eu percebesse que não era bem uma amizade florescendo entre as duas, e sim um romance. Elas viraram um casal naquele mesmo ano e ainda eram um casal quando eu parti. Seja lá o que aconteceu entre elas depois, não faço ideia. Até onde sei, elas não se falam mais. Com certeza Lucy nunca mencionou Quince para mim.

— Aqui estamos — anuncia ela, voltando para a sala com duas canecas enormes cheias de chá bem forte.

Pego a minha e me sento no sofá com um suspiro. A bebida me envolve como um abraço apertado.

— Não tenho açúcar em casa. Espero que não tenha problema.

— Está ótimo, obrigada.

A casa de Quincey é cheia de bibelôs, claro, mas também posso ver que está impecável de limpa, e meus nervos se acalmam de imediato.

— Suponho que esse aí é o assunto deste encontro? — pergunta Quincey, encarando minha pasta marrom.

— Isso. Sei que me chamou aqui para colocar a conversa em dia, mas tenho esperanças de que você possa me ajudar.

Ela assente, e as rugas de expressão ficam mais fundas. Eu me pergunto se são fruto do trabalho ou apenas do tempo.

Quincey me analisa, a cabeça inclinada para o lado.

— Para onde você fugiu no final do último ano?

— Oxford.

Ela assente de novo.

— Certo, eu me lembro disso agora.

Ela parece querer perguntar mais, mas lê meu semblante e deixa para lá.

Toco a pasta mais uma vez e respiro fundo.

— Preciso de ajuda por causa de Lucy.

Quincey estremece.

— De Lucy?

— Acho que ela está sendo vítima de algo... algo grande, maior que Tylluan. É difícil de explicar. Você pode só escutar até eu terminar?

Seus olhos se movem entre os meus, examinando, mas ela concorda e se recosta para ouvir.

Explico tudo. Conto a ela sobre Renée e sobre o que Rhiannon falou a respeito de Seren, e conto do fórum que discute uma teoria da conspiração envolvendo um criminoso sob o pseudônimo de PREDADOR. Falo de como mais meninas desaparecidas surgiram na busca, todas com os mesmos sintomas, caso seja possível acreditar no banco de dados, e todas em um pequeno perímetro dentro de Londres. Falo de como topei com a boate sem nome e descobri que Renée tinha uma conexão com ela. Conto da menção de Rhiannon a Cysgod e da possível ligação que há ali, a "oportunidade de emprego" e o cartão de visitas que combina com o que foi encontrado no quarto de Renée. Falo sobre como Lucy está apresentando sintomas semelhantes.

— Acho que essa casa noturna está espalhando uma IST desconhecida entre essas jovens, algo que as acaba matando. É isso ou uma droga de laboratório, algo que nunca vimos. Algo que está permitindo que esse predador mate as garotas de forma lenta, metódica e silenciosa, sem ser pego.

Quando termino, já espalhei todas as minhas evidências sobre a mesinha de centro. Quincey as examina atentamente.

— Quem é o dono do Cysgod? — pergunta ela. — Você tem um nome?

— Não consegui encontrar nada. Tentei pesquisar tudo que pude imaginar, mas não há registro do proprietário. A mesma coisa com a boate. Foi por isso que fui até a delegacia hoje. Eu sabia que era um tiro no escuro, mas esperava que a polícia me levasse a sério o suficiente para pesquisar as escrituras ou outras informações às quais não tenho acesso.

— Mina... — Quincey suspira. — Isso pode ser alguma coisa... ou pode não ser nada. É tudo circunstancial.

— Você poderia levar para o seu superior?

— E virar piada na delegacia? — Ela suspira de novo quando percebe meu rosto perder o brilho. — Olha, acho que você pode estar no caminho de algo importante. Mas, se eu for pegar o caso, vou precisar de mais. DNA conectando as garotas, testemunhas oculares em primeira mão dispostas a registrar o depoimento. Evidência sólida. Sei que não é o que você esperava ouvir, mas o resto simplesmente não seria válido no tribunal. Tem que ser algo à prova de qualquer dúvida razoável. — Ela cruza as mãos sobre os joelhos. — Com gente poderosa assim... Os caras têm recursos, advogados e meios mais agressivos de se defender e atrapalhar uma investigação.

Fecho os olhos, sentindo o peso de tudo aquilo caindo sobre meus ombros. Detetive Davies estava certo. Não estou surpresa, apenas desapontada.

— Mas ouça — aconselha Quincey —, não deixe para lá se acredita mesmo que existe algo nessa história. Não seria a primeira vez que homens de aparência respeitável se revelariam um bando de canalhas. —

Ela se levanta e vai até a janela junto à mesinha. — Já vi mulheres chegarem dois, três dias após serem abusadas, quando enfim tiveram coragem suficiente para fazer a denúncia, mas aí já tinham tomado o maior banho da vida delas, por razões óbvias. Lavaram o DNA, e não há nada que possamos fazer porque fica só a palavra de um contra o outro.

Estou muito familiarizada com isso. Enxergo a outra ponta da situação, quando as mulheres estão quebradas, enfurecidas, desesperadas para reparar sonhos despedaçados. Afinal, as pessoas são mentirosas, e, sem provas, como alguém pode ter certeza de alguma coisa?

Ficamos em silêncio por um tempo, tomando chá frio.

— Fora as investigações amadoras — diz Quincey —, como você está?

— Estou... bem. Preocupada com tudo isso, e é difícil pensar em outros assuntos.

Ela hesita.

— E Lucy?

Contei a ela que Lucy podia ser uma das vítimas, mas esqueci de mencionar que também estava muito doente.

— Ela não está bem. — Preciso forçar as palavras a saírem. — Ela está doente, e seja lá qual for a doença... pegou Lucy com força.

A mandíbula de Quincey se contrai.

— Sinto muito por ouvir isso.

Quero perguntar o que aconteceu entre elas, o porquê de Quincey não ter uma aliança de sra. Westenra, mas suspeito que seja um assunto delicado. Eu recuo, assim como ela fez comigo.

— Eu devia voltar para casa — digo, ficando de pé. — Obrigada por me escutar.

— Ei, olha, vê se não some. E eu estava falando sério. Você é inteligente, meticulosa e tem bons instintos. Se está com um pressentimento, então não deixe passar. Assim que tiver algo definitivo, traga para mim.

— Valeu, Quince.

— A gente se vê por aí, Murray.

Estou na metade do caminho até meu carro quando ouço passos às minhas costas e me viro. Quincey está correndo, de pantufas e tudo.

— Meu Deus, Mina. Você é um pé no saco. Credo! — Ela balança a cabeça. — Vou me arrepender cem por cento disso, mas vou te ajudar. Só precisamos manter tudo fora do radar até que haja provas concretas, está bem?

Algo em meu peito fica mais leve. Um peso que eu não sabia estar carregando.

— Dou minha palavra de honra.

— Fique longe de confusão — diz ela, revirando os olhos enquanto dá meia-volta.

19

O sol lança tons de amarelo, laranja e carmim sobre o oceano agitado, e o vento desmancha o coque no meu cabelo. Parece ter sido há uma vida atrás que caminhei por esta praia, olhando para o céu multicor enquanto o sol morria no horizonte. Deveria ser lindo. Eu deveria ser capaz de enxergar isso agora, objetivamente. Mas não consigo. Tudo o que consigo é focar no mar cinzento e agitado que se revirava como minhas entranhas. No extremo leste do calçadão, um grupo de adolescentes grita e faz baderna, perseguindo uns aos outros e fumando cigarros roubados. O cheiro de tabaco no ar salgado me atinge como um soco no peito, evocando uma nostalgia tão forte que preciso me virar e caminhar na direção oposta, rumo aos penhascos e ao castelo Cysgod.

O passado sussurra em meu ombro — em particular, aquela última noite com Jonathan. Eu sabia que seria daquela vez, naquela noite, que iríamos até o fim. Estávamos juntos fazia dois anos. Já tínhamos feito outras coisas, nos tocado em segredo, beijado lugares proibidos, mas ainda não tínhamos cruzado a linha final. Jonathan tinha ficado com uma garota antes de mim e não queria apressar as coisas, embora eu andasse tão desejosa por ele que acordava à noite enrolada nos lençóis, suando e sem fôlego. Quando Jonathan estava perto de mim, eu ficava sempre consciente de seu corpo, seu cheiro, ansiando pelas mãos dele em mim. Pensei que fosse enlouquecer de desejo.

E aí, duas semanas antes daquela noite, me ocorreu que ele talvez não gostasse de mim *daquele jeito*. Afinal, supostamente os rapazes eram doidos por aquilo, enquanto nós, meninas, desviávamos do assunto. Era a ordem natural das coisas, dizia Lucy. Não era para ser o contrário. Quando Jonathan e eu nos encontramos para ir ao cinema, uma semana depois, eu estava quieta e retraída. Ele percebeu, é claro que sim. Ele percebia tudo. A coisa toda veio à tona: minha frustração, minha mágoa, minha perplexidade pela distância dele — comecei a chorar e sugeri acabar o namoro. Foi a vez de Jonathan entrar em pânico. Ele agarrou minhas mãos e apertou com força.

— Não.

— Você não me quer, não de verdade.

— Mina, você não podia estar mais errada.

— Então *por quê*?

Ele produziu um som gutural na garganta e tentou encontrar as palavras para explicar.

— Eu... já estive com garotas... Digo, com uma garota. E *isso* estragou tudo. Tudo girava em torno disso e de mais nada.

— Então seu plano é *nunca*...?

— Claro que não. — Ele riu. — Eu quero... mas na hora certa. Quero que seja especial.

Dei uma risada, a tensão diminuindo em meu peito.

— Eu só quero que aconteça. Já estou ficando maluca aqui.

— Não quero que as coisas fiquem estranhas e distantes. Quero que você tenha certeza.

Foi minha vez de apertar as mãos dele.

— Eu tenho certeza. Eu quero *você*, Jonathan Harker.

Uma semana depois, nos encontramos na praia, após o pôr do sol, em uma noite igual a esta, planejando nos entregarmos por completo um ao outro. Eu estava assustada, excitada, *pronta*. Mas deu tudo terrivelmente errado.

No presente, o sol derrete no oceano, desaparecendo em um céu triste de azul e preto, as estrelas surgindo. Esfrego os braços, tremendo.

Um grupo diferente de adolescentes se amontoa à sombra dos penhascos, perto de uma lixeira. Alguns rapazes tentam acender gravetos lá dentro, e, depois de um tempo, um brilho incerto irradia a distância. Quando chego até eles, o fogo já está queimando.

Eu o vejo através das chamas.

Ele está me observando, com as mãos nos bolsos daquele jeito encurvado e familiar, as sobrancelhas franzidas, o olhar direto e inabalável. Tenho uma reação complicada em resposta a vê-lo assim, tão parecido com aquela outra noite, catorze anos antes, quando também trocamos olhares, um de cada lado do fogo. As cicatrizes que puxam para baixo o lado direito de seu rosto parecem miragens terríveis entre as chamas que dançam, e sinto que, se eu me aproximar, se der a volta na fogueira que nos separa, as marcas desaparecerão e Jonathan ficará inteiro de novo. Ele mesmo de novo. Talvez a amargura que se esconde sob as cicatrizes, a mesma que faz seus lábios se curvarem tanto quanto a carne arruinada, também derreta com o fogo. Sinto-me desejando aquilo, e minha tristeza é doentia. Fui eu que causei sua dor?

Pare de se dar tanto crédito, porra.

Nem tudo é sobre mim.

Ele aguarda até que eu o encontre do outro lado da lixeira, e damos as costas e caminhamos juntos como se ainda fosse um antigo hábito. Não conversamos por um longo tempo, não até que a fogueira esteja bem atrás de nós e a face úmida da rocha esteja ao alcance de um braço, os gritos dos adolescentes virando apenas ruído de fundo sob o rugido das ondas quebrando sobre rochedos milenares.

Olho para ele.

— Obrigada por ter vindo.

Jonathan não diz nada. Não me olha. Apenas encara o Mar da Irlanda como se fosse um faroleiro silencioso.

Ele cheira a grama recém-cortada e a campos de trigo ao entardecer, assim como cheirava naquela época também. Só que agora seu odor de garoto, escondido sob colônia barata, amadureceu até se tornar algo sedutor e perigoso. Ainda quero, muito mesmo, tocá-lo. Sentir seus lábios nos meus mais uma vez.

Jonathan acena com a cabeça, e nos viramos para subir o banco de areia. Nunca fomos muito adeptos de palavras, e parece que conservamos essa característica de favorecer o silêncio. Observamos as gaivotas pairarem, mergulhando e girando, ouvindo seus pios agudos. Em breve elas vão se amontoar nas rochas até o alvorecer.

Ele era lindo quando adolescente, mas estava especialmente lindo naquela noite. Tinha trazido um colchão inflável, um cobertor e travesseiros. Uma cesta de piquenique contendo vinho barato (roubado), palitos de queijo e croissants. Comemos e assistimos ao sol desaparecer, e, quando escureceu, cheguei mais perto dele.

— Não tenha medo — falou Jonathan, com os lábios próximos ao meu ouvido. — Não há nada para ter medo no escuro.

E ele estava certo, eu sabia, mas ainda me sentia grata por ter a fogueira por perto, um farol na escuridão.

Quando ele me beijou, foi elétrico. Meu coração saltou na garganta, meu estômago dando cambalhotas.

— Você tem certeza? — sussurrou ele.

— Sim. *Sim.*

Estávamos com medo de ser pegos? De que alguém nos visse? Não me lembro. Tudo o que sei é que queria Jonathan mais do que qualquer outra coisa.

— E então? — pergunta ele enfim, carrancudo, no instante em que alcançamos o cume.

Dou um sorrisinho.

— Sempre sucinto.

Ele me fuzila com os olhos, e meu sorriso desaparece. Quase posso ouvir seus pensamentos. *Não seja idiota, Mina. Abra logo o jogo. Você é tão direta quanto eu.*

— Então... eu devo ficar mais um tempo por aqui.

Jonathan se vira para mim e me encara.

— E daí?

Engulo em seco. Isso é mais difícil do que eu imaginava.

— Eu... gostaria que a gente passasse mais tempo juntos.

Ele franze a testa, procurando a pegadinha.

— Como amigos — acrescento depressa.

— Entendi.

Seus olhos me examinam, procurando por algo, e me sinto nua, o que me faz voltar para as lembranças.

Ele puxou minha camiseta sobre a cabeça e abriu meu sutiã. Seus lábios encontraram meus seios, e arquejei, inclinando o rosto para trás. Depois ele tirou a camisa, e pressionei meu torso contra o dele, a melhor sensação do mundo. Sua pele na minha, tão quente. Tão seguro.

Jonathan voltou a me deitar e tirou meus tênis e minha calça jeans, removendo o resto das próprias roupas logo em seguida. Tentei cobrir minhas coxas pálidas, subitamente envergonhada, mas ele disse: *Tão linda*. Deixei minhas mãos caírem, sorrindo com timidez. Quando Jonathan foi tirar minha calcinha, ergueu o rosto e perguntou de novo "*Tem certeza?*", e eu o amei por ter conferido mais uma vez.

Hesitei, e ele parou o que estava fazendo, voltando a se sentar.

— Tenho certeza — falei com firmeza. — Eu quero.

Quando ficamos ambos nus, olhei seu corpo acima do meu com admiração e medo. Iria doer. Lucy disse que doía na primeira vez. Mas eu estava pronta, queria aquilo e já tinha esperado o suficiente.

A dor foi bonita e breve, e não diminuiu meu maravilhamento por tê-lo dentro de mim. Pela expressão em seu rosto, achei que Jonathan sentia o mesmo. Eu o observei, deslumbrada. Seu desejo era extraordinário, e *eu* era a causa. Me senti poderosa. No controle. Linda. Transformada.

Ele emitia sons que eu queria engarrafar e guardar na memória para sempre, prender em uma concha e revisitar a qualquer momento, pressionando seus suspiros e gemidos contra meu ouvido nas horas secretas da meia-noite, sob as cobertas. E então acabou. Passamos alguns preciosos minutos juntos antes de seu celular tocar. Era o pai dele. Algo tinha acontecido e Jonathan precisava ir embora.

— Você vai ficar bem? — perguntou ele enquanto eu colocava a calcinha e vestia o resto das roupas.

— Claro. Pode ir. Me liga mais tarde.

Ele me beijou, lento e com carinho, e depois foi embora. Eu estava mais feliz do que julgava ser possível. Tinha sido uma noite perfeita. Miraculosa.

Mal podia esperar para contar tudo a Lucy. Ela tinha insistido em saber dos detalhes depois que eu fosse "uma nova mulher". Ela estava aguardando minha ligação.

— Não economize nas descrições — acrescentara ela, rindo.

E então tudo mudou.

Será que ele estava nos observando das sombras? Esperando, torcendo para Jonathan sair? Teria me acompanhado por mais tempo? Me seguido secretamente pelas costas enquanto eu andava na rua e depois até o baile?

Eu devia ter sentido alguma coisa, mas estava envolvida demais na névoa de amor, luxúria e maravilhamento, e, quando ele atacou, fui pega de surpresa.

Agora, no banco de areia, Jonathan assente de novo e me olha com uma expressão cautelosa, e *ainda* quero tocá-lo. Eu sempre soube que viria até ali para contar a ele.

Puxo duas garrafas de cerveja do bolso fundo do casaco de minha mãe e lhe ofereço uma delas. Jonathan pega a bebida, ainda me observando, e desenrosca a tampinha, guardando-a no bolso. Ele continua o mesmo com relação a gerar lixo. Nunca quis tanto abraçá-lo.

Por favor, seja gentil, eu penso.

— Estou pronta para contar — declaro.

Ele assente uma vez e se senta na areia. Eu hesito, depois me sento ao lado dele, e ficamos encarando o mar escuro feito nanquim. Fico mexendo na garrafa de cerveja, sem conseguir tomar o primeiro gole. Jonathan me deixa falar, sem nunca interromper, exceto uma vez, quando menciono o homem nas sombras. Nessa parte, ele abre a boca e arqueja de repente, mas se contém e me deixa terminar sem interrupções.

— Eu não quis ficar por nada no mundo. Fugi de tudo que me lembrasse daquele momento, incluindo você. O que aconteceu existe em mim como um fogo em minhas entranhas... doloroso demais para tocar ou olhar muito de perto, mas sempre, sempre presente. Esteve em cada decisão que tomei desde que parti. Foi por isso que passei da medicina para a psiquiatria. Por isso que sigo empenhada em ajudar mulheres a superarem seus traumas. É uma espécie de curativo para mim mesma.

Engulo em seco. Jonathan deixa o silêncio se assentar por alguns instantes.

Estou indo bem, segurando as pontas, até que ele me toca. Até que seus braços me envolvem e Jonathan me pressiona contra o peito, os olhos assombrados por algo que não consigo decifrar.

— Merda — diz ele. — *Merda*.

Seus braços são quentes e fortes, e eu desabo. Meu corpo inteiro treme sem controle, como se estivesse precisando daquilo todos esses anos. Como se finalmente pudesse parar de sustentar o peso sozinha.

Eu te amo, quero dizer.

Mas o que sai de mim é diferente:

— Isso é um sim para a pergunta de passarmos mais tempo juntos?

Ele se afasta para me encarar, os olhos correndo sedentos por meu rosto. Sob as cicatrizes, uma guerra está sendo travada. As emoções cintilam em uma sucessão rápida, nenhuma que eu consiga captar.

— Certo, Mina Murray.

Eu sorrio.

— Certo, Jonathan Harker.

HOJE 07:54
DESCONHECIDO
Oi, @DraMM.
Aqui é Passarinho

DESCONHECIDO
Falei para tomar cuidado com seus rastros digitais.

HOJE 07:54
MINA MURRAY
Estou tomando cuidado.

DESCONHECIDO
O governo mantém registro das pesquisas. O dono do castelo que você está investigando vai saber que você está xeretando, caso resolva ir lá olhar. Mas, de todo modo, você não vai encontrar nada. Essa gente tem meios de encobrir seus vestígios.

MINA MURRAY
Como diabos você sabe que estou investigando isso?

DESCONHECIDO

Peço desculpas pelo silêncio. Eu estava conferindo algumas coisas antes de entrar em contato de novo. Precisamos nos encontrar.

MINA MURRAY

Quem é você?

DESCONHECIDO

Quinta-feira, 18h. Você receberá instruções.

20

Na quinta-feira, às 18h, um conjunto de coordenadas chega ao meu celular via mensagem de texto através do mesmo número misterioso. Quando jogo os números no Google, o alfinete recai sobre um local remoto no parque nacional Llyn Idwal.

Mando uma mensagem de volta.

> Você não vai facilitar as coisas, vai?

Não recebo resposta.

Pego emprestadas as velhas botas de caminhada de mamãe e separo alguns suprimentos. Da última vez que fiz a trilha de Llyn Idwal, eu era muito mais jovem, com muito mais resistência. O recado que a pessoa desconhecida deseja transmitir é claro como água: esta é uma reunião que mais ninguém pode ouvir. O que significa que a pessoa tem informações. Mas a situação como um todo é ridícula. Absurda. Vou mesmo me encontrar com um desconhecido que tem meu número de telefone, consegue ler meu computador e, até onde sei, pode estar envolvido no caso e tentando me silenciar? Mais uma vez, me pego desejando ter uma arma. Um cassetete policial. Um facão. Uma maça. Qualquer coisa.

Ainda assim, o apelo de que tudo seja verdade é tentador demais para ignorar.

Deixo o carro no estacionamento do parque, que fica deserto nesta época do ano. Faço uma pausa e me pergunto se estou prestes a virar picadinho na mão de algum maníaco com um machado, mas me forço a seguir andando. A vida de Lucy está em risco — disso tenho certeza absoluta. E há também Seren, que ainda pode estar viva em algum lugar.

Sigo pelo caminho à esquerda dos banheiros, uma trilha que percorri pela última vez em uma excursão escolar aos catorze anos. Subo pelas lajes de pedra cobertas de urze, galgando a colina até chegar a um portão de madeira e atravessá-lo, alcançando o rio Afon Idwal e a ponte de carvalho. A montanha Y Garn paira alta no horizonte, escondida sob névoas dançantes que cobrem a elevação como uma toalha de mesa de renda fina. Apesar do dia frio e úmido, me sinto aquecida. À medida que a trilha rochosa vai ficando mais íngreme, preciso parar e beber a primeira das minhas garrafas de água. O caminho se torna mais traiçoeiro conforme vou subindo, e quase torço o tornozelo várias vezes. Por fim, passo pelas rochas de Clogwyn Y Tarw e pelo paredão Bochlwyd Buttress, chegando finalmente ao Nant Bochlwyd, um rio branco e caudaloso. Verifico o aplicativo de navegação para ter certeza de que estou na direção certa, e estou. À minha frente está o Llyn Idwal com suas águas calmas e cinzentas.

Eu me sento na margem gramada e espero.

Quinze minutos depois, o frio já tomou conta dos meus ossos, e começo a me perguntar se fui enviada em uma caçada inútil. Mas então recebo outra mensagem de texto: instruções para continuar seguindo a trilha principal. Minha amígdala grita para que eu dê meia-volta, mas ignoro o aviso.

Tento ligar para o número de telefone, frustrada, mas a linha é cortada após dois toques. Penso que ao menos isso significa que há alguém do outro lado.

Escalo uma série de degraus ao longo da cascata, contando cada um deles, que vão ficando cada vez mais difíceis de subir, até que o terreno enfim se torna plano, abrindo-se para um campo repleto de pedregulhos com tufos de grama e regatos serpenteantes.

Logo à frente fica Llyn Bochlwyd, um lago plácido e totalmente fora da rota turística até Llyn Idwal, aonde o primeiro conjunto de coordenadas me levou. As montanhas Glyderau, que minha professora apontava cheia de admiração nos olhos, estão agora escondidas por uma neblina agitada que mais parece uma nuvem de tempestade sinistra formando um aguaceiro pesado.

Mando outra mensagem.

> E agora?

— Agora, a gente conversa.

Eu me viro e dou de cara com uma mulher de meia-idade emergindo das rochas cinza-grafite atrás de mim. Ela tem o rosto envelhecido e sensato, e cabelos grisalhos curtos, apenas um pouco mais claros que as pedras às suas costas, mas os olhos são penetrantes e astutos.

Apesar de tudo, fico aliviada em ver que a pessoa diante de mim é uma mulher. Ela ainda poderia me matar e esconder meu corpo? Claro. Ela parece forte. Mas, de alguma forma, seu gênero a torna menos ameaçadora aqui no meio do nada, enquanto estou sozinha.

— Por que todo esse espetáculo?

— Eu precisava ter certeza de que você era quem dizia ser.

— E quem mais eu seria?

Ela inclina a cabeça de lado.

— Você não passa muito tempo na internet, não é?

— Eu tenho uma vida, então, não. Mas suponho que você passe bastante tempo on-line.

Observamos uma à outra com cautela.

— Qual foi a da estação? — indago.

Eu havia recebido um conjunto de instruções para ir até a estação de trem de Conwy na noite anterior, apenas para ver chegar outra mensagem, dez minutos após ter estacionado no local: *Alarme falso. Falo mais depois.*

— Eu precisava observar você. Ter certeza de que não estava sendo seguida.

— A sua paranoia beira uma patologia.

— Quando alguém sabe tanto quanto eu sei, *menina*, a prudência é a menor das precauções.

Fico tentada a ir embora. A marchar para fora do parque nacional e voltar para Londres. Até dou as costas.

— Ela ainda está viva? Sua amiga Lucy?

Minha pálpebra esquerda treme, e preciso de toda a minha força de vontade para não esfregar o olho. Volto a encarar a mulher.

— Como você sabe sobre Lucy?

Ela responde minha pergunta com outra:

— Por que você está investigando o PREDADOR e Cloth Fair?

Eu poderia questionar a mesma coisa, poderia pressioná-la a contar como tinha descoberto Lucy, mas não chegaremos a lugar algum a menos que uma das duas esteja disposta a demonstrar o primeiro gesto de confiança.

— Mulheres continuam adoecendo. Uma está morta, e pelo menos mais uma está indo pelo mesmo caminho.

— Lucy é uma delas. — Não é uma pergunta.

Confirmo.

— É.

— O quão avançado está o estado da sua amiga?

— Eu… não sei.

— Sintomas?

— Alucinações, lapso temporal, sonambulismo, anemia, brotoejas parecidas com petéquias.

— Convulsões?

Assinto com um movimento de cabeça.

Ela se vira para caminhar pela trilha de pedra, sinalizando com o queixo para que eu a acompanhe.

— Apenas mulheres são alvos — diz ela. — Geralmente jovens, do tipo inocente. Venho rastreando os desaparecimentos há bastante tempo.

Balanço a cabeça.

— Lucy é mais velha. Já estabelecida.

— Então ela é um ponto fora da curva. Ou não faz parte do padrão.

— Que padrão? O que conecta essas vítimas?

A mulher me olha de lado outra vez, analítica.

— Você não é como eu esperava.

— Bom, você também não. Como conseguiu meu número?

— No fórum.

— E daí?

— Você baixou um arquivo.

Eu me lembro.

— Sintomas.doc. Está no meu celular.

— Eu escrevi uma *backdoor* no programa. Só por segurança.

Franzo os lábios, interrompendo o passo a fim de encará-la.

— Você é uma hacker.

— Eu sou muitas coisas.

Cerro os dentes.

— Então você já viu tudo que existe no meu notebook.

— Como falei, eu precisava ter certeza de que você era quem dizia ser.

— E a confidencialidade que se dane, certo?

Ela solta o ar com zombaria.

— Acha mesmo que confidencialidade importa para as pessoas por trás disso? Há gente nesse mundo que controla todas as cartas, bobinha. A menos que a gente encontre maneiras de revidar, somos só parte da colheita.

— Tão fatalista — murmuro, voltando para a trilha e andando, os ombros curvos contra a garoa fina. Está esfriando, o cheiro de terra gelada e nuvens de tempestade se misturando de maneira desconfortável em meus ossos. — Então, qual é a ligação? — pergunto, enquanto a mulher continua a andar ao meu lado.

Ela tem uma constituição sólida. Duvido que sinta frio.

O caminho serpenteia para a esquerda entre dois pedregulhos imponentes, e diminuímos o passo. Ela olha para a esquerda, para a direita e para cima a fim de ter certeza de que não estamos sendo ouvidas. Depois para.

Que exagero.

Páginas de um livro didático contendo diagnósticos surgem em minha cabeça, sobrepondo-se umas às outras enquanto eu a observo. *Desconfiança generalizada, persistente e inabalável nas outras pessoas... Visão profundamente cínica do mundo... Hipervigilância... Indiferente, fria, distante, argumentativa... Cautelosa e fechada...* Um diagnóstico salta em primeiro lugar: Transtorno de Personalidade Paranoide.

— As garotas têm características semelhantes — constata ela. — Quase sempre vêm de comunidades pobres de todo o país. Principalmente do norte, mas Londres, Portsmouth e Falmouth também foram atingidas. Final da adolescência e início dos vinte anos. Algumas até menores de idade. — A mulher balança a cabeça depressa, como se estivesse limpando uma memória, a pele sob sua mandíbula acompanhando o movimento.

Um alarme soa em meu cérebro.

— Quantas mais você conhece além da lista que me enviou?

— Em média, temos um desaparecimento por mês, embora de forma alguma eles sigam um período exato. Venho acompanhando esse padrão desde o começo, e já faço isso há... quinze anos.

— Mas... mas isso é astronômico. São mais de *cem* mulheres!

Ela confirma com um gesto sombrio.

— Isso.

— Impossível. Alguém saberia de alguma coisa.

— Tenho certeza de que muitas pessoas sabem de *alguma coisa*. Mas conectar os pontos, encontrar evidências e comprovar... aí é outra história.

— Como sabe de tudo isso se a polícia parece tão desavisada? Você pode ter se enganado.

A mulher volta a andar, e não tenho alternativa senão segui-la.

— Você faz muitas perguntas — comenta ela. Já ouvi isso antes, está perdendo a graça. — Isso é bom — adiciona a mulher, e eu a olho de lado para ver se ela está zombando de mim. Não está. — Nunca pare. As pessoas que ficam em cima do muro quando você faz perguntas são aquelas que devem ser monitoradas. São as que estão escondendo alguma coisa.

— Certo, e qual a sua conexão com isso tudo?

Ela não responde por um tempo, e eu a deixo estudando as rochas como se estas fossem fascinantes enquanto ela decide se revelará suas respostas. Estou esperando mais teorias da conspiração e avisos terríveis.

— Quinze anos atrás, quando isso tudo começou, minha filha, Beatrice, fugiu de casa. Tínhamos discutido na noite anterior sobre o resultado de algumas provas, e ela me acusou de arruinar sua vida. Foi a última noite em que vi Beatrice viva. Tentamos procurá-la, mas ela mudou todos os números de contato. A polícia falou que não podia classificar o caso como desaparecimento já que Bea tinha acabado de completar dezoito anos e saído de casa por vontade própria. Meses depois, acharam o corpo dela boiando no rio.

— Ah... — Encaro a mulher para ver se ela está bem em contar tudo aquilo. Ela olha para a frente, a expressão impassível, ilegível.

— Tenho procurado pelo motivo desde então. A morte foi considerada acidental porque Bea foi vista em uma boate e depois outra vez na rua, caminhando para casa, não parecendo nem um pouco sóbria. Uma testemunha declarou que ela mal conseguia andar.

— Ela estava bêbada?

— Não, não estava. Bea não era de beber com frequência, reclamava sobre a perda de controle.

— Mas ela em teoria *poderia* estar bebendo?

— Foi o que a polícia disse, mas eu verifiquei o arquivo. Não há registro de Bea ter ido a uma boate naquela noite. Nenhuma filmagem de vigilância dela voltando para casa. Liguei para as supostas colegas de quarto e ninguém a tinha visto por *semanas*. Acharam que Bea tinha se mudado sem avisar. E depois teve a questão das brotoejas.

Assinto devagar.

— Sempre as brotoejas.

— Mesmo assim. Afogamento acidental, eles disseram, ou talvez um assalto que deu errado. Os sintomas eram irrelevantes. *Ela* era irrelevante.

— O que você fez?

Os pedregulhos se abrem para uma charneca, e encontramos uma encosta baixa coberta de musgo para nos sentarmos.

— Eu trabalhava para o jornal *Instigator* na época. Era repórter investigativa. Levei a história para meu editor e ele me obrigou a abandonar a pauta. Disse que eu não tinha uma matéria, apenas uma teoria da conspiração. Fez um comentário sobre manter o nariz longe de assuntos que não eram meus, como se a porra da minha filha não tivesse acabado de morrer.

"Pedi demissão no mesmo dia. Entreguei meu aviso prévio, que não fui obrigada a cumprir porque estava de licença pelo luto. Fui para casa e comecei a vasculhar a internet atrás de tudo que pudesse encontrar. Hackeei os antigos registros telefônicos da minha filha e encontrei o último número para o qual ela ligou."

— Deixe-me adivinhar — interrompo. — A casa noturna sem nome.

— Bingo.

Engulo em seco e espero até que ela continue.

— Fui até lá para me encontrar com o dono, conversar com os funcionários do bar, qualquer coisa. Não me deixaram entrar. Fiquei obcecada em descobrir tudo que fosse possível sobre o lugar. Meu marido achava que eu estava louca, obsessiva, pirada. Ele me deixou, e foi tarde. Eu estava no rastro da verdade, e sabia disso.

"Até que, um dia, saí para fazer compras. Quando cheguei em casa, algo estava errado. Eu não sabia o que era. Parecia que alguma coisa na sala, ou tudo, tinha sido mexido. Peguei o telefone para ligar para uma amiga e a linha começou a chamar antes de eu discar o número. Desliguei. Fui embora naquela noite, sob o manto da escuridão. Levei uma bolsa comigo, e só. Eu fugi."

— Você deixou tudo para trás?

— Tudo, exceto uma muda de roupa, meus cartões do banco e o diário e as fotos de Bea. Fui para o centro de Londres. Achei que conseguiria desaparecer por lá assim como ela fez. Fechei as contas bancárias e passei a usar somente dinheiro. Indetectável. Mudei de lugar para lugar, até morei na Europa Oriental por um tempo. E fiz... amigos. Aprendi como trabalhar na internet.

— Aprendeu a ser hacker?

Ela me encara.

— Aprendi a sobreviver no mundo digital. Existem pessoas por aí que, assim como eu, querem respostas.

— E como pode confiar nelas?

— Elas já provaram seu valor.

— Me fale sobre a boate sem nome.

— Não tem muito o que contar. É um beco sem saída. Acabei topando com outras jovens desaparecidas que tinham sido encontradas com um ou mais dos sintomas de Bea, e aí, em vez de focar no lobo, eu me concentrei nas garotas. Quem elas eram, o que faziam, sua ficha médica, que escola frequentavam, os hobbies. Todos os detalhes. Era como procurar por Bea de novo. Cada uma delas tinha um arquivo tão grosso quanto a palma da minha mão.

"Aos poucos, ao longo dos anos, as semelhanças começaram a surgir, e encontrei padrões. Mulheres geralmente pobres, sempre jovens. Cada uma apresentando comportamentos estranhos antes de morrer, a maioria dos casos considerada suicídio ou morte acidental. Cada uma delas... deixada de lado. Para manter essas pessoas escondidas. Para manter as meninas esquecidas."

Essa mulher, essa estranha... ela fala como alguém à beira da histeria. Está marcando todos os requisitos para Transtorno de Personalidade Paranoide, e eu devia manter a cabeça no lugar e evitar me deixar levar por teorias da conspiração. Mas... o raciocínio dela segue o mesmo caminho percorrido pelo meu nas últimas semanas. Tudo o que ela está dizendo faz sentido.

— E Cysgod? — pergunto. — O castelo que eu estava investigando. Você conhece alguma ligação?

— Ainda não verifiquei, mas não ficaria surpresa. Seguir o dinheiro é o meu lema. E um espaço como esse pertence a alguém rico e poderoso, alguém com recursos, financeiros ou não. Por que você acha que o castelo está conectado?

— Uma jovem local, Seren Evans, desapareceu faz um tempo. Falei com uma amiga dela, que me contou que a garota tinha sido convidada para uma espécie de entrevista de emprego ou festa no castelo, e que Seren começou a agir esquisito depois. E que tinha visto umas brotoejas nela.

A mulher assente.

— Certo. Vou começar a cavar aí também.

Concordo com a cabeça, esfregando as mãos.

— Precisamos de provas. Evidência sólida.

— Por isso estou aqui. Você é a primeira pessoa além dos hackers vagabundos que conheci anonimamente que trouxe novas informações. Eu sabia que tinha de vir e conversar pessoalmente.

— E quem é você, afinal? — pergunto, percebendo que ainda não faço ideia de com quem estou falando.

— Singer. Meu nome é Helen Singer.

— Você está em uma caçada, não é? — Nós nos encaramos por um longo momento, e sinto algo se estabelecer entre nós duas. Se solidificar.

— Sou culpada, não nego. Não vou descansar até encontrar o que estou procurando. — O ódio em seus olhos é do tipo mais puro que já vi.

Assinto.

— Sei que parece loucura, mas tenho a sensação de que Cysgod está de alguma forma no centro dessa história.

Ao ouvir a afirmação, Helen dá risada.

— Estou parecendo louca há quinze anos. E isso nunca me impediu de nada.

21

Singer me liga às quatro da manhã.
— Vou dar uma olhada no castelo, ver o que consigo encontrar. Você vem?

Meu cérebro grogue recém-desperto não computa o que ela diz.

— Você vem comigo espiar o Cysgod ou não?

Forço a vista para o relógio.

— Agora? São quatro da manhã!

— Sim ou não, Murray?

Merda. Minha pálpebra começa a tremer, e uma onda quente de coceira surge em meu pescoço. Uma sequência estroboscópica quase epiléptica de imagens invade minha mente — são doze passos até o banheiro, chuveiro escaldante, hipoclorito de sódio, banheira branca brilhante, roupa de corrida em lycra, os tênis batendo na calçada, dois ovos em um prato branco...

— Como você conseguiu acesso? — pergunto, esfregando meus olhos sonolentos, ganhando tempo.

O silêncio é pesado.

Eu suspiro.

— Você vai invadir, não vai?

— Basicamente isso.

— Singer, não. — Belisco a ponte do nariz. — Não mesmo. Temos que utilizar os meios adequados e fazer isso do jeito correto, OK?

— Acha que eles pedem permissão antes de sequestrar, estuprar e assassinar as garotas?

— Somos melhores do que eles.

— Eu não sou. Não tenho escrúpulos. Não com monstros. Não em um mundo que é cruel assim com as mulheres. Farei qualquer coisa para pegar o assassino de Bea. *Qualquer coisa.* Você não faria o mesmo por Lucy? Se não faria, então isso aqui entre nós termina agora.

Eu te amo, Bambi. Coço os fantasmas de formigas em meu braço e volto a afundar nos travesseiros.

— Meu Deus, tudo bem, certo. Quando?

— Você consegue estar na praia em trinta minutos?

Merda. Fodeu. Fecho os olhos com força.

— É sim ou não, Murray.

— Tudo bem.

— Venha de preto.

Desligo e afasto o edredom, saindo em silêncio da cama. Não há necessidade de acordar mamãe. Corro até a mala e pego uma calça e uma blusa pretas, *e puta merda*, vou vestindo as peças por cima do corpo sem banho. Meu couro cabeludo coça — *merda* —, mãos suando — *merda* —, coração disparado — *merda* —, pescoço ardendo — *merda* —, axilas úmidas — *merda* —, pálpebras tremendo...

Merdamerdamerda.

Está tudo errado.

É por Lucy, digo a mim mesma, trincando os dentes. *É por Lucy.*

A praia está deserta, o céu preto como carvão, o mar fazendo birra. O sol ainda vai demorar três horas para nascer. Mesmo assim, Singer me faz estacionar o carro em um trecho escondido de pedrinhas do outro lado do calçadão, para caso algo aconteça.

— O que pode acontecer? — pergunto, alarmada.

— Espero que nada. Mas é melhor estar pronta.

Para demonstrar que não vai correr nenhum risco, ela enfia os cabelos grisalhos sob um gorro preto, me entrega um igual e fica esperando que eu faça o mesmo.

— Está escuro feito breu — protesto, devolvendo aquela coisa ridícula.

— Não queremos ser reconhecidas.

Solto um gemido e ponho o gorro, escondendo o cabelo por baixo do tecido.

— Mas a gente precisa mesmo se vestir feito duas assaltantes?

— Se quiser entrar escondida no terreno do Cysgod, não podemos ser vistas. A escuridão vai nos ocultar, mas só se a gente der uma ajudinha.

— E você já fez isso antes? — murmuro, pondo as luvas pretas que ela me entrega.

— Você ficaria surpresa com os lugares onde já entrei — diz Singer, mirando o castelo enquanto espera que eu termine. Descubro que não estou nem um pouco surpresa.

O carro dela está estacionado junto à estação de trem, que passa pelos fundos do outro lado da praia, por trás dos morros. Ela caminhou o resto do percurso até aqui. Juntas, atravessamos a areia e ficamos à sombra da colina Cysgod, observando o castelo logo acima. O oceano suga a maior parte dos sons em seu avançar e retroceder, a água batendo ruidosa enquanto o vento aumenta. Está terrivelmente frio.

Singer vai na frente, carregando uma grande bolsa preta de ginástica e gesticulando para que eu me mantenha abaixada. A colina sobe de maneira abrupta, e permanecemos fora do caminho de terra com marcas de pneu incrustadas na areia. Por fim, alcançamos um portão de ferro imponente com o dobro da nossa altura. Um teclado digital de aparência cara com teclas de borracha brilhando em amarelo como misteriosos olhos ectoplásmicos jaz no centro do portão. Parece venenoso.

— Merda — murmura Singer baixinho.

— Você achou que não teria um portão? — pergunto, incrédula.

— Achei que a gente podia escalar e evitar ter de fazer do jeito mais difícil.

Singer se agacha e abre a bolsa, remexendo lá dentro. Vejo um rolo de corda preta e dou uma risada sarcástica. Ela estava mesmo preparada para subir como uma super-heroína.

— Escalar? Eu lá tenho cara de Mulher-Gato?

Ela me examina.

— Na verdade, tem.

— E se tiver câmeras de segurança?

— Já verifiquei. Não tem acesso Wi-Fi na propriedade. Mesmo que existam câmeras alimentando uma central de vídeo, consigo encontrar e excluir a filmagem. — Ela pega um iPad esquisito cheio de cabos pendurados e usa uma pequena chave de fenda para remover a frente do teclado digital, revelando uma série de fios enrolados ligados a um pequeno monitor. Ela conecta os fios aos cabos do iPad e começa a digitar comandos.

— Certo, então eles com certeza vão saber que estivemos aqui.

Singer revira os olhos.

— Confie em mim, não vão. Estou acostumada a cobrir meus rastros. Aliás, sinceramente, duvido que haja câmeras. Seriam evidências demais contra eles, eu acho.

— Isso presumindo que eles tragam as garotas para cá.

— Você não disse que a tal Rhiannon falou que a amiga tinha sido trazida para o castelo?

— Bom, sim.

Singer digita algo e suspira.

— Isso seria muito mais fácil se estivesse conectado a um wi-fi — murmura. — Acho que seja lá quem for o dono deste lugar, é tão paranoico quanto eu.

São necessários vários minutos de digitação furiosa por parte de Singer e uma série de códigos ocupando páginas e páginas antes que o portão emita um clique e se abra.

Singer dá um sorrisinho para mim, arruma suas coisas e volta a encaixar a frente do teclado como se nada tivesse acontecido. Em seguida, atravessa o portão, aparentemente abandonando a desconfiança e a cautela anteriores.

Um estranho borbulhar em meu peito me alerta, com surpresa, sobre o fato incontornável de que estou me divertindo. Há algo de sedutor, quase inebriante, em assumir o controle após tantas semanas me sentindo desamparada e sozinha.

No fim das contas, Singer estava certa em relação às câmeras. Não encontramos nenhuma. No entanto, há sinais bem escondidos de tecnologia entre as pedras antigas e a madeira velha em todas as direções. O brilho sutil dos alarmes é visível em cada uma das janelas de correr com gradeado em padrão de diamante. Seja lá quem for o dono do castelo, é cuidadoso em esconder sua tecnologia. Em esconder a riqueza. De longe, a construção é igual a qualquer outro castelo galês impressionante, mas despretensioso.

De perto, é uma fortaleza.

Também possui uma sensação labiríntica. Subimos escadas de pedra até portas trancadas, passamos sob arcos e fazemos curvas que terminam em paredes sólidas de pedra. A coisa toda é vertiginosa. É uma farsa em forma de castelo.

— Nada — fala Singer, esfregando a boca com força quando voltamos ao pátio. — Sem acessos. Não posso hackear nada disso sem disparar os alarmes.

— Devíamos ir embora. Não vamos conseguir nada aqui.

— Vamos verificar o terreno primeiro, depois a gente sai.

Concordo com a cabeça, e Singer enfia a bolsa pelo vão entre o castelo e o arco, que conduz a uma área de floresta densa no extremo leste da colina. A princípio, não há muito o que ver. Mas então avisto a ponteira de cobre na torre principal do que parece ser um espaço a céu aberto construído em pedra calcária, uma estrutura erodida com uma abertura no centro, adornada por uma arquivolta de cinco níveis que se eleva logo acima da linha das árvores. Gesticulo para Singer. Quatro contrafortes com pináculos pontiagudos se erguem entre as copas, envoltos em vegetação.

Não me admira que não pudéssemos ver tudo aquilo da praia.

Pela primeira vez desde que era criança, sinto uma vontade peculiar de estar perto da minha mãe.

— Um átrio — sussurra Singer. — Que esquisito.

Nós duas parecemos sentir a necessidade de ficar em silêncio.

Colunas de calcário sobem e se curvam, encontrando-se em arcos pontiagudos a céu aberto, cobertos com os detritos do outono.

— Para que serve isso? — murmura Singer, arrancando um ramo de hera de uma das colunas e o atirando de lado com desgosto.

— É uma máscara — digo devagar, girando em círculos.

— Hein?

— Um disfarce para um hipogeu.

— Pode falar na minha língua? — retruca Singer.

— Está escondendo uma câmara funerária subterrânea — explico.

Singer faz uma careta.

— Que coisa mórbida.

— Procure uma porta ou um painel oculto. Degraus, qualquer coisa.

Nós nos separamos, investigando. Após alguns instantes, Singer assovia para mim.

— Pode pegar minha bolsa? — pede ela, a poucos metros de distância. Ela está abaixada junto a um alçapão de metal, sustentando parte do peso. — Está horrível de abrir e não quero soltar porque posso não conseguir puxar de novo.

Corro de volta para o arco e pego a bolsa de Singer, depois retorno, apressada. Juntas, desalojamos o alçapão, deixando-o cair no solo. Há uma escadaria de pedra em ruínas levando à escuridão impenetrável. Quando aponto a lanterna do celular para a passagem, uma lufada de ar gelado atinge meu rosto. Eu estremeço.

— Vamos? — pergunta Singer, arqueando a sobrancelha.

Faço uma careta em resposta. Descemos devagar pelos degraus irregulares em ruínas, sentindo-nos enterradas vivas, até que adentramos uma cripta solitária no centro de um salão de pedra. O ar tem gosto de água salobra, e, em vez de parecer vazia, a atmosfera é vagamente... assombrada. Como se eu estivesse sendo acompanhada por algo invisível — um observador fantasma.

Singer avança e caminha pela cripta, varrendo com a mão a poeira da inscrição esculpida na tumba.

— Talvez isso nos conte algo sobre a linhagem do proprietário. O pai dele, talvez?

Assinto, examinando atentamente as marcas no túmulo. São indecifráveis. Franzo as sobrancelhas. Nunca me deparei com esse idioma antes — as marcações usam algum alfabeto não romano. Outro mistério.

Singer tira várias fotos, e sinto uma vontade repentina de ir embora, como se ficar por mais tempo fosse me devorar por inteira, me condenando ao sistema digestivo da cripta. Forço uma respiração regular e tento pensar em meu chuveiro, contando trezentos e noventa e três azulejos, imaginando a ardência do hipoclorito de sódio enchendo minhas narinas.

— Pronto — anuncia Singer.

Preciso de cada grama da minha força de vontade para não sair correndo pelos degraus.

Emergimos no ar fresco da noite. Estou cem por cento pronta para ir embora.

Quando me viro na direção do portão de entrada, Singer me chama.

— Espere um segundo, quero verificar uma coisa.

— Verificar o quê?

— Quero ver se consigo entrar na propriedade de novo por aquele lado — diz ela, indicando a beira do penhasco onde a parede dos fundos do castelo parece se equilibrar de forma precária.

— E morrer também?

Ela sorri e caminha ao longo da borda estreita da colina rochosa entre o castelo e o ar. Solto um palavrão e a sigo.

A parte de trás do castelo é composta na maior parte de pedra sólida, e sofremos com os borrifos de espuma marinha e com o vento gelado. Dou um passo em falso e perco o equilíbrio, escorregando na direção do mar revolto. Singer agarra meu braço e me puxa de volta, mas perco meu gorro, observando com horror enquanto a peça desaparece na massa agitada de sombras lá embaixo.

Merda.

Na última curva da parede, agarramos as raízes que crescem através da argamassa na pedra, rezando para que não se partam, e nos arrastamos por cima de uma mureta divisória baixa e perpendicular até as lajes do outro lado, que foram assentadas diretamente acima da beira do penhasco.

Subimos, com Singer praticamente me arrastando, e descobrimos que estamos do outro lado dos portões imponentes, tendo contornado toda a estrutura.

Singer está sorrindo como uma criança tola.

— Isso foi divertido.

— Ótimo — murmuro. — No futuro, se quisermos voltar, agora teremos as emocionantes opções de hackear de novo um sistema de alta segurança ou correr o risco de mergulhar para a morte. Maravilha.

Ela ri.

— É ótimo ter opções!

Em poucos minutos, estamos em uma floresta, caminhando em silêncio em direção ao carro ainda estacionado na estação de trem, no extremo oposto da praia. Estou ansiosa em voltar para casa e pesquisar em qual idioma as marcações estão escritas — ou se elas podem revelar algo sobre a pessoa que mora no castelo.

Suspeito de que Singer esteja igualmente ávida, porque seu ritmo acelera a cada passo. Logo terei de correr para acompanhá-la.

Ao vislumbrar o primeiro sinal do amanhecer por entre as árvores, meu pé se prende em alguma coisa e desabo de forma espetacular no chão, sentindo dor no tornozelo. Minha boca está cheia de terra.

— Merda — exclama Singer. — Você está bem?

Eu gemo e fico de joelhos, pronta para xingar qualquer raiz de árvore que tenha me pego de surpresa.

Mas não é uma raiz de árvore. Nem perto disso.

— Acho melhor você vir até aqui.

— O que é?

Engulo em seco, incapaz de desviar os olhos.

— Venha até aqui. Agora.

— O que foi? O que você…? — A voz de Singer morre quando ela me alcança. — Murray, que porra é essa?

— Acredito que sejam os ossos de uma mão.

A carne se gruda a cada dedo como porco cozido enquanto estes se erguem desesperadamente rumo ao céu. A alguns passos de distância, vejo um tufo de cabelos claros que eu poderia ter confundido com ervas daninhas se não fossem pelos ossos.

Ela estava viva quando a enterraram? Tentou se libertar cavando com as unhas?

— Jesus — murmura Singer baixinho, esfregando o rosto. — Encontramos as provas que você queria, então.

— Temos que chamar a polícia. Eles não vão poder ignorar isso agora.

— Ainda não — afirma Singer, ficando de joelhos para escavar a terra ao redor do tufo de cabelo.

Eu me inclino à frente para detê-la, cobrindo o cadáver como se quisesse protegê-lo.

— Mina — diz Singer com gentileza. — Precisamos ver quem é. No mínimo tirar umas fotos. Para o caso de empurrarem a sujeira para baixo do tapete. Assim, se a polícia não fizer nada, nós podemos fazer.

Concordo devagar. Não sou nem de perto tão paranoica quanto Singer — a ideia de algo importante como um cadáver sendo encoberto não teria me ocorrido. Mas ela está fazendo isso há muito mais tempo do que eu, e não posso deixar de me lembrar do quanto o detetive Seb Davies foi desdenhoso.

— Tudo bem.

Ela volta a cavar.

— A terra ainda está fresca.

A pessoa que fez aquilo poderia estar por perto? Olho ao redor, o coração batendo forte em minha boca seca.

Devagar, centímetro por centímetro torturante, a escavação revela um rosto jovem demais para parecer tão ceroso. Jovem demais para estar tão... perdido.

Eu a reconheço pela foto do jornal na mercearia do sr. Wynn. Eu não estava esperando nada diferente.

Seren Evans tinha sido enfim encontrada.

22

Ligo para Quincey daquela que é provavelmente a última cabine telefônica do país.

— Quince — falo quando ela atende. — É a Mina.

— O que aconteceu? — Ela deve ter notado pela minha voz. Ao fundo, está tocando o jingle do noticiário matinal. Olho o relógio. São 6h30. Depois de tudo o que aconteceu, só se passaram duas horas e meia.

— Eu fui bisbilhotar em Cysgod.

— Se você me contar mais alguma coisa, Mina, eu juro por Deus que...

— Tem um corpo na vizinhança do terreno.

A linha fica em silêncio por um longo tempo.

— É Seren Evans — continuo. — Ela foi enterrada em um pedaço de floresta que tem lá. Eu tropecei na mão dela.

— Mina, você precisa vir para cá.

— Essa é uma denúncia anônima.

— Mina...

— Ela estava largada lá, Quince. Está... está bem ruim. Ela está com aquela erupção cutânea de que lhe falei e parece ter sido... *usada* de alguma forma. Por favor, vá buscá-la. Por favor.

— Certo. Olha, deixe isso comigo. Vou resolver.

— Preciso ter acesso à autópsia dela.

Quincey solta um palavrão.

— Não acha que está pedindo muito?

— Eu tenho a formação necessária.

Quincey emite um suspiro, curto e grosso, e murmura:

— É cedo demais para essa merda. A gente devia se encontrar. Quero saber de tudo o que você viu. Vou te visitar. Está hospedada na casa da sua mãe?

— Estou.

— Beleza. Fique quieta. Eu mantenho contato.

O médico legista, dr. Gruffydd Jones, resolve começar pelo exame geral do aspecto anterior, e tomo notas para me distrair do fato de que há uma criança na mesa de autópsia. Várias marcas proeminentes são catalogadas, incluindo a erupção cutânea reveladora e algumas veias pretas no pescoço.

— Distensão da veia jugular — murmura o dr. Jones para o gravador —, com petéquias e púrpura no lado esquerdo do pescoço. — Ele emite um "*hum*". — Não são exatamente petéquias. Estão mais para... pequenas depressões. Nunca vi nada parecido. Recomendo uma investigação por um consultor especialista em dermatologia.

— Quando o senhor vai ter respostas sobre as brotoejas? — pergunto.

O homem dá de ombros.

— Não é meu trabalho. Eu apenas registro o que vejo.

Ele examina tudo minuciosamente, incluindo os dedos quebrados.

— Sem matéria sob as unhas.

O exame do aspecto posterior não revela nada significativo.

O dr. Jones é meticuloso, atencioso e impessoal. Ele também não se importa com os porquês. Eu, por outro lado, tenho dificuldade em vê-lo fazendo a primeira incisão vertical, indo da parte superior do tórax até o púbis — um lembrete claro do motivo pelo qual escolhi psiquiatria ao decidir me especializar.

— Musculatura torácica normal — continua ele, cortando em golpes rápidos que separam músculos e gordura amarela. — Fraturas na quarta e quinta costelas do lado direito. — Ele cutuca com o dedo o osso totalmente branco que desponta, e o corpo da garota balança a cada impacto.

O talhador de costelas faz um trabalho bastante rápido em sua ossatura jovem, e meu pescoço começa a coçar daquele jeito sugestivo. Quando o dr. Jones e seu assistente empurram a curva das costelas para trás, por cima do rosto de Seren, e a coisa toda se quebra com um estalo, quase saio correndo da sala.

Continue firme, Murray.

— Cavidades abdominais e torácicas expostas. Nada digno de nota no exame visual.

As coisas pioram conforme cada órgão é removido e pesado, com amostras coletadas. O sangue morto de Seren se acumula no que resta de seu corpo, que se parece cada vez mais com um balde à medida que a autópsia avança. No entanto, seus órgãos estão saudáveis, incluindo o fígado e os rins. As amostras de sangue já nos disseram que ela não estava sob efeito de nenhuma droga — ao menos nenhuma que fôssemos capazes de detectar no presente.

— Incisão no pericárdio. Nenhuma troca de fluido.

Ele corta o coração, e um fluxo de sangue escuro escorre dele feito tinta.

— O volume de sangue está baixo — observa o dr. Jones, franzindo a testa para seu cadáver cavernoso.

— Trezentos gramas — anuncia o assistente junto à balança para onde levou o coração.

— Dentro da normalidade — diz o legista. Ele disseca e examina o pequeno órgão. — Sem anomalias congênitas.

Pulmões, fígado, baço, coração, estômago, intestinos — tenho que conter meus tiques diante de todos eles, convencida de que há alguma infecção, algum terrível infortúnio ou catástrofe que absorvi dos micróbios no ar ou, pior, das gotículas transportadas pela atmosfera de seu baixo volume de sangue.

Quando é hora do exame do cérebro, peço licença e me retiro da sala, solicitando que o legista encaminhe o relatório da autópsia para meu e-mail, que deixo na recepção.

De volta ao carro, tento não hiperventilar, bebendo a garrafinha de chá de verbena que trouxe comigo e afogando as mãos e o pescoço em álcool em gel enquanto reflito sobre a mensagem muito clara que recebi lá dentro. A mensagem de "não vou me importar mais do que o necessário". Ninguém vai investigar a erupção cutânea de Seren Evans. Ninguém vai vasculhar mais a fundo.

O que significa que cabe a mim descobrir o que — ou quem — a matou.

HOJE 10:54
MINA MURRAY

Ei, Quince, é a Mina.
Acha que consegue um mandado para Cysgod agora que encontraram um corpo?

QUINCEY MORRIS

Tentei isso ontem.
Meu chefe disse que o caso foi entregue a outra agência.

MINA MURRAY

Que outra agência?

QUINCEY MORRIS

Não sei.

MINA MURRAY

Então ficamos de mãos atadas?

A LOUCURA

> É normal um caso ir para outra agência assim do nada?

> E quanto ao proprietário?

> Podemos investigar isso?

QUINCEY MORRIS
> Confie em mim, não é normal.

> Eles me deixaram no escuro.

MINA MURRAY
> Acredita em mim agora?

> Isso tudo está conectado. É algo muito maior do que apenas Seren.

QUINCEY MORRIS
> Acredito em você.

> Precisamos pensar nos próximos passos.

23

É isso que acontece com as mulheres.

Parece que há um peso pressionando meus ombros, tão pesado que mal consigo fazer meus pés se arrastarem.

De volta à casa de minha mãe, desabo no sofá e solto um gemido.

Por ser jovem e saudável, Seren não tem lá muitos registros médicos dignos de nota. Uma infeção no ouvido aos oito anos, uma amidalite aos dez, um braço quebrado aos doze. Antes de seu desaparecimento, nada fora do comum foi registrado.

A erupção semelhante a petéquias estava espalhada ao longo da clavícula, do pescoço e dos seios. Vislumbres das marcas surgem sem aviso em minha mente, e estremeço a cada ataque indesejado. Havia algo tão… sinistro nelas. Tão depravado. E o dr. Jones nem se importou em buscar repostas. A contragosto, ele especulou que poderia ter sido um trauma causado por um golpe contundente ou uma queda de uma altura considerável. As marcas deixadas pela impressão de alguma textura. Outros ferimentos no corpo eram consistentes com uma queda, incluindo as costelas e a clavícula quebradas.

— Talvez ela tenha caído — murmurou ele. — Talvez tenha sido um acidente.

Eu o lembrei gentilmente de que alguém enterrara a menina.

Ele deu de ombros e seguiu em frente. Sua casual falta de preocupação foi marcante. Quase tão perturbadora quanto o cadáver nu de dezesseis anos sobre a mesa.

No entanto, há algo ainda mais perigoso do que o desinteresse do legista: a notícia contida nas mensagens de Quincey de que o caso de Seren fora entregue a outra organização. As duas coisas não batem... uma adolescente "encrenqueira" do interior, que presumidamente desempenhou um papel em sua própria morte prematura, e o nível do caso foi considerado tão alto que não poderia mais ficar sob a jurisdição da polícia de Tylluan? Por que essas mesmas pessoas, que não pareciam nada preocupadas com o destino da garota ou a causa de tudo isso, iriam optar por entregar o caso a uma autoridade superior?

A desconexão só pode significar que Singer estava certa: existem pessoas poderosas envolvidas, e elas não querem que ninguém descubra o que exatamente aconteceu.

A pergunta agora é contra quem estamos lutando — e o quão poderoso é esse alguém.

Minha mãe entra de costas no cômodo, arrastando para a sala de estar uma planta-jade crescida demais.

— O que está fazendo? — pergunto, saindo do caminho antes que ela trombe em mim.

— Já não cabe no vaso — responde ela, ofegante, como se isso esclarecesse o motivo de estar trazendo o vegetal para a sala de estar.

— E você vai replantar *aqui*?

Mamãe se vira e me olha como se fosse eu a estar andando de costas arrastando uma planta-jade gigante para o meio da casa.

— Deixe para lá — murmuro. — Eu nem quero saber.

Ela estreita os olhos.

— O que foi?

— Nada.

— Você pode me contar ou não, mas não vai ficar por aí deprimida a tarde inteira. Não vou aceitar.

— Não estou deprimida, mãe. Só tive um dia difícil. Acharam aquela garota desaparecida.

— Seren Evans. Fiquei sabendo.

Mamãe balança a cabeça como se fosse triste, mas não uma novidade. E *é claro* que ela já sabe. *É claro* que alguém já andou fofocando sobre isso por todo o vilarejo. Seren está morta há poucos dias e já é notícia velha. As novidades viajam mais rápido que a luz em uma cidadezinha onde "todos respeitam a privacidade alheia".

— Seren namorava o melhor amigo de Bronwen. Ela me ligou não faz nem duas horas.

— Eu estava na autópsia dela.

Para minha surpresa, mamãe se senta no sofá ao meu lado, abandonando a planta para colocar a mão em meu joelho. Ela tem cheiro de lar.

— Eu conhecia a menina desde que ela nasceu, de verdade.

— Sinto muito, mãe. Eu não sabia.

— Somos uma família neste vilarejo. Estamos todos conectados.

Engulo uma resposta atravessada. A implicação. Eles são uma família, e eu não sou, como se eu não tivesse sido criada aqui também, como se este lugar não estivesse tão estampado na minha cara quanto está na dela.

Mamãe deve sentir meu corpo enrijecendo, porque acrescenta:

— Deve ter sido difícil estar ali, olhar Seren na mesa daquele jeito. Sei que você é médica e tudo mais, mas eu não suportaria ver as coisas que você vê.

Concordo com a cabeça, grata pela oferta de paz e pela mão dela em meu joelho, quente e reconfortante. O fato de mamãe também compartilhar essa perda me faz querer contar um pouco do que estou fazendo, do motivo de realmente estar aqui.

— Eu acho… acho que Seren está ligada a Lucy e à minha antiga paciente em Londres. Algo está acontecendo com elas, algum ponto em comum.

— Estão conectadas — diz mamãe, a voz estranhamente cautelosa. — Como?

— Não sei — admito, balançando a cabeça. — Mas os sintomas são semelhantes. O sonambulismo, as alucinações, os delírios… Lucy e minha paciente, que se chamava Renée, ambas apresentavam tudo isso. Elas também estavam anêmicas, assim como Seren. E Rhiannon me contou que, antes de desaparecer, Seren estava agindo estranho. E tem ainda as brotoejas, que todas as três apresentam. — Engulo em seco. — Apresentavam. — Duas de três já estão mortas. — Acho que descobrir o que havia de errado com elas, descobrir o que aconteceu com todas essas mulheres, é a chave para ajudar Lucy.

Minha mãe solta um suspiro curto e agudo.

— Bem, eu sei dizer o que há de errado com Lucy.

Resisto ao impulso de revirar os olhos ou cair no riso. *É claro que ela sabe.* Já se passaram meses, e, embora eu, uma médica altamente qualificada e com experiência prática, tenha me debruçado sobre todas as pesquisas médicas do mundo, minha mãe acha que é capaz de decifrar o caso poucos minutos depois de escutar seus detalhes mais básicos.

— É mesmo?

Mamãe dá de ombros.

— *Sugnwr Gwaed.*

— Mãe, por favor...

— *Fampir.*

Solto o ar de modo explosivo.

— E lá vamos nós outra vez.

— Ela está sob ataque de um bebedor de sangue.

Fico de pé em um salto, a mão dela escorregando do meu joelho, minha frustração abrupta e quase instintiva.

— Ah, mãe, pare com isso. Apenas pare! Não tenho mais dez anos. Vivo no mundo real e não acredito em gigantes ou duendes mágicos.

— Ah, o mundo *real*.

— Sim. Então chega de falar de vampiros e monstros, pelo amor de Deus.

Ela me encara, os lábios ficando perigosamente finos, a voz se tornando áspera.

— Só porque você não acredita em algo não significa que essa coisa vai embora. Você se lembra do senhor Swales?

Um corpo morto e flácido. O fedor de putrefação. Limpar a gosma de sua pele, segurando o vômito.

Estou tremendo agora, e não sei dizer se é de raiva ou devido às lembranças.

— O que eu sei — falo devagar — é que ele era um homem doente e que você me obrigou, uma *criança*, a dar banho em seu cadáver. Pais perdem a guarda dos filhos por coisas assim, sabia?

— E você adoraria que isso tivesse acontecido — murmura ela.

Simples assim, a frágil paz entre nós duas é rompida, estilhaçada.

— Mãe...

— Está tudo bem, Mina. Eu acredito no que acredito, e sei o que sei. Por que acha que estou trazendo a jade para dentro da sala?

A frustração ferve em meu sangue. Pensei que estivéssemos compartilhando um momento, que aquela fora uma chance de sentirmos empatia uma pela outra através de alguém com quem ambas se importavam. Mas, é claro, ela tinha que distorcer tudo para se adequar à própria narrativa, para explicar os problemas complicados da vida com a roupagem usual de misticismo e folclore.

— Para se exercitar? Eu sei lá.

— Temos um *Fampir*...

— Pelo amor de Deus! — interrompo. — Pode, por favor, parar com isso? Preciso de respostas de verdade para salvar Lucy, não de uma maldita historinha para dormir!

Vou para o quarto, meu sangue fervendo. Tudo é folclore para ela. É como se a mente de mamãe fosse tecida a partir de novelos de mitos, seus centros lógicos substituídos por fantasias e contos de fadas. Mas eu vivo na realidade, um mundo onde os *Tylwyth Teg* não passam de uma bela história, um mundo onde assassinos caminham livres — assassinos humanos com nenhum outro propósito além de satisfazer os desejos da própria depravação. Num mundo como esse, não há necessidade de vampiros ou monstros.

Os humanos já são ruins o bastante.

Quando volto a descer as escadas, mamãe já espalhou ramos da planta-jade por toda a casa, pendurados com um barbante amarelo em todos os pontos de acesso, até mesmo na chaminé.

Proteção contra *Fampirs*.

Nem mesmo um vestígio de luz atravessa as árvores enquanto ele caminha em silêncio pela floresta coberta de gelo. Ele é uma das criaturas que reivindicam a noite, que caçam suas presas sob o manto da escuridão. Tais criaturas uivam e gritam de alegria em conjunto com as ondas quebrando ao longo do penhasco. Os sons o acalmam, mesmo quando ele próprio se sente uma presa.

Sabe que encontraram o corpo antes de sequer chegar à cova. Consegue sentir o cheiro da terra recém-revolvida, consegue detectar o perfume misturado ao persistente fedor de podridão e morte. Lençóis de seda sujos.

A boca se enche de saliva ao pensar nisso. Ao imaginar como seria o gosto daquela mulher, mesmo enquanto ela puxa da terra o corpo sem vida da garota. O sal em seu suor, salobro feito o mar. O calor de seu corpo devido ao esforço. Ele ronrona de modo involuntário.

Apressa o passo. Vai até a clareira só para ter certeza.

Como esperado, o corpo sumiu.

Elas estão rondando agora, fechando o cerco. Jogando um jogo perigoso de gato e rato que certamente terminará com mais de um corpo sob o solo ou carbonizado nas chamas. Ele se pergunta, intrigado, se elas sabem que o rato é mais monstro do que homem.

Ainda assim, tal encontro parece inevitável agora, ele tem certeza. Ele estará pronto.

Que os jogos comecem.

24

Eu mesma levo os cobertores, espalhando-os na areia entre tufos de algas e seixos teimosos, tudo isso enquanto me pergunto se sei o que estou fazendo e o que espero conseguir.

Estou sem prática com a fogueira. Uma vida conveniente de fogões a gás dentro do apartamento me desacostumou ao esforço. Levo uma boa hora para acender a chama, minhas mãos atrapalhadas, usando primeiro papel, depois papelão e, finalmente, gravetos. Preciso de mais trinta deles para fazer o fogo realmente pegar. Uma chuva suave e inclinada frustra minhas tentativas, até que as nuvens se separam para revelar um céu escuro pontilhado de pedras preciosas. No fim, é uma brisa atrevida soprando das falésias que ajuda as chamas.

Alguém até deu uma nova demão de tinta na velha caçamba: ela brilha em amarelo sob uma lua igualmente ictérica. Apesar do Cysgod pairando acima de mim na colina, um lembrete claro de tudo que estou enfrentando, sinto uma onda de esperança e entusiasmo ao avistar Jonathan a distância.

Ele está aqui. Está vindo.

E chegou na hora. Nada mais de me fazer esperar, de me deixar cogitando se ele vai aparecer. Chega de me provocar com a possibilidade de ser rejeitada, assim como ele foi. Talvez seja um sinal de perdão. Um gesto de boa vontade, agora que me expus. Ele é a melhor pessoa de nós dois.

Se você contar até trinta antes de Jonathan falar, vai ficar tudo bem. Meu cérebro traiçoeiro outra vez. Alcanço vinte e cinco até que ele abre um sorriso sardônico diante dos cobertores, da cesta de piquenique, do vinho, do pão e do queijo, os cantinhos dos olhos se enrugando de uma maneira nova e agradável.

A idade lhe cai bem.

Vinte e nove... trinta.

— Chique — diz ele, as mãos no bolso.

— Está mais quente perto da fogueira — comento, notando seus ombros curvados, as gotículas de chuva em sua jaqueta.

Jonathan me encara com uma diversão cautelosa que revela mais do que ele deixa passar pelos lábios, mas ele pisa no cobertor e se senta.

— Aperitivo? — ofereço.

Ele assente, e sirvo para nós uma boa dose de vinho. Talvez eu precise de um pouco de lubrificante social para fazer isso.

— Dois encontros em uma semana — reflete ele. — Alguém poderia pensar que você tem um plano.

— Talvez eu tenha.

Brindamos diante da noite, do luar e das gaivotas que dormem nas pedras próximas, cada uma prestando atenção em meu banquete com os olhos semicerrados. Nossas taças tilintam no mar como sussurros de cristal.

— Na verdade, morro de medo do escuro — admito, depois de ficarmos sentados bebendo por um tempo.

— Eu sei.

— Sabe?

— Aham.

— Eu nunca contei.

— Eu sei. Por que nunca contou?

Gesticulo para que Jonathan coma um pouco de pão e queijo, e ele aceita, usando dedos que de repente se tornam hipnotizantes. Qual seria o gosto caso eu os pressionasse contra a boca?

— A gente costumava se encontrar na região mais escura do vilarejo — respondo. — Íamos à praia, à floresta e para o campo perto da casa do seu pai. Eu não queria estragar tudo. Além do mais... o fogo fazia eu me sentir segura quando vínhamos para cá. Assim como você.

Jonathan não comenta, e perco um pouco da coragem.

A luz do fogo realça a textura das costas de sua mão. Observo atentamente enquanto ele leva o pão e o queijo à boca, mastigando pensativo. Mais uma vez, me pergunto sobre as pequenas coisas — o gosto de seu suor, o calor de sua pele, o modo como ele é tão bonito que chega a doer.

Fico surpresa ao perceber que estou rindo. E que Jonathan também está.

— Espere um minuto — digo, tentando suprimir um sorriso. — O que aconteceu com a minha companhia sendo ruim para você?

Ele assente como uma criança que guarda um segredo.

— Nunca fui bom em cuidar de mim mesmo.

Meu estômago dá um salto quando ele segura minha mão.

— E... depois que você explicou o que aconteceu... — Ele faz uma pausa, verificando se estou bem. Faço que sim com a cabeça para que ele continue. — Sinto que algo ficou em paz. Posso finalmente parar de sofrer por sua causa como se você tivesse morrido.

— O que você diria para um cadáver? — pergunto, irônica.

Há uma longa pausa. Ele examina minha mão, brincando com meus dedos, sem me olhar nos olhos.

— Eu diria... não suma de novo. Não me jogue fora como se eu fosse uma embalagem usada.

As lágrimas vêm à tona, e me engasgo com elas.

— Sinto muito por ter feito isso com você. — É minha vez de parar e respirar. Não há volta agora. — Você ainda... ainda não me contou... — Deixo a frase em aberto, mas estico a mão para tocar seu rosto.

Jonathan não recua. Não se intimida. Ele me encara diretamente, como o guerreiro que é, e assente.

— Não fazia muito tempo que você tinha sumido. Eu estava planejando te procurar. Estava de mala pronta, economizei dinheiro para uma passagem até Oxford, planejei o que ia dizer. — Ele ri sem humor diante do menino que costumava ser. — Eu estava determinado a trazer você de volta, ou... ou ao menos dizer poucas e boas.

— Mas você nunca chegou a fazer isso?

Ele nega com a cabeça.

— Não. Meu pai precisava de ajuda com uma cerca na colina Eithin. As ovelhas estavam fugindo para a estrada... Era um serviço bobo. Nada de mais, na verdade. Falei que resolveria, mas que depois iria embora. Àquela altura, já tínhamos sido notificados de que a posse da terra estava em disputa... Ele estava determinado a garantir que todo mundo soubesse que o terreno nos pertencia.

— Todo mundo sabe que ali é a terra dos Harker.

— Eu queria ajudar. Queria fazer minha parte. Não suportava a ideia de ver outra maldita coisa sendo levada embora. O plano era fazer a cerca mais tarde, depois de escurecer. Para o caso de ter gente observando durante o dia. Loucura, não acha? Precisar se esconder em sua própria fazenda. Mas papai queria cobrir todas as bases, então esperamos. Era mais fácil fazer o serviço sozinho, então eu fui. Foi um trabalho tranquilo, só apertar os fios de arame. Nenhum dos postes estava solto.

Ele está adiando o momento de tocar no assunto. Conheço bem a sensação. Por isso, permaneço sentada em silêncio e o deixo terminar, assim como ele fez comigo.

— E aí veio um... cachorro enorme. Saído do nada.

Ele estremece e fecha os olhos.

— Nunca vou esquecer aqueles dentes. Nunca vou esquecer o jeito que a minha pele rasgou... a dor de tudo aquilo. O choque úmido. Os sons...

Há um caroço em minha garganta, lágrimas escorrendo pelas bochechas.

— Sei que parece loucura, mas... de alguma forma, senti que quem mandou a papelada reivindicando nossas terras também tinha enviado o cachorro. Não era um bicho normal. Era enorme... do tamanho de um pônei. Era... sinistro. Errado.

O trauma distorce tudo, penso com tristeza.

Estendo a mão, e desta vez não há hesitação ou resistência: Jonathan a segura. Suas mãos calejadas estão cálidas de compreensão, bondade e perdão. Ficamos sentados lado a lado em silêncio, e absorvo tudo o que ele passou e como seu caminho reflete o meu: planos para o futuro, roubados em um instante. Um trauma que serra sua vida em duas. A crença de que você seguiu em frente, de que está vivendo de forma plena, embora, na verdade, com a dor enterrada, uma parte de você continue presa ao passado — um mosquito no âmbar. Estar em movimento não é o mesmo que estar vivo.

Agora, sem segredos entre nós, sinto a promessa de algo tão fresco e límpido quanto a brisa do mar que acaricia minha pele: um futuro real, livre de qualquer expectativa do passado, de qualquer conjectura caso nossas vidas tivessem permanecido nos rumos previsíveis. Com a verdade exposta, podemos conhecer essas versões não planejadas um do outro, mas que são tudo o que existe.

Juntos, podemos construir algo novo.

Minha voz mal passa de um sussurro.

— Jonathan... acho que ainda sou apaixonada por você — murmuro contra sua camisa.

Espero escárnio. Espero rejeição. Nada além do que mereço.

Mas, em vez disso, Jonathan baixa o rosto e pressiona os lábios nos meus.

VI

Tiff é levada

    e devolvida

        e levada

            outra vez.

                De novo e de novo.

A cada vez que volta,

        é menos uma garota

            e mais uma casca,

                até que,

                    um dia,

acaba não voltando.

A ausência de Tiff desperta nela uma rebeldia renovada. Um ímpeto de pânico rumo à ação. Quando a porta se abre para a bandeja de comida, Jennifer passa correndo pelo homem — ela está mais magra que nunca agora. Consegue chegar na metade do corredor antes que um homem vestindo jaleco branco a veja. Um médico? Ele está injetando algo no braço de outra jovem. Não é Tiff. Quantas garotas eles estão mantendo neste zoológico subterrâneo perverso? Será que um dia ela vai acordar em algum país que não conhece, escravizada por um homem que a usará até que fique velha demais para ser valiosa, quando então será abatida como um boi doente? Ou isso vai acontecer aqui mesmo, no ventre de uma Londres que ela nunca soube que existia?

Jennifer é derrubada por dois homens corpulentos que pesam o dobro que ela. Uma costela se curva, reclama, estala. Uma agulha desliza em seu braço, outra violação, a realidade se desmanchando, se retorcendo, mudando até não haver mais nada.

De novo.

É quando ela ganha as algemas.

— Você é uma delinquente — falou sua mãe quando ela roubou um batom vermelho no primeiro ano.

Falou Jamie Weiss, quando ela o beijou pela primeira vez e mordeu seu lábio sem querer.

Falou o primeiro chefe que ela teve em uma loja de varejo que odiava, durante um emprego de verão.

Falou o homem sem nome na boate, que agarrou o braço dela.

Falou o guarda sorridente que lambe os beiços depois de lhe quebrar a costela, enquanto ela está jogada no chão frio de metal, o mundo nadando diante de seus olhos.

Você é uma delinquente.

Jennifer teve muito tempo para pensar na mãe. Em como ela estava certa ao avisar que o mundo seria cruel. Da necessidade desesperada de dizer à mãe que finalmente compreendia e que sentia muito por tudo o que dissera antes de ir embora. Antes de fugir. Ela passou horas tentando se lembrar do que exatamente dissera para que o rosto da mãe primeiro ficasse vermelho de raiva e depois se contorcesse de dor. Em seguida, passou dias pensando em todas as coisas ruins que havia feito, querendo saber se era uma pessoa ruim o bastante para merecer tudo aquilo.

Ela lamenta ansiar para que algo aconteça, porque, um dia, acaba mesmo acontecendo. Eles abrem a porta. Injetam sedativos. Tiram as algemas. Substituem por amarras presas a uma longa corrente onde as outras garotas estão sendo aprisionadas. Uma longa fileira saindo aos tropeços das salas do labirinto. Jennifer não se lembra de ter caminhado até a van, mas de repente está lá, em um veículo sem janelas. Gado rumo ao abate. Porcos rumo ao açougueiro. Pesca rumo à peixaria. Cada uma delas sabe disso.

Ninguém conversa durante o percurso. Estão drogadas demais para fazer qualquer coisa além de encarar o abismo escuro que as leva para um destino conhecido, ainda que desconhecido. Tudo é irrealidade.

Seja lá o que tenham dado a elas, já perdeu o efeito quando as jovens chegam ao ponto final: um castelo à beira-mar.

Que gótico, ela pensa absurdamente. Há certa poesia, pelo menos, em morrer num lugar tão bonito. O vento, o céu e o rugido do oceano formam um canto fúnebre delicioso.

Elas são conduzidas para dentro sob o som das hélices de um helicóptero chegando e depois são separadas. A garota ao lado de Jennifer — sem nome — aperta sua mão enquanto elas são soltas da corrente e levadas embora, um movimento desesperado, um *por favor, não me deixe*.

Arrumada.

Adornada.

Aperfeiçoada.

(De novo.)

Em algum lugar lá fora, o som dos helicópteros chegando é quase constante. A vibração em staccato das hélices passa por ela como um fio energizado, um minúsculo pulso elétrico. Cada giro é uma metralhadora vibrando em sua pele.

O homem que a veste é inexpressivo. Ele a conduz para fora da sala, passando por um espelho onde ela vê uma sereia muda encarando de volta. Ela parece atraente. Parece estar ali por vontade própria. Que truque. Que enganação.

O homem a deixa sozinha no corredor, indicando uma escadaria de pedra que sobe. Ela pretende correr — vai se atirar no oceano. Ela viu o mar quando chegaram, a tentação em verde e cinza através da janela. Pelo menos, há algo de puro em um afogamento. E talvez ela sobreviva.

O castelo é labiríntico de um jeito que não deveria ser. É diferente de qualquer outro castelo que ela já tenha visto. Construído para que as pessoas se percam nele. Para causar perplexidade, misticismo e confusão. Ela tenta achar a saída e acabando voltando ao início. Nada está onde deveria.

Um homem a observa a partir de um corredor sombrio. Ela segue na direção oposta.

Depois de um tempo, Jennifer se depara com um salão brilhando em ouro, cheio de outras jovens sendo bajuladas por homens de gravata preta. Algo a faz sentir frio, e ela demora a entender, a descobrir o que parece ser tão diferente da boate.

Nenhum dos homens está usando máscara. É isso. Eles conversam, acariciam e riem, olhos brilhantes encontrando mais olhos brilhantes, famintos. Eles não têm medo de revelar a própria identidade aqui. Ela percebe instantaneamente o que isso significa.

Ninguém vai abrir o bico, ou então todos vão morrer.

Jennifer esfrega os pulsos, maravilhada com a sensação profunda e confusa de horror; ela sente mais medo agora que as algemas sumiram. Agora que está vagando em liberdade. O homem das sombras do corredor a observa do outro lado do salão. Jennifer se vira e acha uma porta, passando por ela. Dá para outro corredor. Ele está no fim da passagem, sorrindo de forma sedutora. Com astúcia. Ela desce outro lance de escadas em espiral e ouve a risada dele lá embaixo.

Todos aqueles meses, contida, alimentada, cuidada... era esse o motivo. Ela tem a estranha sensação de estar em uma feira livre.

Ela é a mercadoria.

Embora tente se afastar ao máximo do grande e brilhante salão de baile, Jennifer acaba voltando para lá da mesma forma. Ela puxa o braço de uma garota que está tremendo em um canto.

— Temos que ir — diz ela. — Não é seguro.

Mas a outra jovem está longe demais, assustada demais para ouvir.

— Você viu o dono? — sussurra ela. — Escutei os homens conversando.

— Quê? Do que está falando?

Então outra garota se intromete.

— Estão falando sobre o anfitrião — diz ela, a voz seca como lixa, a mão parecendo uma garra no braço de Jennifer. — Tem alguma coisa acontecendo.

É quando Jennifer começa a captar. O burburinho baixo, os sussurros nas vozes dos homens.

— Ele vai chegar em breve.

— Está quase aqui.

— Fico me perguntando o que ele vai fazer desta vez.

— Quero saber quem ele vai escolher.

Um homem toca seu braço, e Jennifer se desvencilha, um rosnado em seus lábios. Os olhos do homem brilham, e ele ergue uma mão em garra — um movimento tão estranho. Um dos guardas silenciosos se interpõe entre os dois e murmura:

— Esta é para ele.

O homem baixa a mão, rindo.

— Ele gosta quando são assim agressivas.

Em vez disso, o homem escolhe a garota trêmula, que caminha aos tropeços enquanto ele lhe segura o braço.

Sem pensar, Jennifer dá um passo à frente.

— Seu filho da p...

Mas o guarda bloqueia seu caminho, balançando a cabeça. Parece estar se divertindo.

Outra jovem puxa Jennifer para longe.

— Venha. Não vale o preço de um roxo na cara.

Música jorra de lugares invisíveis, e os homens se animam. Algo está acontecendo. Ela tenta encontrar a garota apática de novo, e — sim, ali está ela... após um arco parcialmente escondido por uma cortina grossa de tapeçaria.

Jennifer leva um momento para juntar as peças. Para entender por que ela está curvada para trás daquele jeito, com as costas arqueadas feito uma ogiva, com o homem que a levou pressionando os lábios em seu seio. Ele se afasta por um instante a fim de recuperar o fôlego, e um rio de sangue escorre pelo vestido da moça, do dourado ao bordô em meros segundos.

— Ah, meu Deus — diz Jennifer, cambaleando para trás. — *Ah, meu Deus.*

Como ela podia ter sido tão estúpida? Como poderia não ter percebido?

Elas não eram a mercadoria.

Elas eram o banquete.

25

Mal comecei a pegar no sono quando meu celular vibra sobre a mesinha de cabeceira, a chamada recebida iluminando o quarto com uma misteriosa névoa azul.

Verifico a hora: meia-noite. Vejo o identificador de chamadas e meu coração dá um salto.

— Lucy? O que foi? Você está bem?

Ela está sem fôlego do outro lado da linha, a voz baixa e fraca.

— Você pode vir para cá?

— Agora?

— Sim.

— Estou a caminho.

Levo cerca de quinze minutos para correr até lá, tempo durante o qual imagino tantas catástrofes que já estou quase vomitando quando estaciono na frente da casa. Não há sinal de outros veículos. Imagino que eles tenham alguma garagem subterrânea sofisticada ou um motorista particular. Percorro o caminho de cascalho rumo à escadaria da frente, mas Cariad me intercepta no meio do trajeto. Sempre profissional, sem nenhum sinal de cansaço apesar do horário tardio, ela indica a lateral da casa, e contornamos a construção principal até uma porta francesa com persianas finas logo após a curva.

Ela se abre para um corredor estreito, com uma escada estreita que sobe para a esquerda. Subimos os degraus depressa, e de repente já estamos em um corredor no primeiro andar. O quarto principal é a primeira porta à esquerda. Fico impressionada com o quão inseguro é esse acesso. Qualquer um pode sair — ou entrar — em questão de segundos.

Quando Cariad abre a porta do quarto, encontro Lucy deitada na cama, usando uma longa camisola de seda quase no mesmo tom pálido de sua pele. As veias se projetam de forma alarmante em seus braços, pescoço e peito. As brotoejas — o conjunto de buraquinhos semelhantes a petéquias — parecem sobrepostas como um fino spray de tinta em volta do pescoço e da clavícula. Como se alguém tivesse jogado sementes de papoula sobre ela, que se grudaram à pele. Até mesmo seus braços apresentam alguns dos pontinhos pretos. Está se espalhando, seja lá o que for.

Ela parece péssima, penso, encarando sua beleza exumada.

Lucy se senta e ergue os braços para mim. Cariad nos deixa sozinhas. São cinco passos largos para chegar à beirada da cama. Eu me sento, e Lucy me puxa para perto, aconchegando-se em mim. Ela está ossuda e cheia de pontas, e dói quando pressiona o rosto em meu ombro, mas pisco para afastar as lágrimas de horror e a abraço de volta. Sua pele está congelante ao toque, e Lucy parece tão insubstancial que temo que vá simplesmente sair flutuando caso eu a solte.

Não vou deixar isso acontecer.

Em silêncio, ela começa a chorar.

— Shhh — sussurro, acariciando seu cabelo ressecado. — Vai ficar tudo bem, Luce. Não vou te deixar sozinha.

— Mina — sussurra ela, acomodando-se ainda mais perto. Ela não tem cheiro de nada, como se já estivesse evaporando. O som de sua respiração é precioso.

— Estou aqui, estou aqui...

— Me desculpe ter chamado você no meio da noite, mas... acho que tem alguma coisa errada de verdade.

A LOUCURA

Fecho os olhos, tentando afastar o terror que tomou conta do meu corpo. Não. *Não*. Isso não pode estar acontecendo.

— Quer que eu vá buscar ajuda?

Lucy nega com a cabeça.

— Arthur está na porta ao lado. Mina, estou com tanto medo.

— Preciso que você me escute.

Um discreto aceno, a respiração pesada.

— Você sabe o que está acontecendo com você?

Um balançar de cabeça.

Tenho apenas um momento de hesitação. Aqui, à noite e no escuro, posso dizer segredos em voz alta.

— Andei investigando seus sintomas. Tenho motivos para acreditar que algo... antinatural está acontecendo com você. Que sua doença não é fruto do acaso. Você está sendo... vítima de algo, de alguém. Está me entendendo?

Ela começa a dizer alguma coisa, mas tosse.

— Hmmm.

— Estou trabalhando com Quincey Morris.

Espero por um sinal de espanto de Lucy, mas ele não vem.

— Nós nos preocupamos muito com você. Estamos tentando entender esta história, mas preciso que você me conte se aconteceu alguma coisa incomum recentemente. Você viu algo estranho?

Lucy fecha os olhos por um tempo longo demais e depois me encara, sem estar presente por completo.

— Por favor — peço. — Por favor, tente.

— Eu... estou tão cansada, Mina.

— Você já se encontrou com o dono do castelo Cysgod?

Ela nega com a cabeça.

— Não. Nunca vou a lugar algum.

Olho para as portas da varanda. Estão fechadas, mas será que estão trancadas?

Estremeço, o buraco em meu estômago aumentando. Pensei que a mansão fosse uma fortaleza, mas é mais suscetível do que meu apartamento em Londres.

A voz de Lucy falha quando ela chama meu nome.

— Mina... por favor, me salve.

As sombras suspiram ao nosso redor.

— Não vou deixar nada acontecer com você — sussurro de maneira feroz. — *Não vou.* Eu vou te salvar.

Renée. Seren. Renée. Seren.

Meus fracassos se repetem como um batimento cardíaco cruel na cabeça, e o luto de Singer pela perda da filha vem somar ao ritmo.

Renée. Seren. Beatrice. Renée. Seren. Beatrice.

— Eu juro — sussurro. — Somos você e eu contra o mundo, como sempre foi.

Mal consigo ouvir sua resposta:

— Você e eu.

Deixo Lucy dormindo na cama pouco antes de uma da manhã, saindo na ponta dos pés pelo mesmo caminho que entrei. Ela não se mexe, nem mesmo quando me abaixo para beijar sua testa. Não quero ir embora, mas minha cabeça e meu coração estão mais revirados que o mar da Irlanda, e preciso de movimento, de um caminho para seguir que alivie um pouco todo esse pânico. Sinto que estou prestes a gritar.

Me vejo parada sob uma névoa fina de chuva, batendo com a aldrava na porta de sua cabana antes mesmo de perceber o que estou fazendo. Ele está acordado, mas abre a porta de modo confuso e agitado.

— Mina?

— Oi, Jonathan. Posso entrar?

Ele recua de imediato, e me apresso pela soleira, sentindo como se algo me perseguisse pelas costas.

O chalé sempre foi o melhor lugar para encontrá-lo, mas nunca foi *dele*. Era do pai de Jonathan. E a casa está quase igual, mas a energia interna mudou para algo mais parecido com Jonathan do que quando o senhor Harker estava vivo. É uma grande casa de fazenda, muito mais do que um chalé, mas a parte da frente é forrada com palha, por isso sempre chamamos a construção de Chalé das Fadas, e o nome pegou.

As paredes e os móveis são os mesmos, mas agora há livros espalhados por quase todas as superfícies. Espio o volume que está na mesa do hall de entrada, mas não consigo ler o título.

Jonathan me leva até a cozinha e põe a chaleira para ferver.

— A menos que prefira algo mais forte? — pergunta.

— Mais forte, acho.

Ele assente, desliga a chaleira e me leva até a sala. Aponta para os sofás, que sempre foram tão enormes e macios que eu sentia falta deles depois que fui embora. Me permito afundar nas almofadas, deixando a cabeça pender para trás.

Estou quase cochilando quando o sinto cutucar minha mão com um copo.

— Pode ser uísque?

Seguro o copo.

— Perfeito.

Jonathan se senta e me observa em silêncio. Viro o uísque em três goles e suspiro.

— Está melhor?

— Aham.

— Você está bem?

Começo a mexer a cabeça para indicar que sim, mas depois passo a fazer que não.

— Não, acho que não. Ando preocupada demais com Lucy.

— Como ela está?

— Nada bem. Sinto que a estou perdendo. Preciso salvá-la. Tenho que fazer isso.

— Não é sua responsabilidade salvar a todos — ele diz com gentileza, os dedos se erguendo para acariciar de leve as costas da minha mão.

— É minha responsabilidade salvar *Lucy*.

— Você sempre acaba fazendo o que coloca na cabeça. Vai conseguir fazer isso também.

— Jonathan... não sei se tenho força o suficiente. Estou tão cansada de lutar.

Eu me inclino para mais perto e apoio o topo da cabeça em seu peito. Ele é firme e imóvel. Tem o peito forte. O peito de um fazendeiro. Inalo seu perfume e sinto meu corpo formigar em resposta.

— Mina — sussurra ele, correndo a mão pelo meu braço. — Por que veio até mim?

— Você é a única pessoa para quem quero ir.

Jonathan ergue meu queixo e vasculha meus olhos em busca de alguma mentira, mas não há nenhuma. Depois encosta os lábios nos meus, o olhar ainda em meu rosto, e a coisa toda é dolorosamente gentil. Solto um gemido e me pressiono com mais força contra ele. Jonathan enfim fecha os olhos, e então começamos a nos beijar com a mesma rudeza e paixão que costumávamos compartilhar.

Suas mãos são firmes e fortes ao tirar minha camisa de gola alta, expondo o sutiã, soltando meu cabelo da presilha que o mantém no lugar. Os fios caem sobre as almofadas, mas não me importo — não me importo com nada, exceto seus lábios, sua língua, suas mãos me puxando para mais perto.

Não estive com ninguém desde o dia em que fugi. A psiquiatra que há em mim sabe que é porque eu anseio por controle e segurança. Nunca me senti segura com ninguém além de Jonathan. Sempre foi Jonathan.

Ele emite um som baixo e áspero na garganta quando desabotoo sua camisa e a tiro, empurrando-me contra ele, pele com pele. Faz muito tempo que não faço isso. Não sinto o toque de outro ser humano há anos — é quase dolorido o quanto anseio por isso.

Quando ele me empurra para baixo nas almofadas e se aperta contra meu corpo, beijando meu pescoço com uma força que me assusta, eu congelo...

E tudo muda.

O mar estava furioso quando senti os dentes dele penetrando, rompendo a pele sensível do meu pescoço com uma precisão anestésica. Eu podia sentir a força férrea das suas mãos me prendendo contra ele, seu corpo de pedra. Seu cabelo caiu em meus olhos, e tentei respirar. Minha vista

A LOUCURA

estava turva, como se ele tivesse me drogado, mas senti o terror, o pânico puro e não diluído, e não pude fazer nada.

Arquejei, e uma mínima sensação de realidade retornou quando senti um beliscão ao longo da clavícula, onde a ponta afiada do amuleto de sorveira que mamãe me dera em meu aniversário de onze anos pressionou minha pele. Era um tipo diferente de dor: trazia clareza. E me fez despertar de fosse lá qual feitiço eu estivesse sob efeito.

Ele era forte... muito forte, mas, quando me empurrou para a areia molhada com os dedos percorrendo meu corpo como se fosse dele, consegui deslizar a mão para cima e por baixo dele, agarrando a ponta da sorveira com um punho trêmulo.

A tira frágil de couro se rompeu, como se estivesse desde sempre esperando aquele momento, e eu ergui o amuleto e o movi para o lado. Não houve hesitação, nenhum instante de dúvida. Enfiei a sorveira em seu pescoço, empurrando com toda a força que meu corpo permitia, e a senti penetrar na sua pele com um estalido repugnante.

O aperto afrouxou de imediato, e ele se sentou — a boca aberta e sangrando, os dentes afiados mesmo depois de retraídos na gengiva — e tocou o pescoço no ponto onde a sorveira ainda se projetava. Ele olhou para mim, para o mar e para o céu antes de cair para trás e permanecer imóvel.

Eu estava chorando? Gritando? Onde estava Jonathan? Ele tinha me deixado... Sim, eu me lembrava. O fogo tinha finalmente tomado a caçamba, mas não havia outros sinais de vida. Eu me arrastei para trás e para longe do homem, meu corpo meio selvagem e meio morto — até perceber que ele não viria atrás de mim. Porque não estava respirando. Não estava piscando.

Não estava se mexendo.

Após um tempo, não sei quantos minutos depois, rastejei até ele e verifiquei.

A sorveira ainda estava presa na pele, marcando o ponto sensível onde eu o atingira, um holofote macabro do que eu tinha feito. *Assassina*. A palavra veio até mim, espontânea.

Não sei o que pensei depois disso. Era como assistir à cena fora do corpo. Fiquei assistindo enquanto eu o arrastava até a fogueira — enquanto eu o içava para cima. Fiquei assistindo enquanto eu tropeçava repetidas vezes com o peso dele em meus ombros, até finalmente conseguir empurrar uma perna, depois um braço para dentro do fogo, empurrando-o para dentro da caçamba com toda a força que me restava.

O cadáver pegou fogo como se fosse um graveto seco, fumegando feito carvão velho, e, em questão de minutos, não era nada além de cinzas. Mesmo naquela época, eu sabia que não era normal um corpo queimar daquele jeito, que o sangue escorresse dos orifícios e inflamasse como se fosse álcool puro, mas apaguei — não, bloqueei aquilo tudo com uma determinação furiosa.

Não. *Isso não aconteceu.*

Só que tinha acontecido, sim.

Meu pescoço estava glacial no ponto em que ele havia me mordido. O sangue seco formava crostas sobre feridas que já cicatrizavam, espalhadas, que eu só descobriria mais tarde, e havia também as brotoejas provocadas por sua saliva, ou veneno, ou *alguma coisa*. Eu sentia como se tivesse sido abduzida por alienígenas. Minhas mãos tremiam. Eu estava coberta de sangue — dele e meu.

E se Jonathan voltasse?

Eu sabia muito pouco naquele momento, exceto que Jonathan não podia me ver naquele estado. Eu não podia encará-lo, ou a qualquer outra pessoa, depois do que havia feito.

Assassina.

Eu corri.

E corri, e corri, e corri, e parei de enxergar o que estava à minha frente. Quando voltei à razão, estava quase em casa, parada na colina acima do lugar, olhando para uma lua rodeada de vermelho. Uma lua me encarando, uma lua que dizia: *eu sei o que você fez.*

Sangue. Tanto sangue.

Tomei uma chuveirada. Esfreguei e esfreguei minha pele, a banheira esmaltada de branco sendo percorrida por intermináveis trilhas marrons e vermelhas. Estava por toda parte. Eu estava suja demais. Impura demais.

Esfreguei os azulejos até não conseguir ver mais nada. Até que todos os vestígios do acontecido desaparecessem.

Fiz uma mala, juntei o dinheiro que tinha guardado para a universidade trabalhando em empregos de meio período durante o verão, acrescentei o pequeno montante que eu sabia que mamãe guardava dentro da molheira no baú de roupa de cama e fugi. Deixei um bilhete no micro-ondas. Queria que eles soubessem que eu estava bem, mas não que viessem atrás de mim. Eu não queria que ninguém me encontrasse porque, se fizessem isso, eu tinha medo do que contaria... tinha medo de que, de alguma forma, eu pudesse trair a verdade sobre o que tinha feito, sobre quem eu havia me tornado.

Dormi em um banco na estação de trem. Quando o trem para Londres chegou às 04h51, entrei e nunca mais olhei para trás.

Quando volto a mim, estou encolhida como uma bola no chão, meus braços ao redor da cabeça, me balançando para frente e para trás, aos soluços. Jonathan está no chão comigo, me firmando entre as próprias pernas como um lençol protetor.

— Eu o matei, eu o matei, eu o matei...

Posso me ouvir repetindo aquilo, de novo e de novo. Posso ouvir Jonathan tentando me acalmar, sussurrando que está ali, que está tudo bem.

Devagar, bem devagar, conto para ele tudo o que aconteceu tantos anos atrás — e por que fui embora sem dizer uma palavra. A história esquecida. A história *completa*. Aquela que não ousei tocar ou examinar.

Quando termino, estamos ambos sentados próximos um do outro no tapete. Jonathan colocou uma manta ao meu redor, e está acariciando meu cabelo.

— Sou uma vítima... *e* uma assassina.

— Você está segura comigo — diz ele. — E o que aconteceu não foi culpa sua. Foi legítima defesa.

— Consigo enxergar com clareza agora. Ele não era humano. Ele era... outra coisa.

Jonathan não discute comigo. Ele absorve a informação com uma espécie de aceitação calma que me lembra mamãe. Um verdadeiro filho de Tylluan.

Ele leva os dedos de forma lenta até o lado arruinado do rosto e, quando fala, parece distante.

— Há coisas sombrias e malignas nestas colinas. Nisso eu acredito. Sempre acreditei.

Ergo o rosto e beijo suavemente suas cicatrizes, e, quando sinto o gosto de suas lágrimas, beijo-as também, procurando conforto, familiaridade, calor. Lábios encontram lábios, com gentileza, e nossas mãos procuram o corpo um do outro, removendo as últimas camadas que nos separam. As mãos de Jonathan, grandes e calorosas, seguram meus seios, e suspiro e me pressiono contra ele de novo, subindo em seu colo para montá-lo, a ereção pacientemente apertada contra meu sexo. A dor que sinto ao baixar o quadril é aguda e breve, e agora estou preenchida por ele, e ele suspira em meu pescoço, pausando, permitindo que eu me acostume, que me arrepie de prazer, e então lentamente nos movemos juntos em um ritmo que eu não sabia conhecer.

26

Não consigo dormir.

Faz uma hora que uma tempestade sacode as venezianas do térreo, e me sinto tentada a descer e tentar prendê-las. Mas não faço isso. Lá fora não é mais seguro. A escuridão não é mais segura. Vampiros podem estar em qualquer lugar neste novo mundo onde mamãe sempre esteve certa.

Penso em ir até seu quarto, como se tivesse cinco anos outra vez e temesse que a chuva pudesse ter libertado um *afanc*, mas me mantenho firme. Se ela consegue dormir, então devo deixá-la dormir. Tenho a sensação de que as coisas ainda vão piorar antes de ficarem melhores.

Cogito mandar uma mensagem para Jonathan, mas saí da casa dele só faz algumas horas e, se ele também finalmente adormeceu, não quero acordá-lo. Meu corpo ainda vibra com a energia frenética de nosso encontro, a sensação da pele dele na minha, e fecho os olhos, saboreando a memória. Mas mesmo ela não é capaz de banir as preocupações por muito tempo.

Por fim, o barulho da chuva lá fora se transforma em ruído branco, e minha mente divaga.

Quando desperto outra vez, já está tudo claro, o sol inclinado em um ângulo que me informa já ser perto do meio-dia. As sombras desapareceram do meu quarto, mas sei que ainda estão à espreita.

Depois das minhas revelações na noite passada, tudo ganha novos contornos. Primeiro, minha própria história: não uma vítima de trauma sexual, como havia muito eu presumia, mas de algo igualmente violento e predatório, só que ainda mais difícil de compreender. Meu agressor na praia tentara me violar de uma maneira que eu sequer teria imaginado... E, de alguma forma, por incrível que pareça, eu tinha revidado. Revisitando a memória reprimida por tanto tempo, agora no calor de um quarto ensolarado, tento refletir sobre o ocorrido em uma abordagem mais racional.

Tento olhar para tudo através dos anos de treinamento e terapia, desejando obter um senso de clareza. Meu jovem cérebro não estava equipado para processar as muitas revelações daquela noite: que o folclore que mamãe me impôs durante tantos anos era mesmo verdade. Que aquelas feras *de fato* rondavam pela noite. Que eu fora atacada por uma delas... e que dera um jeito de escapar.

Assassina.

Eu não era a presa, e sim o predador. Ainda preciso de tempo para me ajustar a essa última peça, aquela que, talvez acima de todo o resto, deixara minha versão adolescente tão desesperada para fugir de Tylluan e nunca voltar. Para cortar vínculos com todas as pessoas que eu amava, para que elas não descobrissem o que aquela noite fizera comigo, no que me tornara. Durante anos, reprimi a memória e suas implicações.

Homicida.

As palavras de Jonathan retornam, como um cobertor quente de lã, uma carícia suave, um beijo gentil: *O que aconteceu não foi culpa sua. Foi legítima defesa.*

E isso... é a verdade. Se a Wilhelmina adolescente pudesse se sentar no divã, o que a dra. Mina Murray diria a ela? O que a dra. Murray diria a qualquer paciente em uma situação similar? *Você se defendeu. Você sobreviveu. Bom trabalho.*

Certo. Posso trabalhar com essa ideia. Um pé na frente do outro. Eu sobrevivi. E talvez... apenas talvez, saber ao que sobrevivi, saber o que conquistei, me dê mais energia — mais poder — do que achei que teria em um momento de tanta necessidade.

Não é apenas minha história que enxergo agora sob uma óptica diferente, mas o caso diante de mim: o destino das outras mulheres, das outras vítimas. Renée, Seren, Beatrice... a situação adquire nova forma à luz dessa revelação quase incompreensível. Na minha cabeça, Lucy não é mais vítima de um predador poderoso usando uma droga de laboratório ou uma IST como se fosse uma arma.

Agora sei que o que ele usa é muito mais sinistro.

A doença de Lucy é claramente o resultado de um ataque, ou de vários ataques — a mesma coisa da qual escapei, ao passo que essas mulheres acabaram sucumbindo. *Minha melhor amiga está sendo atacada por uma criatura da noite.* Assim que meu cérebro supera o choque, minha habitual mentalidade prática assume o controle. Quando e como ele chegou até ela? E como posso protegê-la?

É tarde demais para salvá-la?

Neste desafio, o maior de todos, sei que não posso trabalhar sozinha. Considero minhas possíveis aliadas: mamãe é, estranhamente, minha maior esperança de ser levada a sério. Seria tão fácil percorrer os vinte passos até seu quarto e dizer a ela o que agora acredito ser verdade. Mas os anos de resistência me impedem. Não estou pronta para admitir todo o tempo que passei absorta em uma raiva justificada, incapaz de aceitar a possibilidade de que minha mãe velha e maluca pudesse ter razão em alguma coisa.

Logo depois vem Singer, que, apesar de toda a paranoia e das teorias da conspiração, provavelmente se recusaria a acreditar que o predador que persegue há mais de uma década não pertence a essa realidade.

E, por fim, há Quincey... Embora tenha passado a adolescência em Tylluan, seu cérebro estadunidense e cheio de lógica torna a conquista de sua crença uma batalha difícil. Mas sei que um motivador poderoso para a crença é *necessidade*. Se Quincey entender a profundidade daquilo com que estamos lidando, se entender a gravidade da situação, seria muito mais provável que acreditasse — que estivesse disposta a acreditar.

Um passo de cada vez, digo a mim mesma. A compreensão não vem com facilidade. Não comigo.

Pego o celular e faço a ligação.

Por pouco Quincey não vem.

— Ela pode se abrir mais com você — comento de forma gentil.

O músculo na mandíbula de Quincey se contrai, e ela suspira.

— Ou pode se fechar de vez.

Contei para ela apenas o suficiente para convencê-la de que as ameaças a Lucy aumentaram. De que nosso tempo está se esgotando e ela precisa ver com os próprios olhos.

— Ela pode me ver e congelar — acrescenta Quincey.

— Talvez — admito. — Mas preciso que faça isso comigo, que a interrogue mais uma vez. Para ver o que eu vi.

— O marido está bloqueando o acesso? — A voz de Quincey fica aguda de repente.

— Ele com certeza é protetor, mas não.

Eu não pretendia levar as coisas por esse lado, mas vejo que foi o que aconteceu.

— Certo, tudo bem. Vou até a casa dela, faço um balanço dos pontos de acesso, vejo o que tiver para ver. Mas eu decido se e quando vou ver Lucy.

— Você vai ficar parada do lado de fora enquanto falo com ela?

— Não sei. Talvez.

Assinto, desejando que aquilo fosse mais fácil. Mando uma mensagem para Singer a fim de deixá-la ciente de que vamos conversar com minha amiga, uma das vítimas, e ela insiste para que eu conte tudo depois. Respondo que mandarei novas mensagens quando terminarmos.

O percurso de carro é tenso, e nem Quincey nem eu falamos nada. Estaciono na frente da casa, e seguimos até a porta. Cariad atende, sorrindo para mim de forma tímida. Pelo menos desta vez não preciso me sentir mal por tirá-la da cama para me receber. Ela nos leva até a mesma sala onde Lucy e eu ficamos bêbadas, o que parece ter acontecido há uma vida.

— Ela é visitada por algum médico? — pergunta Quincey, tirando um bloco de anotações do bolso da camisa. Já sei de tudo isso, é claro, mas sei também que Quincey precisa seguir os próprios passos e conduzir a própria investigação antes que eu possa contar para ela o que descobri e o motivo de tê-la chamado.

Os olhos de Cariad se movem na direção do caderno em espiral e depois me encaram. Dou um sorriso para encorajá-la.

Cariad assente.

— Já vieram vários. Eles tiram sangue, fazem exames e vão embora.

Quincey balança a cabeça.

— Certo. Obrigada.

— Vou ver se madame está disponível para visitas — fala Cariad, recuando para a porta.

Fico esperando com Quincey, que observa pela janela com uma carranca distante no rosto. Pelo menos ela está aqui.

Lucy ainda está doente demais para nos encontrar no térreo, de modo que Cariad nos guia até o quarto. É uma rota muito mais segura do que a escadaria externa — o que sugere que, seja lá quem a está atacando, utiliza a segunda opção.

Quincey nos segue sem tirar os olhos do carpete. No quarto de Lucy, Cariad deposita uma xícara de chá aguado na cabeceira e sussurra:

— Tente beber, senhora.

Consigo sentir o cheiro da verbena de longe. Pela primeira vez, me sinto grata pela insistência de mamãe, pelo fato óbvio de que ela esteve aqui. Ela nunca desiste de suas crenças.

Lucy toca o braço de Cariad com carinho.

— Obrigada, Cariad.

Ela não encosta no chá.

Sento-me ao lado dela na cama e seguro sua mão.

— Oi, Luce.

Ela abre um sorriso fraco para mim.

— Bambi.

— Parece que minha mãe lhe trouxe chá de verbena. Já experimentou?

— Ele me deixa enjoada e continuo piorando.

Ela está ainda mais pálida hoje. Como pode estar ainda mais pálida? As veias jazem finas e azuis ao longo dos braços e dos seios, a boca está rachada e vermelha, de alguma forma sedutora e assustadora ao mesmo tempo, um contraste terrível de tão extremo.

Seus olhos me examinam e depois se fixam em Quincey, que está parada junto à porta.

— Qu... — tenta ela, a voz pouco mais que um sussurro. Lucy umedece os lábios e tenta de novo. — Quincey Morris.

Quincey fica congelada na porta, a boca entreaberta e o maxilar rígido de choque. Eu me sinto culpada por fazê-la entender algo tão horrível, embora tenha sido justamente por isso que viemos até ali. Quincey pisca, engole em seco e se aproxima da cama. Ela se senta, tomando meu lugar, e segura a mão de Lucy.

— Oi, Luce. Quanto tempo.

Lucy sorri outra vez, o que parece demandar toda a sua energia.

— Olhe só para você. Uma mulher de uniforme.

Quincey emite um som sufocado que pode ser uma risada ou um soluço.

Os olhos de Lucy reviram de forma alarmante, mas ela luta para voltar até nós. Isso está acontecendo com mais frequência agora, e uma onda de pânico me toma. Quincey avança e agarra a mão de Lucy.

Lucy geme.

— Estou bem.

Quincey se endireita, soltando um suspiro.

— Preciso te fazer algumas perguntas, tudo bem?

Lucy faz que sim com a cabeça, abrindo e fechando os olhos.

— Estou cansada...

— Eu sei, meu amor. Eu sei. Mas é importante.

Lucy acena de novo.

A LOUCURA

— Quando foi a última vez que você foi à praia? Consegue me dizer, meu bem?

Lucy franze a testa.

— A... praia?

Seus olhos se fecham e não voltam a abrir. Quincey a toca na bochecha, a voz tensa.

— *Lucy*?

Os olhos de Lucy se abrem.

— Qu-Quincey?

— Oi, amor. Me escute com atenção, está bem? O que você sabe sobre o castelo Cysgod e seu proprietário?

Observo com a respiração suspensa enquanto Lucy processa a pergunta. Será que ela está alerta o suficiente para responder desta vez? Ela balança a cabeça.

— Quê? — sussurra. Por um instante, é como se Lucy não estivesse reconhecendo Quincey.

Quincey pega o bloquinho de novo e aperta a caneta para liberar a ponta. Percebo o jeito como sua mão treme.

Limpo uma lágrima e mordo o lábio. Como isso foi acontecer? Como essa criatura está afetando Lucy?

Ainda assim, sei que as proteções físicas da casa de Lucy não significam nada perante a força ancestral com a qual estamos lidando. É verdade que estamos dois andares acima do chão, mas quem saberia dizer do que uma criatura como o *Sugnwr Gwaed* seria capaz? Até onde sei, cada história sobre demônios metamorfos ou avistamentos de diabos fala, na verdade, sobre vampiros flagrados através das eras, a concretude de sua monstruosidade sendo distorcida geração após geração, deturpada até que não reste nenhum vestígio da realidade.

Ou talvez seja tudo verdadeiro e ele possa mesmo se transformar em pássaro ou morcego e voar até a janela dela.

Lucy examina o rosto de Quincey, um sorriso pálido surgindo nas faces.

— Quincey?

— Você está indo bem. Quando foi a última vez que esteve em Londres?

Os olhos de Lucy se fecham de novo. Quincey a sacode, mas dessa vez ela não acorda.

Corro até o outro lado da cama e verifico o pulso e a respiração de Lucy. Ela parece ter adormecido, mas seus batimentos estão mais fracos do que eu gostaria.

— Acho melhor chamar um socorrista e levá-la para o hospital.

De repente, os olhos de Lucy rolam para trás e depois se arregalam, virados para mim. As íris quase sumiram, as pupilas dilatadas em terror absoluto. É quase como se ela estivesse gritando em silêncio, clamando por mim, uma tentativa desesperada de me dizer algo que simplesmente não consigo entender.

— Lucy. — Tento ficar calma, mas a coisa muda de figura quando a paciente que está tratando é alguém que você ama. Nunca precisei lidar com isso, não consigo. Sem pensar, pressiono a boca em sua orelha. — Me escute. Achamos que você está sendo alvo de um vampiro. Um *Sugnwr Gwaed*, como mamãe costumava nos alertar... Continue firme. Continue conosco...

— Está tudo bem? — pergunta uma voz na porta do quarto. É Arthur, e ele parece horrorizado, o rosto vermelho. Seus olhos gentis brilham de preocupação, o instinto de proteção assumindo o controle. Ele olha para Quincey, ainda segurando o caderninho. — Quem é você?

Eu me levanto.

— Arthur. Esta é a sargento-detetive Quincey Morris. Estamos aqui para ajudar Lucy. Para fazer algumas perguntas.

Os olhos do homem correm para a esposa na cama.

— Lucy?

Ele se aproxima, e Quincey sai do caminho. Ela fica olhando com uma expressão sombria enquanto Arthur alisa o cabelo de Lucy.

— Lucy? Lucy, acorde. — Ele soa em pânico ao chacoalhar os ombros dela.

Lucy abre os olhos. Parece desorientada por um momento, mas depois encontra Arthur, e seu rosto se abre em um sorriso.

— Arty.

Ele enterra o rosto no ombro da esposa. O amor ali presente, a angústia, é tão doloroso de presenciar que quase preciso desviar o rosto.

— Eu pensei... pensei que...

Ele acaricia o rosto de Lucy, e ouço Quincey se movendo em direção à porta. Suponho que também seja minha deixa. Olho para trás a fim de comentar que é melhor irmos embora, mas ela já sumiu.

— Arthur — digo baixinho, quase contando a verdade. Em vez disso, quando ele me encara com lágrimas nos olhos, digo: — Mantenha Lucy em segurança. Por favor.

— Sempre — responde ele, e percebo que confio em sua palavra. Assinto.

— Tenha um bom dia.

— Bom dia — diz ele.

Sigo para a porta, odiando abandonar Lucy.

Do lado de fora, Quincey está junto às hortênsias, uma mão pressionando a testa. Eu a toco no ombro, e ela se assusta.

— Desculpe — sussurro.

— Jesus Cristo, Mina! — exclama Quincey, limpando as lágrimas com raiva. — Ela está morrendo, porra.

E lá está. A verdade que ando evitando, aquela que, espero, me ajudará a fazer de Quincey uma aliada no mundo que desafia a lógica onde agora me encontro.

— Eu sei.

27

De volta à minha casa, abro as portas dos fundos.
— Mãe?

Não há resposta, então levo Quincey até a estufa, passando pelos enormes tomateiros e pelos molhos de ervas pendurados no lintel. A chuva tamborila no vidro do telhado como dedos impacientes.

No caminho de volta da mansão de Lucy, convidei Quincey e Singer para virem até a casa de mamãe. Estamos todas cansadas e tristes, cheias de um propósito sem objetivo, uma flecha disparada sem plumas para estabilizá-la e guiar o trajeto. Agora é hora de nos unirmos, de reunir em um só lugar todas as mulheres dispostas a capturar esse predador — e colocar tudo o que sabemos na mesa.

É hora de todo mundo se conhecer.

Quincey vai até o sofá surrado, afundando-se com um suspiro de gratidão enquanto recosta a cabeça na colcha de retalhos. Penso no quanto o dia de hoje deve ter sido difícil para ela. Se eu tivesse voltado para casa e encontrado Jonathan casado com outra pessoa e nosso passado pairando sobre mim como nuvens de tempestade que jamais poderiam se transformar em chuva, não sei como eu teria lidado. E se ainda por cima eu tivesse descoberto que ele estava morrendo? Era um pesadelo terrível e impossível.

Sento-me ao lado dela e apoio a cabeça em seu ombro, não querendo parecer tão íntima, mas incapaz de me conter. Acho que, mesmo agora,

A LOUCURA

Quincey ama Lucy tanto quanto eu. Ela entende meu desespero. Vejo-a começar a sorrir, e depois engolir um bocejo, um soluço ou um grito.

Eu esperava que fosse ser de algum conforto ter uma aliada em minhas preocupações. A tristeza adora um pouco de companhia. Em vez disso, sinto-me mais nervosa, como se falar sobre o monstro o materializasse, tornando-o real ao permitir que outros acreditem nele. Renée se foi, assim como Seren. E a filha de Singer, Beatrice. Lucy não parece muito longe do mesmo destino, a menos que *façamos* alguma coisa de verdade.

Sinto uma onde crescente de pânico, por isso repito seus nomes baixinho, várias vezes, um mantra para acalmar os nervos, uma promessa para mim e para Lucy.

Eu vou salvar você. Não vou falhar de novo.

Uma batida na porta interrompe nosso devaneio. Abro e me deparo com Singer pingando em um sobretudo, parecendo bastante insatisfeita.

Ela entra sem ser convidada, assentindo para mim. Depois, avista Quincey na estufa.

Quincey cruza os braços, analisando Singer.

— Então essa é a sua amiga hacker?

— E você é a policial? — devolve Singer, olhando a outra de cima a baixo.

As duas ficam se encarando por um instante desconfortável, mas então Quincey cai na risada. Singer sorri.

Singer tira uma trepadeira do caminho e se joga na cadeira larga de vime que é a preferida de mamãe. Eu me encolho ao ver a água da chuva caindo por toda parte. Quincey troca o sofá por uma cadeira de madeira perto da porta, fazendo parecer que está ali apenas para uma visita oficial. Vejo quando ela verifica as rotas de saída e percebo que meu próprio trauma criou em mim um tique semelhante aos dos policiais, e que ela, é claro, também compartilha.

Mamãe entra no cômodo carregando uma cesta gigante de verbena: caules altos e impertinentes com cachos de flores roxas. Eu me lembro dos muitos e *muitos* anos de aulas me dizendo que outubro é a última oportunidade para colhê-las.

Ela estaca ao nos ver, as sobrancelhas se erguendo.

— Chamei algumas amigas para cá, mãe — digo, me sentindo como uma adolescente outra vez, o que é absurdo.

Ela me lança um olhar penetrante, e percebo que voltei a pronunciar "mãe" do jeito que fazia quando era nova, meu sotaque londrino falso se dissolvendo.

— Olá, sra. Murray. Quanto tempo — fala Quincey, ficando de pé.

Mamãe sorri e apoia a cesta em uma mesinha lateral.

— Acho que a última vez que nós duas conversamos de verdade foi quando flagrei você e Lucy invadindo minha casa séculos atrás.

Quincey parece surpresa por um momento, mas depois cai na risada.

— Eu tinha me esquecido disso!

— Naquela época, nunca teria pensado que você acabaria do outro lado da lei. Quando Ffion me contou que você ia fazer carreira na polícia, fiquei mesmo pasma.

— Pobre de mim — lamenta Quincey, fingindo estar ofendida, a mão pressionada contra o peito. — Meus dias de rebelde terminaram. De toda forma, era tudo culpa de Lucy. Ela era uma má influência.

— Aquela lá não parava mesmo quieta — diz mamãe, sem tempo de pensar melhor.

O silêncio se infiltra entre nós, todas cientes de que Lucy está longe de "não parar quieta" agora.

Por fim, mamãe assente.

— Vou colocar a chaleira no fogo.

Após alguns minutos, eu me levanto para ajudá-la, e, juntas, trazemos duas bandejas de chá e *bara brith*, cujo cheiro é tão delicioso e fresco que minha boca se enche de saliva só de sentir.

— Bom, acho que podemos começar reconhecendo que todas nós estamos aqui pelo mesmo motivo — começo. Fatalmente, vou precisar atualizá-las sobre o conhecimento que possuo, mas é melhor começar aos poucos: criar um senso de propósito compartilhado usando nosso objetivo comum. Unir os fatos que já temos, ou, pelo menos, aqueles com que todas podem concordar. — Ou você já perdeu uma pessoa, ou está correndo o risco de perder alguém que ama caso não descubramos quem está por trás disso.

As mulheres se entreolham e assentem devagar.

— Acho que posso começar apresentando vocês — digo. — Quincey Morris você já conhece, mãe. E essa é Helen Singer, uma mulher que já perdeu a própria filha para esses monstros.

Aponto para minha mãe, que acena com a cabeça de forma superficial.

— E essa é a minha mãe, Vanessa Murray.

— Podem me chamar de Van — diz ela. — Você também, Quincey. Ou Bruxa Biruta da Colina. Eu atendo pelos dois.

Singer se recosta na poltrona e ri. Tenho uma leve suspeita de que essas duas vão se dar bem. Mas não há tempo para amenidades. Estamos ali para discutir como chegar ao centro da questão "como impedir a morte de mulheres em todo o Reino Unido".

— Precisamos reunir nossos recursos e informações — explico, olhando para cada uma delas.

— Eu começo — propõe Singer em tom de concordância.

Ela conta a história que já havia me contado, relatando como a filha, Bea, tinha desaparecido e acabou sendo encontrada destruída, boiando no rio, gelada e sozinha. Ela explica tudo de forma metódica, sem emoção, apenas expondo os fatos. Mamãe e Quincey escutam sem oferecer condolências, talvez compreendendo que separar a emoção da tragédia naquela história seja a única maneira de seguir em frente, ou ao menos a única que Singer encontrou. Eu me abstenho de bancar a psicanalista em voz alta.

— Depois que a polícia me deixou na mão — continua ela, olhando para Quincey —, entrei na clandestinidade. Descobri ligações com outras jovens por todo o país e elenquei uma lista de sintomas comuns, que Mina descobriu no meu fórum. Foi assim que nos conhecemos — acrescenta ela. — Um endereço continuava surgindo enquanto eu investigava, uma casa noturna privada em Londres.

— A boate sem nome — completo.

— Isso. Várias das garotas estavam ligadas ao local nas minhas pesquisas, e Mina descobriu que uma de suas pacientes que apresentava os mesmos sintomas e que se enquadrava no perfil das vítimas também tinha conexão com a boate.

— É um grupo que opera fora de Londres também — acrescento. — Há uma ligação com o castelo Cysgod. Bem aqui em Tylluan. Rhiannon me contou que Seren teria algum tipo de encontro no Cysgod, e ela recebeu o mesmo cartão de visita dado às garotas que frequentavam a boate.

Singer assente.

— Acompanhei os casos de assassinatos e sintomas ao longo dos anos em todo o país e descobri um padrão. Uma ou duas mulheres a cada poucos meses desde que minha filha desapareceu quinze anos atrás.

Ela espera até que a informação seja absorvida.

Quincey se inclina para a frente, os cotovelos apoiados nos joelhos.

— Mais de dez por ano, durante uma década e meia? Isso é... muita coisa. Isso parece coisa de serial killer!

— Não me diga — responde Singer, sarcástica.

— Certo, acho que essa é a minha deixa. — Quincey bate palmas. — Descobrimos que as rotas oficiais de informação estão bloqueadas. Meu acesso aos dados sobre o Cysgod e seu dia a dia é severamente limitado, mesmo para o meu nível de autorização.

— Isso é um baita eufemismo — zomba Singer. — Essa coisa é um esforço organizado nos níveis mais altos. — Ela se inclina para a frente. — Mulheres vulneráveis, jovens e pobres, todas de que temos notícia, apresentando os mesmos sintomas. Tenho uma lista. A maioria desaparece após um período de doença. Algumas nunca mais são vistas. Outras são encontradas mortas.

— O que ainda não sabemos — digo, gesticulando para Singer — é como Lucy se encaixa em tudo isso. Ela não se enquadra no padrão, não é jovem, pobre ou vulnerável, nem alguém cujos sintomas passariam despercebidos. Ela também permanece segura dentro de casa.

A LOUCURA

— E não sabemos quase nada sobre o grupo em si — acrescenta Quincey.

— Bem, sabemos algumas coisas — diz Singer. — As meninas marginalizadas são recrutadas para a boate sem nome. São abusadas sexualmente... — Ela desliza um pedaço de papel sobre a mesa de vime com tampo de vidro de mamãe. — ... antes de serem libertadas tão perto de falecer que a morte é quase certa, ou talvez morram na boate antes de terem o corpo transportado para alguma localização inócua, lugares que disfarcem a verdadeira causa da morte. Algumas ressurgem dias ou semanas depois de sumir. Outras parecem ficar presas na boate por mais tempo, antes de serem transportadas para locais remotos em todo o Reino Unido, lugares como o Cysgod, cerca de duas vezes por ano, e então desaparecerem ou são encontradas mortas.

— Como sabe de tudo isso? — pergunta Quincey de forma brusca, pegando o papel a fim de examiná-lo.

— Com a pista sobre o Cysgod, comecei a procurar referências em fóruns antigos da dark web. Esses homens, os que estão envolvidos, andam falando sobre isso. Alguns estão lá por chantagem e tentam escapar, mas descobrem que é impossível. Outros são participantes voluntários até que provem seu valor e sejam, como eles chamam, "convertidos". Eles se comunicam principalmente em códigos, como se estivessem em um tipo de culto.

— Eles perceberam que você estava vigiando? — pergunto depressa.

— Se eles descobrirem...

Singer me olha de lado.

— Eu devia me sentir insultada. *De toda forma*, eles não parecem muito preocupados com a aplicação da lei.

— Nem precisam estar — fala Quincey. — Quando minhas perguntas sobre Seren foram barradas, comecei a revirar os registros da agência criminal para a qual eles cederam o caso. O mandado de busca em Cysgod nem sequer foi *emitido*. E mais: isso já aconteceu antes. Um corpo foi descoberto próximo ao castelo anos atrás, na praia. Parecia ter sido trazido pela maré. O relatório de autópsia ficou sob sigilo, exceto uma menção sobre uma pequena erupção cutânea, e nenhuma investigação foi conduzida depois disso. Ambas as instâncias foram assinadas pelo chefe de polícia da época. É algo que vai até os cargos superiores.

— Meu Deus — sussurro. Em seguida, outro pensamento me ocorre. — Você disse anos atrás... Quando, exatamente?

— 1956 — responde Quincey, e a sala fica em silêncio, permitindo que a magnitude da revelação se instale.

— Desde quando isso acontece? — pergunto.

— E qual a proporção, exatamente? — acrescenta Quincey.

Eu me inclino.

— Como assim? — Porém, conforme as palavras escapam de meus lábios, percebo o quanto temos sido ingênuas. Presumimos que a situação se aplicava ao Reino Unido. Mas, de verdade... quem poderia dizer até onde aquela rede se espalhava?

É impossível ignorar a coisa por mais tempo. Não tenho como negar. Este não é o trabalho de um homem mortal, mas de uma criatura eterna. Uma criatura que sempre precisou se alimentar pelo período em que esteve viva... o que, imagino, pode significar décadas, séculos ou milênios. Mamãe estava certa o tempo todo.

Olho para ela e descubro que mamãe já estava me encarando.

E se realmente se tratar de... um *Fampir*, por que algo tão trivial quanto uma fronteira terrestre conteria seu rastro de destruição? E as pessoas que o ajudam e incentivam... por que parariam por aí?

Remexo na gola da camisa polo e me forço a pensar em outra coisa. Qualquer coisa além da memória dos dentes cravados em minha carne, do quão perto ele chegou de...

Pare.

Eu me levanto e caminho pela estufa. As demais me observam, mas não falam nada. Meu pânico está crescendo como um vírus outra vez. Preciso impedi-lo. Pará-lo. Esmagá-lo.

Fique firme, Murray. Você é médica, lembra? Razão e racionalidade, mesmo no caos.

— Está pronta para contar a elas, meu bem? — pergunta mamãe, baixinho.

Lanço um olhar penetrante em sua direção.

— Agora não, por favor.

Quincey e Singer alternam o olhar entre nós.

— O que foi? — questiona Singer, sem meandros. — O que vocês sabem?

— Você nos trouxe aqui por um motivo — diz mamãe com gentileza. — Se vamos fazer isso juntas, então elas precisam saber a verdade.

Não há oxigênio neste cômodo. Corro até a janela e a escancaro, me inclinando para a noite. O vento está soprando mais forte, a chuva se transformando em tempestade. Posso sentir seu cheiro como uma névoa.

Respiro fundo várias vezes, e sinto a mão cálida de mamãe em meu ombro.

— Chegou a hora, amor.

Sacudo a cabeça, soltando o ar.

— Não sei mais o que é verdade. Não sei o que é real.

Volto a me virar para a sala, abraçando meu próprio corpo, e mamãe sorri para as duas mulheres que nos olham, perplexas.

— Quincey mora aqui há tempo suficiente para ser capaz de aceitar que a vida é mais do que aquilo que conhecemos de maneira convencional — diz ela para mim. — Precisa confiar nelas, Mina.

Suspiro e pressiono a ponte do nariz. Eu realmente não queria fazer isso. Vai contra todos os meus instintos mais fortes, as regras e barreiras que mantiveram minha vida ordenada e controlada, que me mantiveram segura todos estes anos.

— Conte — pede Quincey, endireitando os ombros.

— Minha mãe acredita que... — hesito, dando uma risada.

— Fala logo, Murray — comanda Singer com rispidez. — Temos uma mulher para salvar.

Ofereço a elas um olhar apologético e então desembucho:

— Minha mãe acha que Lucy está sendo alvo do que chamamos aqui no País de Gales de *Fampir*... mais conhecido como vampiro.

Eu já esperava pelo silêncio. Por suas expressões confusas. Consigo perceber, enquanto Quincey examina meu rosto, a carranca tão profunda que praticamente corta suas feições ao meio, que ela não acha que estou em posse de minhas faculdades mentais — e, de fato, quem poderia culpá-la?

— Com todo o respeito, senhora Murray, mas acha que Lucy e todas essas outras garotas estão sendo atacadas por um *vampiro*? — pergunta Quincey. Percebo que ela está se esforçando para não ridicularizar a ideia abertamente.

— *Sugnwr Gwaed* não é nenhuma novidade. — Mamãe empina o queixo e mantém os olhos fixos em Quincey. — Histórias sobre aqueles que consomem o sangue dos vivos têm assombrado quase todas as culturas do mundo durante séculos. Os mortos-vivos da Saga Grettis, a deusa egípcia sanguinária Sekhmet, ou Lilith, retratada como alguém que vive do sangue de crianças. — Os olhos de mamãe disparam para mim. — A maioria das pessoas se recusa a reconhecer que...

Sinto minha raiva aumentando.

— E há bons motivos para isso, mãe. Devemos acreditar em tudo, desde oferecer tributos ao dragão vermelho do rei Vortigern até nos reunir sob o teixo de Llangernyw para ouvir o Angelystor proclamar a lista anual dos que vão morrer em breve?

O rubor aumenta em seu rosto, e ela enumera nos dedos:

— As *Estriges* dos gregos, os *Motetz Dam* dos hebraicos, os *Draugr* dos islandeses, os *Strigoi* dos romenos, os *Izcacus* dos húngaros, os *Kulzac* dos croatas, os *Veetal* dos hindus, os *Adze* dos jejes, os *Ramanga* de Madagascar... inúmeras histórias sobre a mesma criatura repetidas vezes, mas, por favor, vá em frente e desmereça tudo!

Mamãe respira de maneira furiosa, os olhos arregalados de raiva malcontida. Engulo em seco e desvio o rosto. Agora sei que há verdade no que ela diz, que sempre houve. Mas isso não torna a coisa mais fácil de aceitar.

— Já vi muitos monstros humanos e o mal que eles causam — comenta Quincey.

Eu suspiro, minha voz soando como um apelo:

— Sim, mas isso não explica a perda de sangue ou as brotoejas que fazem parecer que há algo envenenando o corpo de dentro para fora.

— Você acredita nela? — pergunta Quincey, baixinho, as sobrancelhas ligeiramente levantadas.

Percebo que tudo depende da minha resposta.

— Eu... — titubeio, sem saber por onde começar. — Óbvio que há muito folclore aqui, e um pouco de história. Até recentemente, eu era a mais convicta das céticas... Mamãe pode atestar o número de brigas que tivemos por causa de nossas crenças conflitantes. Mas algo... aconteceu recentemente. Algo que me fez enxergar a situação de outra maneira.

Por vontade própria, meus olhos correm para minha mãe. As sobrancelhas dela se erguem em surpresa, mas não consigo ler mais do que isso em seu rosto e, nesse momento, não quero parar para imaginar o que ela pode estar pensando.

— Dado o escopo do que estamos conversando aqui — prossigo —, acho que ela está certa ao dizer que precisamos pensar mais alto. Sabemos que isso vai além da capacidade de qualquer homem. Estamos lidando com uma conspiração elaborada e bem-planejada. Só agora estamos começando a compreender sua escala. Veja até onde isso remonta... sabemos que há casos em 1956, e pode ser *só a ponta* do iceberg. Essas datas... sugerem algo além do tempo de vida de qualquer pessoa. De qualquer *ser humano*. Essa linha do tempo poderia ser explicada por uma conspiração que se estende por muitas gerações... ou por alguma outra coisa.

Quincey franze os lábios ao olhar de mim para mamãe e vice-versa.

— Eu só me importo em salvar Lucy — diz ela, e posso ver seu semblante se fechando, o impasse instalado. É o mesmo olhar que sem dúvidas oferecei para minha mãe um milhão de vezes, e, pela primeira vez, entendo como ela deve ter se sentido diante de tamanha descrença instintiva. — Eu... preciso ir. É coisa demais para processar.

— Quincey, espere... — Começo a me levantar para ir atrás dela, mas mamãe segura meu braço, me impedindo. Ela balança a cabeça e sinaliza para que eu volte a me sentar.

— Me desculpe, Mina — fala Quincey enquanto vai embora. — Eu só preciso de um tempo.

A porta se fecha, e ficamos em silêncio por um tempo. Sou pega de surpresa quando Singer fica de pé e diz:

— Certo. Vou expandir as buscas para incluir qualquer referência a vampiros.

— Espere... o quê? Não achei que você...

Ela levanta as sobrancelhas.

— Você sabe como gasto meu tempo, Mina. Já vi e ouvi coisas muito mais estranhas na internet.

— Justo.

— Essa pode estar entre as mais estranhas — murmura Singer para si mesma. — Mas também vou incluir correspondências na escala global — acrescenta ela, decidida. — Mina, por que não tenta traduzir as palavras da cripta? Isso me parece mais relevante agora. Voltamos a nos encontrar aqui em... — Singer confere o relógio — ... oito horas?

E, com isso, ela sai pela porta da frente, deixando mamãe e eu sozinhas na sala escura.

Mamãe me encara, e seu olhar aberto e conhecedor é um convite. Talvez pela primeira vez na vida, eu o aceito.

— Você pode fazer outro bule de chá? — Afundo no sofá ao lado dela, exausta, mas também me sentindo pronta. — Tenho uma história para contar.

HOJE 06:04

MINA MURRAY

Quincey, está pronta para conversar?

MINA MURRAY

Vamos nos reunir agora de manhã.

MINA MURRAY

Escute, sei que parece impossível de acreditar, mas importa mesmo se é verdade ou não? Ainda precisamos descobrir quem — ou o quê — está por trás disso... Seja homem ou monstro.

MINA MURRAY

Lucy vai morrer se não fizermos nada.

QUINCEY MORRIS

A que horas é a reunião?

28

São oito e meia da manhã, Quincey ainda não apareceu.
— Não acho que ela venha, Mina — fala Singer, impaciente.
— Ela mandou mensagem dizendo que viria — insisto, encarando meu chá frio.
— Ela vai voltar quando estiver se sentindo bem e pronta, amor — diz mamãe com gentileza. Há uma amabilidade em seu tom, em seus olhos, que não vejo faz anos, ou talvez nunca. — Foi do mesmo jeito com você.

É difícil enfrentar os anos de ridicularização que joguei na cara dela. Difícil admitir minha própria ignorância e por quanto tempo eu a considerei louca, assim como todos neste vilarejo.

Noite passada, depois que contei tudo a mamãe sobre o motivo que me levou a fugir, ficamos sentadas na escuridão rodopiante, aceitando em silêncio o novo formato que nosso relacionamento estava assumindo. Sei que uma conversa não é capaz de curar os anos de mágoa entre nós, mas tudo precisa começar de algum lugar, e esse foi o ponto de partida. Enquanto isso, temos um objetivo comum para nos unir.

— Certo, então, tenho muito para atualizar vocês. — Singer pega o notebook. — Conseguiu decifrar o texto da cripta?

Olho para minha mãe e nego com a cabeça. Após minha confissão, ficamos acordadas até tarde tentando entender as palavras.

— Conferimos todos os idiomas em que conseguimos pensar... até puxei os registros da biblioteca on-line de Oxford. É algo muito antigo. Talvez uma língua morta.

Singer suspira.

— Bom, usei as imagens das brotoejas de Seren para fazer uma pesquisa avançada nas bases de registros médicos confidenciais por todo o mundo.

Minha mãe balança a cabeça, mas está sorrindo.

— Talvez seja melhor mesmo Quincey não estar aqui. Quem saberia dizer quantas leis você infringiu?

Singer a olha de lado.

— Encontrei meninas e mulheres em todo o planeta. Agrupamentos em Miami, Tóquio, Sidney... na maior parte, grandes regiões metropolitanas. Sinceramente, não acredito que nunca me ocorreu fazer essa pesquisa a nível internacional.

Meu estômago dá cambalhotas. Como podemos combater algo tão gigante?

— Isso praticamente refuta a teoria do assassino em série solitário de Quincey. Estamos falando de algo *grande*. — Singer franze os lábios enquanto segue digitando. — E tem mais... é sempre metódico. As jovens vêm em intervalos regulares de áreas empobrecidas ou decadentes espalhadas pela cidade. É claro que existem lacunas... minhas habilidades só podem nos levar até certo ponto, mas o padrão existe.

Fecho os olhos, me perguntando até onde esse veneno se espalha. Quantas vidas inocentes foram perdidas, varridas para debaixo do tapete a fim de alimentar o sistema? Quantas das mulheres que tratei se debateram contra esse mal?

— Também investiguei sua teoria sobre os ataques virem de vampiros e não de humanos. Os sintomas, a perda de sangue, a confusão, as brotoejas... — Singer fecha o notebook e encara minha mãe de forma demorada. — Vou dizer uma coisa que provavelmente não está acostumada a ouvir. Para ser sincera, eu também não. Mas você estava certa, Van. Acredito em você.

Os cantos dos lábios de mamãe se contraem, mas ela simplesmente se levanta, com os joelhos estalando, e caminha na direção da chaleira sobre o fogo. Ainda virada de costas, acho que a escuto murmurar um leve "obrigada".

Depois de colocar a chaleira para esquentar, mamãe vai até o gigantesco baú de carvalho que fica sob a janela desde antes de eu nascer. Ela hesita e depois respira fundo, como se tomando uma decisão, antes de erguer a tampa. Do fundo do baú, ela tira um grande livro encadernado em couro, com as páginas amarrotadas como pele enrugada. Franzo a testa, reprimindo minha irritação ao contemplar mais uma coisa de que não sei.

Tiro as canecas usadas e a fruteira da mesa para abrir espaço enquanto mamãe traz o livro. Ela o coloca sobre o tampo para que possamos vê-lo.

— Este — diz ela, acariciando a capa marrom — é o grimório mais antigo do País de Gales. Está na minha família há gerações. Nós o chamamos de *Llyfr Gwaed*.

Franzo a testa.

— O Livro Sangrento?

Mamãe assente.

— A gente costuma chamar só de Livro do Sangue.

Singer bufa.

— Clive Barker ia adorar isso aqui.

Algo se agita em minha memória. Uma noite tempestuosa, o vento uivando pela janela, muitas velas acesas pela casa. Os portões lá fora batendo como martelos, meu pai gritando e jogando algo úmido nas paredes. Mamãe debruçada sobre um livro enorme, lendo páginas rabiscadas com símbolos.

Eu já vi este livro.

Estendo a mão para tocá-lo, mas me detenho, sentindo mamãe se retesar. Ela pigarreia.

— Este livro descreve a antiga lenda de mulheres sendo atacadas por monstros durante séculos... talvez milênios.

Ela o abre, folheando até a última página. O livro libera uma nuvem de almíscar conforme mamãe vira as páginas, e eu espirro. Sou invadida pela memória intrusiva de estar cheirando alvejante puro — produtos químicos dissolvendo minhas vias aéreas — e estremeço. Anotações contendo números em duas fileiras bem-escritas cobrem as guardas da página como os arranhões de um gato.

— Os monstros têm nomes diferentes em cada cultura e folclore, mas o padrão que você acabou de descrever está registrado aqui desde antes de eu nascer. Essas criaturas vivem para sempre, são todo-poderosas e atraentes, e atacam os vulneráveis. Também compartilham o veneno de seu mestre. Quando um *Fampir* cria outro, ele passa adiante seu veneno, conectando-os para sempre.

— Você sabia disso o tempo todo? — pergunto, examinando seu rosto. — Você tinha acesso a esse conhecimento e nunca me contou?

— Você não daria ouvidos — responde mamãe. Não é uma repreensão, mas poderia muito bem ter sido. — Você precisava chegar até aqui sozinha.

Se eu estivesse disposta a ouvir, será que poderia ter salvado Renée? Singer leva a mão ao rosto, esfregando o polegar nos lábios.

— Acha que é um único grupo centralizado que se move pelo globo ou que são várias colônias?

— Provavelmente existe um mestre que une a todos — diz mamãe.

— A cabeça da serpente, por assim dizer.

As palavras de Renée retornam para mim. Ela havia chamado um "Mestre" na ala psiquiátrica. Talvez o criador de todos eles. Seria possível que a cabeça da serpente estivesse aqui, em Tylluan, no meu próprio quintal? Apoio os cotovelos nos joelhos.

— Se essas coisas são imortais, e se o mestre é tão poderoso, por que eles se escondem? Por que se esforçam tanto para continuar em movimento?

— O maior truque que o Diabo já fez... — murmura minha mãe.

— Foi convencer as pessoas de que ele não existe — completo por ela.

— Talvez a movimentação seja de cunho prático — sugere Singer, abrindo o livro para examinar as datas novamente. — Nada místico. Ele se move para não se alimentar demais dos recursos de uma área, feito gado errante... Como bônus, isso o ajuda a ficar menos evidente. Ele ainda precisa fazer o trabalho braçal de encobrir as coisas e passar despercebido para a população geral. Mas ajuda se você espalhar os crimes pelo mundo ao longo do tempo. Ele deve pensar em termos de séculos, não de décadas.

— Este livro contém tudo o que sei sobre *Fampir* e como nos proteger deles. O primeiro passo já foi feito. — Ela aponta com o queixo para o bule. — Verbena. Eu a cultivo. Um bocado dela. A planta os deixa mais lentos, contamina o sangue.

A memória volta inteira para mim. A primeira vez que mamãe me deu verbena para beber, o quanto reclamei e chamei aquilo de água amarga de esgoto, como implorei para que ela me desse pelo menos um pouco de mel para misturar e como ela respondeu que era mesmo para ser amargo a fim de manter os *Fampir* longe. Eu tinha onze anos, havia acabado de menstruar e ela dissera que estava na hora de me proteger agora que eu estava virando mulher — um fardo injusto que meu pai nunca precisou carregar.

Lembro-me de como, após anos bebendo o chá religiosamente todas as manhãs antes da escola, resolvi parar aos dezessete. Sem avisar minha mãe, passei a preparar o chá e a jogá-lo intocado pelo ralo. Meu pequeno ato de desafio, um *"foda-se"* rebelde.

Na noite do meu ataque, eu estava livre de verbena por várias semanas. Fecho os olhos, odiando minha natureza impertinente. É minha culpa. Tudo isso.

Quando fugi, levei junto um suprimento de verbena, talvez sentindo instintivamente a segurança contida ali. Depois do ritual no banho, o chá foi a segunda mania que adquiri. Venho bebendo desde então. Parte de mim devia saber — ou sempre soube — que a planta me mantinha segura.

Singer baixa os olhos para o chá, com as sobrancelhas erguidas, e vira sua caneca de uma vez. A boca de mamãe se curva para o lado.

— Precisamos nos certificar de que Lucy esteja bebendo também — digo baixinho, lembrando-me do chá esquecido em sua mesa de cabeceira. Olho desesperada para minha mãe. — Temos que tentar com mais afinco.

— Eu venho tentando, meu bem — responde ela, suave. — Mas acho que foi tarde demais, ela já estava muito doente.

A LOUCURA

Não pode ser tarde demais. Ainda temos tempo.

Mamãe limpa a garganta e continua:

— Existem jeitos de matar essas criaturas. Madeira de sorveira abençoada em um ritual ancestral... — Seus olhos encontram os meus, e um fio de compreensão nos une. O colar que usei na noite do ataque. Era um amuleto de sorveira abençoada. Minha mãe salvou minha vida e eu não fazia ideia disso.

Ela folheia várias páginas até encontrar o trecho que procurava.

— "Sob a luz da lua, madeira ungida, transformada em estaca, pode ser usada para despachar a serpente e toda sua prole de volta ao Inferno."

A porta da cozinha se escancara, e Quincey entra aos tropeços, parecendo perdida. Há olheiras em seu rosto, e o cabelo está uma bagunça. Eu me pergunto se ela sequer chegou a dormir.

Mamãe puxa uma cadeira.

— Sente um pouco, querida. Tome uma xícara de chá.

Quincey balança a cabeça com força.

— Não temos tempo. Eu nem estava pensando em vir para cá. Mina, por que não atende seu telefone?

Eu me levanto segurando a caneca e ando até o iPhone carregando no balcão da cozinha. Eu o deixei no modo silencioso. Ao olhar a tela, vejo que recebi sete ligações perdidas de Quincey Morris.

— O que aconteceu, Quince?

Ela respira fundo.

— Quando saí daqui ontem à noite, eu não queria aceitar nem uma palavra do que você disse, Mina. Sei as coisas em que as pessoas daqui acreditam, mas nunca acreditei, nem um pouquinho. Mas aí, quando não consegui pegar no sono, fui até a delegacia. Pensei na parte que eu podia entender do que você tinha dito: há quanto tempo aquilo estaria acontecendo, a *escala* da coisa. Então examinei os arquivos, tanto o que estava on-line quanto a papelada na sala dos fundos. Procurei em centenas, talvez milhares de documentos, buscando casos que pudessem se enquadrar no perfil do que tínhamos discutido. Garotas desaparecidas, casos entregues a outras jurisdições, pistas abandonadas...

"Não era muita coisa, veja bem. Não há atividade aqui como em Londres, caso contrário, as pessoas das cidades pequenas notariam. Mas achei alguns, e a semelhança era impressionante... Mais do que isso, a linha do tempo era simplesmente... de cair o queixo. Encontrei casos que se encaixavam no padrão desde a época em que os primeiros arquivos foram criados. Desde que a polícia de Tylluan existe. Significa que isso vem acontecendo há pelo menos um século e meio. Só que... bom, eu ainda não estava pronta para acreditar só por isso. Mas estava pronta para cavar o mais fundo possível."

Quincey vomita tudo com pressa.

— Talvez esse homem seja feito de fumaça e névoa, até onde eu sei. Mas ele precisa ter ajuda, ajuda humana, gente que é incentivada a sumir com esses casos. E esses ajudantes existem no mundo real, o que significa que podem ser rastreados como os criminosos comuns que são.

— E? — incito, nervosa.

— E... eu fiz o que faria em qualquer investigação, quando sei que um crime foi perpetrado: tracei um limite e trabalhei com as pistas. — Seus olhos estão desesperados, quase selvagens. — Assisti às imagens da câmera de vigilância da estrada principal durante toda a noite. Há um desvio logo depois da rua para a praia. É a única estrada que leva ao castelo Cysgod. O único jeito de entrar e o único jeito de sair.

Eu me inclino para a frente, concentrada.

— Rastreei a placa de cada caminhão, cada carro, cada maldita entrega de delivery que já percorreu aquela estrada nos últimos dez anos. Das que consegui identificar, há apenas uma empresa que cuida da logística de entregas do castelo. Só uma maneira de as garotas serem transportadas para dentro e para fora.

Meu coração afunda antes que ela continue.

Ele tem uma empresa de logística. A risada alegre de Lucy durante nosso reencontro regado a bebida flutua em minha mente como uma assombração.

— É a R. F. Holmswood Ltd. — cospe Quincey. — A empresa atua na área há décadas. No momento, o proprietário é um certo Arthur Holmswood.

29

A caneca cai.
    Se espatifa.

Um estrondo que deveria me causar alarme, mas que de alguma forma parece distante. O chá de verbena escalda minha perna. Estou correndo para fora da sala, para fora da casa, indo em direção ao carro, minhas botas esmagando o cascalho úmido, o celular na mão discando o número de Lucy.

Depois de tudo isso, depois de todas as nossas buscas cuidadosas, o monstro estava dentro da casa dela o tempo todo. Com acesso irrestrito à vítima. À Lucy.

O cascalho estala atrás de mim — as outras também estão correndo. Estão vindo para o carro.

— Eu dirijo — diz Quincey com firmeza, tomando as chaves da minha mão trêmula.

Entro no banco do carona, e ela assume o volante ao meu lado. Mamãe e Singer estão no banco de trás, os rostos tensos no espelho retrovisor.

O carro arranca da garagem e desce a colina, espalhando os seixos de cascalho.

A ligação toca e toca.

Cai na caixa postal.

— Aqui é Lucy, deixe seu recado!

Mas não tenho palavras, estão todas presas na garganta. Não há como saber quem pode estar ouvindo.

Telefono de novo.

E de novo.

Digito uma mensagem. Tento ser sorrateira.

> Estou indo te visitar. Você me encontra do lado de fora?

Alguém fala alguma coisa. Não presto atenção, mas as mãos de Quincey apertam o volante.

— Presumo que vocês saibam quem é esse cara? — pergunta Singer.

— É o marido de Lucy — murmura Quincey, enfiando o pé no acelerador. As cercas passam voando, e me ocorre de maneira vaga que, se morrermos, Lucy também morrerá.

Não falo a Quincey para diminuir a velocidade.

O para-brisa embaça, os limpadores afastando a chuva.

— Só pode ser um engano — diz mamãe baixinho no banco de trás.

— Como não enxerguei isso? — declara Quincey entredentes. — Eu sempre soube que ele era ruim para ela.

— Mas eu fui ao casamento dos dois — insiste mamãe. — Já faz mais de dez anos. Ele mora na região desde que o pai trouxe o negócio deles para cá, desde que assumiu o controle da Propriedade Ifori. E, eu juro, Arthur parecia muito jovem quando chegou na cidade, muito diferente do que é agora. Ele está *envelhecendo*. Juro que está. E essas criaturas não envelhecem um só dia... o sangue os mantêm jovens. A menos que...

— A menos que o quê? — pergunta Singer, ríspida. — O que foi?

— *Fampir* podem ser criados. Podem ser feitos. A transformação dele... talvez seja recente.

— Vi menções a uma "conversão" nos fóruns — comenta Singer lentamente. — Mas como vamos chegar até ela? Supostamente, esses caras são fortes, imortais... poderosos. Seu livro afirma isso. Então, qual é o plano para libertá-la?

Atenda. Atenda!

Imagens horríveis de Lucy sendo atacada por Arthur — *Arty* — cruzam minha mente, e começo a contar. Tento conciliar a verdade com o que sei sobre ele, com o que vi dos dois juntos: o jeito certinho, o cabelo ralo, as bochechas coradas. O amor em seus olhos sempre que via a esposa.

Era tudo uma farsa?

— Ele não vai tentar seguir Lucy? — questiona Singer. — Tudo bem irmos lá buscá-la, mas e depois? Para onde vão levá-la?

Um, dois, três...

— Não me importo — responde Quincey. — Pego um avião com ela até Moçambique se for preciso.

— Ele vai seguir a esposa até não poder mais — diz mamãe. — Vamos levá-la de volta para minha casa. Tenho proteções em torno do terreno há décadas. Ele não vai conseguir ultrapassar o perímetro a menos que seja convidado.

Quatro, cinco, seis...

— E se ele mandar capangas humanos? — murmura Quincey. — Homens poderosos sempre têm capangas. Temos o suficiente para saber que essas... essas *coisas* têm cúmplices humanos. Estamos enfrentando toda uma rede.

— Aí eu atiro na cabeça deles — afirma Singer sem rodeios.

Sete, oito, nove...

Quincey a olha de lado, e Singer dá de ombros.

— É necessário.

— Presumo que você não tenha um certificado de porte de arma de fogo.

— Que tal a gente salvar sua ex-namorada e aí *depois* você me faz as perguntas?

A Propriedade Ifori surge à medida que aceleramos pelo caminho.

Abro a porta e salto do carro ainda em movimento — e então estou correndo pelo cascalho molhado, subindo os degraus de calcário. Escorrego no último deles, caindo com força de joelhos. A dor é aguda, mas distante. Testo a maçaneta da porta, rezando para que esteja aberta, mas ela resiste, então toco a campainha e bato sem parar até Cariad atender.

Passo voando por ela e me apresso escada acima, sua voz às minhas costas:

— A sra. Holmswood está doente demais para receber visitas e...

Corro até o quarto de Lucy, metade da frase já saindo de minha boca:

— Lucy, venha comigo, nós precisamos...

Meus joelhos falham, e caio no tapete macio como se estivesse suplicando, minha boca aberta em um grito silencioso de horror.

A pele de Lucy está crivada de buraquinhos pretos e terríveis. Estão *por toda parte*. No rosto, na parte do peito que consigo ver, nas mãos — ela está se dissolvendo. Suas pálpebras se abrem quando me arrasto até a cabeceira, incapaz de desviar os olhos, mesmo enquanto minha pele se arrepia e meu cérebro grita, me alertando sobre o precipício no limite da sanidade, escancarando a boca de forma sombria bem ao meu alcance. A erupção cutânea está até nas pálpebras.

A dona aranha subiu pela parede...

Minha voz vacila.

— Lucy?

Seus olhos focam em mim por um instante fugaz, e ela sorri com dentes enormes e grotescos.

— Bambi... você voltou. Faz... tanto tempo... — Ela fecha os olhos e se força a reabri-los. — Mina... você voltou...

Engulo meu horror sem fim e seguro a mão dela entre as minhas.

Subiu pela parede...

— Estou aqui, Lucy — soluço. — Me desculpe por ter ido. Estou aqui agora. — Pressiono os lábios em sua testa cheia de buracos e sinto cheiro de podridão. — Eu te amo.

Ela respira fundo para me dizer alguma coisa, a saliva branca e pegajosa entre os lábios... e não volta a se mexer.

Veio a chuva forte...

A LOUCURA

Um uivo às minhas costas indica que não estou sozinha. Os passos de Quincey trovejam conforme ela atravessa o quarto e se joga na direção de Lucy.

Não de Lucy, que não está mais entre nós. Em direção ao corpo sem vida de Lucy.

Eu não grito. Quincey faz isso por mim.

— Lucy! — chora ela, sacudindo o corpo frágil com brutalidade. — *Lucy!*

Quincey desaba em cima dela, enterrando a cabeça no peito de Lucy, os soluços atormentando seu corpo. Singer também chega e coloca a mão nas costas de Quincey; há lágrimas em suas bochechas.

E a derrubou...

Mãos quentes envolvem meus braços.

A voz de mamãe surge em meu ouvido:

— Venha, querida. É tarde demais.

É tarde demais.

Cheguei tarde demais.

Tarde demais

Tarde demais.

VII

Jennifer está tranquila diante desse conhecimento. As peças finalmente se encaixaram. Elas são consumíveis e estão ali para serem escolhidas, rumo ao abate.

Eles se deleitam com sua beleza, se excitam com seu sexo, se satisfazem com seu consumo. Cada parte delas é uma iguaria deliciosa para homens que são monstros e monstros que são homens. Estão aí os porquês. O porquê da comida e da bebida requintada, o porquê dos mimos — o porquê de tanto cuidado atencioso. Para deixá-las mais carnudas. Mais suculentas.

É também o porquê de sua "vivacidade" ser um fator de destaque. Ela a torna uma presa melhor.

Jennifer se força a não gritar.

Engolindo em seco, ela se volta para o segurança, o homem que a seguiu a noite inteira.

— Preciso usar o banheiro.

Ele lhe oferece um olhar desconfiado, mas a leva mesmo assim.

Ela se tranca no banheiro e procura rotas de fuga, mas não há janelas. Não parece haver janelas neste lugar. Ela usa a privada para ter um lugar onde se sentar, mas está sem ideias. O guarda esmurra a porta e manda Jennifer se apressar, então ela fica de pé e aciona a descarga.

A LOUCURA

Um pedaço de metal está fincado na parede junto ao ralo — parte de uma instalação anterior. Ela o puxa, arrancando-o da parede com a ajuda do sapato. O guarda bate outra vez na porta, e, quando Jennifer a destranca e sai, ninguém seria capaz de perceber que há uma navalha escondida em seu sutiã.

— Hora de ir — fala o guarda, e o rosto de Jennifer deve indicar para ele que ela sabe que o homem não está falando sobre ir para casa. Ele sorri e a leva para uma sala vizinha ao corredor principal. Ela não vê nenhuma das outras garotas. Será que foram todas levadas para outros cômodos?

Será que já estão mortas?

O guarda abre a porta. Assim que Jennifer entra, ele a fecha. A sala é pequena e íntima, um escritório elegantemente decorado em verdes profundos, bordô e couro. Há uma enorme estante embutida de nogueira e um bar no centro. Um sofá Chesterfield de couro está posicionado de frente para uma espreguiçadeira. Não há janelas, mas isso apenas contribui para o aconchego do ambiente. É o antro perfeito para um homem.

— Boa noite.

O homem em questão dá um passo à frente, sorrindo com gentileza. Parece ter quarenta e tantos anos, talvez cinquenta. À primeira vista, parece um tipo executivo que gastou dinheiro o bastante em consultores e estilistas para parecer mais jovem do que a idade. Por um breve momento, Jennifer se pergunta se ele pode ser alguém que a ajudaria a sair dali. Alguém que talvez não tenha nada a ver com a carnificina acontecendo no resto da casa. Ele parece tão despretensioso, inofensivo, embora ela saiba que o homem deve ser tudo menos isso. Mas então ela olha mais de perto e enxerga suas asperezas. O brilho gelado em seus olhos. O porte antigo de sua silhueta. Ali está um monstro disfarçado, e ele está se livrando da pele de cordeiro enquanto ela observa, o predador se libertando.

Esta é a festa *dele*.

Jennifer engole em seco e dá um passo à frente. Não quer encarar seu destino se encolhendo de medo. Se está aqui para morrer, ela não vai morrer em silêncio.

— Boa noite — responde, endireitando os ombros, sentindo o pedaço irregular de cano pressionado em seu peito.

— Estou ansioso desde a primeira vez em que pus os olhos em você.

Ela tem certeza de que nunca viu aquele homem antes, e, ainda assim, ele sabe quem ela é. Uma memória distante vem à tona: uma câmera de segurança na boate, o guarda com uma escuta na orelha escoltando-a para longe. Ele devia estar assistindo o tempo todo. Ele a "selecionou"? Ela deveria se sentir lisonjeada? Uma segunda memória... uma figura sombreada dentro do carro.

A bile sobe em sua garganta.

Ele deixa o paletó sobre o Chesterfield e começa a desabotoar a camisa, dando vários passos preguiçosos na direção de Jennifer. O coração dela bate forte nos ouvidos.

— Gostaria de uma taça de vinho antes de começar? — O homem aponta para o bar, que abriga dois decantadores de cristal contendo um líquido vermelho-escuro. Ele começa a tirar as abotoaduras e sorri para ela. Inocente, juvenil, íntimo, como se aquilo fosse um encontro. Removendo seu disfarce.

Ela resiste ao impulso de cuspir na cara dele.

O homem tira a camisa, revelando um abdômen esculpido.

Ele a flagra olhando e sorri, satisfeito. Depois se vira e pega o decantador. Enquanto ele está servindo, Jennifer sabe que essa é sua chance. Ela corre às costas dele e brande sua navalha improvisada, golpeando. A arma encontra o pescoço do homem com um baque surdo. Não há vestígios de sangue, apenas uma linha tênue onde a borda enferrujada atingiu a pele. Enquanto Jennifer observa, a pele começa a se curar diante de seus olhos. A navalha cai aos pés dela, inútil, e Jennifer trava a mandíbula com força para se impedir de gritar.

Ele ri com uma zombaria desenfreada enquanto termina de servir a bebida.

— Você encontrou.

Ela fica olhando, perplexa, enquanto o homem se vira e baixa o rosto para a navalha.

— Eu estava esperando pelo menos três punhaladas. — Ele dá uma piscadela e toma um longo gole da bebida.

As mãos de Jennifer começam a tremer.

— Você é... quase perfeita — diz ele, os olhos cheios de luxúria. De ânsia. E de algo mais... algo totalmente ancestral, desumano e predatório.

Durante todas aquelas semanas, ela foi cultivada e contida — toda aquela preparação e, ainda assim, Jennifer percebe que o que o homem mais gosta nela é sua *resistência*. É tudo um jogo para ele, algo para mantê-lo entretido. O homem estende a mão e traz uma mecha do cabelo dela até o nariz. Ele inspira profundamente e depois sorri.

A visão é a coisa mais assustadora de todas. O sorriso dele é manchado, pingando em sangue.

Ela não percebe que está gritando.

— Você tem um gosto tão doce — diz ele, os olhos correndo para a taça. Hiperventilando, ela encara o decantador e percebe que os tubos que os médicos andaram coletando... eram um aperitivo. — Vou dar a você dez segundos de vantagem.

A porta do escritório é aberta, um convite para sair correndo. Jennifer dá um passo para trás, o calcanhar batendo na navalha improvisada, fazendo-a tropeçar.

— Um — começa ele, tomando outro gole. — Dois...

Jennifer se apressa em recuperar o equilíbrio e não olha para trás.

Ela passa correndo pela porta e vai até a escada em espiral. Os degraus assomam lá embaixo, um abismo vertiginoso, e ela tropeça nas próprias pernas bambas, machucando-se contra as paredes. Não sabe o caminho até a saída, mas sente que deveria descer o máximo possível. Sem fôlego, ela olha por cima do ombro. Ele ainda não a encontrou. Ou talvez nem tenha começado, fiel aos dez segundos de vantagem, saboreando o jogo.

Ela torce o tornozelo e, após uma guinada horrível, está caindo — Alice na porra do País das Maravilhas — até aterrissar dolorosamente no fim da escada. Ela arranca os saltos e os joga de lado com um grito, ficando de pé e disparando a toda velocidade. Está agora em um longo corredor — que percorre voando, os olhos turvos de lágrimas involuntárias, até que tropeça em outra coisa... em um braço pálido e esguio. É outra garota. Seus olhos estão sem vida, a pele com um tipo errado de palidez, uma brancura amarelada, cinza e *morta*.

Jennifer puxa o ar em uma inspiração trêmula e se levanta. Fazendo a curva, ela se esconde nas dobras da cortina pesada de uma janela, a única que encontrou até agora. Há uma pequena porta de madeira três andares abaixo, na ala oposta do castelo, mas ela sabe que, se pular, estará morta muito antes de alcançar a passagem. Mais além, há um pátio e, logo depois, um ponto baixo na muralha que parece escalável. Se ela conseguisse chegar até a muralha...

Ela olha para a silhueta do telhado com ameias e decide que é sua melhor chance. Destrancando a janela, ela sai com cuidado para a noite tempestuosa, agachada a fim de manter seu centro de gravidade baixo.

Uma lua de sangue paira baixa no céu. *Que apropriado*, Jennifer pensa, amarga. Ela segue na direção da borda, procurando uma maneira de descer. Há um cano de esgoto na outra extremidade, mas ela não tem certeza se ele suportaria seu peso.

Uma figura sombria sai de trás da chaminé. Ele está sorrindo, os dentes brancos cintilando de modo horrível sob o luar tênue. Jennifer não pode deixar de perceber que acabou fazendo o jogo dele. Agora está encurralada e indefesa. Calafrios cobrem seus braços e pernas, o vestido de seda balançando no vento com tanta violência quanto seu cabelo.

Ela contorna a borda da muralha do castelo e chega, com um terror arrepiante, até o cano de esgoto, conseguindo descer. Algo frio e afiado rasga sua coxa, e ela arqueja, mas não para. Ela está conseguindo. Ela vai conseguir escapar!

Está quase no chão quando o vê logo acima, junto à janela, agarrado à parede como uma espécie de Homem-Aranha demoníaco, rastejando em sua direção, o pescoço virado de forma impossível, o sorriso amplo e encantado.

— Você esperava chegar aos jardins? — provoca ele quando chega a pouco menos de trinta centímetros de distância, os dedos cravados na rocha dura como se estivessem segurando borracha.

Com não mais do que um movimento do pulso, ele a atinge, empurrando-a, e Jennifer sai voando. Ela cai com um baque nauseante, o ar sendo expulso, os pulmões se fechando com firmeza. Algo estala, e ela espera, reza, para que não seja um osso. Ela abre a boca, desejando que os pulmões funcionem, buscando desesperada por oxigênio, e lentamente — dolorosamente — eles respondem.

— Você é mesmo notável — diz o homem, quase gentil. Ele já está ao lado dela — como pode já estar ao lado dela? — agachado, acariciando a própria ereção e violando-a com os olhos.

A brecha na muralha está a apenas alguns metros de distância. Se ela pudesse só passar por ele...

O homem parece sentir a ideia se formando e rasteja para cima dela, a plenitude de seu peso nu prendendo-a ao chão. Ele respira como um homem no calor da paixão, e ela nunca sentiu tanta repulsa.

— Últimas palavras, Jennifer? — pergunta ele, acariciando a garganta dela, traçando o local que pretende atingir.

Piscando para afastar as lágrimas, ela revela para ele a única coisa verdadeira em seu coração:

— Minha mãe... espero que um dia ela descubra o que aconteceu comigo. Espero que ela me perdoe. Que compreenda.

Sua mãe, que a amava mais que tudo, que a ensinou a ser ousada, destemida, a assumir riscos e a ser forte.

Pensar na mãe lhe dá coragem e faz com que seus momentos finais sejam livres de medo.

— E meu nome não é Jennifer — acrescenta, com um fogo recém-descoberto nos olhos. — É Beatrice. Beatrice Singer.

30

Ando sem nenhum destino em mente, tentando manter a compostura, tentando entender o que acabou de acontecer.

Sempre pensei, durante aqueles momentos sombrios à meia-noite, preocupada com o dia em que mamãe morresse, que o luto seria um tipo lento de loucura. Uma sombra rastejando por cima da minha vida como um pôr do sol. Mas isso... isso é de uma magnitude repentina e horrível. Uma presença avassaladora que abrange tudo, vindo inteira de uma vez. Como pode um frágil coração humano suportar tanta coisa?

Quincey estava inconsolável. Quando Cariad nos encontrou, ficou parada olhando até entender o que acabara de ocorrer. Então chorou. Não chamou ajuda. Lucy já não podia mais receber qualquer tipo de ajuda.

Depois de um tempo, ela foi embora, fechando a porta ao sair.

Fragmentos de frases ditas por mamãe e Singer chegavam até mim enquanto minha mente se escancarava ante à impossibilidade de um mundo sem Lucy. Percebi que, mesmo em Londres, durante todo aquele silêncio, saber que ela estava lá, em algum lugar no mundo, era um conforto inconsciente. E agora ela se foi.

Lucy começou a ficar doente um ano atrás...

Deve ter sido transformado recentemente...

Voltei a sintonizar na realidade, olhando para minha mãe.

— Estou dizendo, aquele homem envelheceu uma década desde que chegou aqui — falava ela, balançando a cabeça. — Se ninguém notou nada de estranho nele, é porque não tinha nada para notar, pelo menos não há até pouco tempo.

— Mas um vampiro estava atacando Lucy, e nunca conseguimos descobrir de que maneira.

— Sim.

— Então ele é o vampiro. Tem que ser. É a única coisa que faz sentido. — Singer olhou para Quincey e fez uma careta. — Ela não se encaixa no padrão. Porque *ele* não se encaixa no padrão.

A voz de Quincey soou dura e determinada:

— Se ela ficou doente um ano atrás, precisamos descobrir o que mudou há um ano. Ou Arthur foi transformado e passou a se alimentar dela ou começou a dar acesso para que outra pessoa fizesse isso. Então procure por qualquer pessoa, qualquer coisa nova. Qualquer e-mail que consiga hackear, qualquer telefonema. Se a Holmswood Ltd. está envolvida com o castelo Cysgod e suas operações há anos, quero saber o que mudou. Qualquer novo contato comercial, uma nova empresa... tudo.

Singer hesitou.

— Quer descansar? Tirar um tempo para...

— Foda-se o tempo.

Singer assentiu como se compreendesse. *Sim, já estive no seu lugar.* Ela parecia não desejar aquilo para ninguém.

Fiquei de pé e cambaleei até a porta. Mamãe tentou me alcançar, mas Singer a deteve.

— Deixe que ela vá. Ela precisa processar.

Jonathan me encontra no antigo portão na cerca da colina Eithin, onde costumávamos nos esconder. Costumávamos nos encontrar aqui quando ele devia estar fazendo os serviços da fazenda ou mamãe e eu brigávamos por alguma coisa boba.

É claro que ele sabia onde me achar. Não sei qual delas ligou para ele e contou a notícia...

Jonathan me segura com força nos braços, mas ainda estou desmoronando. Tropeçando e bambeando de um lado para o outro, meu tecido se desfazendo, minhas costuras arrebentando, abrindo-se como um terrível tsunami quebrando em uma praia de vidro. O luto é uma insanidade, me esmagando ao mesmo tempo que me atira para longe de mim mesma. Um poço sem fundo, estígio de puro desespero. E então a raiva floresce, e eu odeio ter falhado com Lucy.

Eu falhei com ela.

Eu a perdi.

O luto é o amor que persiste. Li isso em algum lugar. *O luto é o amor sem ter para onde ir.*

Bom, que se foda quem escreveu isso, seja lá quem for.

— Não consigo respirar — digo, soluço ou grito. — *Não consigo respirar!*

Jonathan segura meu rosto e encara meus olhos.

— Você está respirando. — Ele garante que eu o escute. — Você está viva e está respirando.

— Parece que estou morrendo.

Uma mensagem apita em meu celular. Jonathan hesita, depois puxa o aparelho do meu bolso.

Ele franze a testa.

— "Nenhum sinal de Arthur." O que isso significa? Onde ele está?

Enterro a cabeça entre os braços outra vez, tremendo.

— Mina, alguém precisa contar a ele que a esposa...

— Ele a matou — murmuro, e mesmo para mim isso parece loucura. Algo impossível.

— O que você está dizendo?

Ergo a cabeça e cuspo as palavras, a raiva tornando tudo azedo e cruel:

— Mas que porra, Jonathan, ele *matou* a própria esposa! Tem como ser mais clara que isso?

Ele engole em seco.

— Certo, vamos nos acalmar. Tenho certeza de que...

— Aquele homem é um monstro, e finalmente deu um jeito de matar Lucy porque fui burra demais para perceber. Como posso dizer que sou médica? Como posso dizer que sou terapeuta? Falhei em tudo! Renée morreu, Seren morreu... e agora Lucy! Qual minha serventia? Sou uma inútil do caralho!

Jonathan fica em silêncio, absorvendo um pouco da minha raiva, e volto a soluçar.

— Você é a mulher mais inteligente que conheço. Você é sempre tão cautelosa. Você não se joga nas coisas, não como Lucy. E isso a mantém segura. Se estiver certa sobre Arthur... então fico feliz de que você esteja em segurança.

Sua intenção é me confortar. Mas me atinge com mais profundidade do que qualquer outra pessoa conseguiria.

Você é sempre tão cautelosa.

Sou o motivo para Lucy estar morta. É essa característica que possuo. Minhas idiotices cuidadosas, tímidas e covardes foram a razão pela qual perdi Renée e Lucy. Sou culpada por elas. E qualquer outra garota que se machuque enquanto fico aqui sentada no chão chorando também pesará em minha consciência.

— Você tem razão — sussurro. — Você está totalmente certo.

Jonathan sorri para mim. Beija minha mão gelada.

— Preciso de um tempo — digo a ele. — Preciso processar isso tudo.

— Claro. Vou estar aqui quando você estiver pronta.

Você não se joga nas coisas, não como Lucy. E isso a mantém segura.

Lucy escalando minha janela aos dezesseis anos.

Lucy fazendo Jonathan admitir que gostava de mim.

Lucy entrando de penetra em festas como se fosse profissional.

Lucy roubando vinho de caixinha e me obrigando a fazer o mesmo.

Lucy sendo a luz furiosa, caótica e linda da minha vida.

É hora de ser como Lucy e arrancar da vida o que minha amiga pensava merecer.

É hora de saltar na cova dos leões.

VIII

MINA

A chuva açoita a vitrine das lojas, fechadas há muito para a noite. Vestindo minissaia, sinto cada uma das gotas geladas. Minha maquiagem, aplicada com tanto cuidado, sem dúvida vai escorrer, pingando em marfim e carmesim na poça aos meus pés. Ambas as coisas são máscaras — uma para esconder meu medo, a outra para cobrir o mundo com cristais iluminados pela lua, ocultando as partes feias.

— Isso é a porra de uma missão suicida — disse Quincey quando lhes contei o plano, pondo o cartão de visita de Renée sobre a mesa.

Eu iria para Londres. Ligaria para o número. Seria capturada. Minha mãe cruzou os braços — também era contra. Eu podia senti-las se unindo contra mim.

— É o único jeito.

— Mas eles podem matá-la muito antes de você o encontrar! — exclama mamãe, frenética.

— Talvez eu o mate junto.

— Mina, chega! Pare com isso! Não posso perder você de novo.

— É tarde demais.

De qualquer modo, eu havia falhado em tudo. Podia muito bem seguir o plano e, caso morresse... então morri.

Ela me implorou para considerar outras opções. Quando recusei com obstinação, ela agarrou minha camisa e gritou, berrou e soluçou na minha cara. Mas eu estava irredutível. Levou tempo. Dias e semanas até convencê-las.

— Vou fazer com ou sem a ajuda de vocês — acabei dizendo. E mamãe sabia que eu estava falando sério. Eu não estava mesmo lhes dando uma escolha.

— Se quisermos matar o mestre, cortar a cabeça da serpente, temos que encontrá-lo primeiro — disse Singer. — O único jeito é de dentro para fora. Ele é extremamente bem-protegido, muito difícil de isolar.

Com o apoio de Singer, acabei conquistando todas.

O 4x4 preto chega com um cantar de pneus. A porta abre com um clique, formando uma boca de escuridão.

Não consigo ver o homem dentro do carro, mas sei que ele está lá. Posso senti-lo observando.

Tudo em mim grita para que eu saia correndo.

Mas meu coração grita: *é por Lucy*.

Olho para trás apenas uma vez, depois respiro fundo e entro.

31

Espreguiçadeiras. Decantadores de cristal. A iluminação baixa e intimista salpicando os painéis de carvalho e as cortinas fortemente drapeadas. Tudo isso deveria transpirar conversas voluptuosas, comidas requintadas e drinques caros. Colônia rica e pérolas sedosas. A promessa de um lugar seguro e aconchegante para relaxar e interagir com as melhores coisas e pessoas da vida. Mas então as incongruências e esquisitices se destacam. Cortinas penduradas nas paredes, não nas janelas. Decantadores de cristal que brilham um pouco escarlate demais. Uma porta no canto mais distante se abre, e vislumbro um casal fazendo sexo, oculto nas sombras, enquanto duas mulheres dóceis e seminuas bebem champanhe em uma espreguiçadeira. Homens se sentam em uma mesa próxima e assistem, expectadores habituais de um sórdido espetáculo barroco.

Os homens estão mascarados, agitados e depravados, apaixonados por si mesmos e pelo poder — saboreando a própria perversidade inteligente.

Puxo a saia para baixo e cubro a barriga com os braços; minha pele parece tão fina quanto um lenço de papel. Nunca na vida me senti tão próxima de meu apelido: *Bambi*. Sou um filhotinho de cervo na cova de um leão decadente.

O glamour maligno deste salão — em parte clube de cavalheiros, em parte vitrine comercial — me enoja. É tentador comprar a ilusão de opulência extravagante, de adultos que consentiram em se divertir um pouco, mas então me lembro do que é varrido para baixo do tapete, do preço, das mortes. O que acontece nesta boate talvez não alcance o mesmo nível do que ocorre em lugares como o castelo Cysgod: aqui, os homens são sobretudo humanos poderosos, desfrutando dos prazeres sexuais que eles acreditam serem seus mediante pagamento.

E, no entanto, é aqui que o destino das mulheres é selado. A boate é, para algumas, o último lugar que verão. Para outras, um destino ainda pior se aproxima.

Aquelas que os *agradam* são reservadas para a real depravação: as festas que ocorrem em locais ainda mais isolados ao redor do mundo, onde os verdadeiros predadores — e as piores violações — acontecem. Singer nem precisou procurar muito para encontrar os fóruns na dark web onde eles se gabavam de seus feitos... ganhando confiança. E ficando desleixados. Preciso garantir que eu seja escolhida.

Remexo a cápsula em minha língua. Um manto de segurança.

Quando penso nisso, tremo de medo e raiva, mas, em vez de me deixar levar, me empenho em personificar Lucy. A Lucy de dezessete anos. Corajosa. Barulhenta. Confiante. Transgressiva. Selvagem. Conto as câmeras de segurança em cada canto. A diferença entre a casa noturna e o castelo é impressionante. No castelo, não há câmeras ou qualquer rastro digital. Já aqui há um lembrete constante: eles estão observando cada interação. Imagino que os homens aqui sejam pouco mais que peões num tabuleiro, objetos de chantagem para quando chegar a hora certa: você quer limpar sua consciência e recorrer às autoridades — aquelas que ainda não controlamos? Acho que não. Lembra daquela pequena filmagem mostrando você e a garota menor de idade nos fundos de uma boate sem nome? Sim, nós também lembramos.

É claro, isso significa que agora também existe uma gravação em vídeo minha.

Estamos sendo classificadas. E sei que o próximo passo pode selar meu destino.

Eu me forço a relaxar os braços e caminho, me obrigando a sorrir para os homens que mostram os dentes para mim. Ignoro que a maioria dessas mulheres está lutando pela própria vida e ainda não sabe. Ignoro o quanto me sinto suja, recorrendo ao ar de juventude de meus grandes olhos, algo que atrapalhou minha vida profissional por tanto tempo — em vez disso, aqui eles são um trunfo.

Venham me pegar. Sou uma presa jovem e vulnerável.

Alguns dos homens que me olhavam com malícia antes, quando eu era apenas a pequena Mina assustada, perderam o interesse. Minha timidez os excitava, percebo. Quase rio do absurdo da coisa. Do horror de tudo isso.

As jovens parecem não perceber *quem são* esses homens, mas sou capaz de arriscar um palpite, já que passei a vida profissional inteira observando pessoas. E reconheço alguns deles. Do noticiário. De ensaios. De artigos prestigiados. São ministros. Um arcebispo. Empresários e capitães da indústria. Homens que vemos no jornal, que nos informam sobre os principais acontecimentos do mundo. Homens que deveriam ser líderes, que deveriam nos manter seguras. Partes iguais de imprudência e medo. As máscaras provam isso.

Mas uma coisa é suspeitar. Outra bem diferente é ver com meus próprios olhos — testemunhar os homens poderosos envolvidos.

Passo pelo bar e observo um homem em um terno sob medida beijando o braço de uma mulher. Ela está desmaiada na espreguiçadeira. A mão dele vagueia por baixo do vestido dela. Eu quase vomito.

Quando me flagra espiando, ele sorri e bebe, fazendo primeiro um brinde a mim, seus olhos brilhando.

Desvio o rosto, mas, em outra área escura do salão, uma mulher grita enquanto um homem a ataca.

— Venha cá — diz ele. — Seja boazinha.

Uma rodada de risos quase entediados. Um segurança com um ponto no ouvido fecha uma porta pesada de madeira, isolando os gritos da garota.

Tento ir embora. Foi uma má ideia. O que eu estava pensando indo até ali daquele jeito? Como pude esperar ter sucesso, sozinha em um mar de predadores? Eles nem mesmo são aqueles que tenho maior interesse em derrubar. A maioria desses homens não passa disto: homens. Monstruosos, sim, mas humanos. Eu me dirijo até a porta.

Um homem de terno preto me para. Ele tem um ponto no ouvido. Guardas. É claro que existem guardas.

Beatrice. Renée. Seren. Lucy. E tantas outras.

Meu mantra. Minha motivação.

Respiro fundo, endireito os ombros e volto ao salão, esbarrando em um homem que estava parado atrás de mim.

— Qual é o seu nome? — pergunta ele com um sorriso diabólico.

Eu sorrio.

— Bambi.

— Você é mais velha do que o meu tipo habitual — diz ele. — Mas acho que ainda podemos nos divertir um pouquinho.

Eu me afasto, e ele agarra meu pulso.

— Não tão depressa.

Minha garganta se fecha. Minha visão se divide, metade girando, metade distorcida.

Continue presente, advirto a mim mesma, sentindo a familiar dissociação, a memória do meu agressor abrindo caminho e desabando do meu passado como uma abominação profana. E então uma faísca. Que vira chama. Que se espalha em um inferno furioso.

Eu o empurro no peito com tanta força que ele tropeça e cai. Ao mesmo tempo, um homem "respeitável" logo ao lado sussurra no ouvido de uma jovem.

— Quero ir para casa — choraminga ela.

Em vez de se afastar, ele atira conhaque na cara dela, e a garota se engasga. Os homens mais próximos rugem de tanto rir.

Estou correndo antes mesmo de perceber, o sujeito atrás de mim ignorado — *"Sua vadia!"* —, e abro caminho entre os homens, virando o rosto para encará-los, uma garrafa quebrada surgindo de alguma forma em minhas mãos, a jovem por trás do meu corpo.

— Saiam, seus bostas! — grito. Berro. Brado enfurecida.

Os homens ficam surpresos, permanecendo em silêncio por um momento precioso. Depois um deles me agarra. É um gesto casual, como se dizendo "Não seja ridícula", mas eu o acerto com a garrafa. Ele xinga, abrindo distância. Sangrando.

— Sua puta!

Cuspo na cara dele, desafiando os outros a tentarem algo parecido. A garota que estou protegendo aperta minha saia como se eu fosse uma boia em um mar turbulento, aos soluços.

— Parem com isso — ordena um dos guardas, pondo-se entre os homens e eu. — Ela vem com a gente.

Os homens parecem querer discutir, mas apenas por um instante. Logo estão gargalhando e se afastando, dando tapinhas nas costas uns dos outros.

— Ela te acertou em cheio, não foi?

— Porra, cara, fazia tempo que não víamos uma assim, hein?

— Isso que é diversão — declara outro enquanto o guarda me leva para longe.

Encontro outra câmera de segurança e olho diretamente para ela. Uma luzinha vermelha pisca duas vezes.

Só espero ter feito o suficiente para não morrer.

32

Eles me mantêm em um porão com pelo menos outros seis cômodos junto a um corredor principal. Nunca ouço nenhuma outra garota, e começo a me perguntar se estou sozinha. Após três dias, eles me dão uma muda de roupas — um conjunto de camiseta e shorts de algodão. Nada para proteger meus pés do chão de metal gelado, exceto pelos sapatos de salto com os quais fui trazida até ali. A comida é boa. Eu não esperava por isso. Eles não me deixam tomar banho.

Coço minha pele até sangrar, ansiando pela sensação do alvejante, pelo cheiro de produto de limpeza em minhas narinas. Um guarda corta minhas unhas abaixo do sabugo, me empurrando quando o mordo. Ele derrama um antisséptico laranja sobre meus cortes e franze a testa quando suspiro de alívio, uma drogada enfim recebendo sua dose.

Após uma semana, eles enviam um médico.

Estou sentada no canto, com a cabeça entre os joelhos, me perguntando o que fazer a partir dali — e se cometi um erro mortal — quando ele entra.

— Não resista e vai ser mais fácil — diz ele, entediado, com uma seringa de agulha comprida pendurada na mão.

Ergo o rosto.

— Ah, meu Deus.

John Seward está parado neste quarto de porão, neste buraco de fim de mundo sob uma boate sem nome.

Durante uma fração de segundos, o choque é mútuo.

Mas então ele ri.

— Você simplesmente não consegue manter o nariz fora das coisas, não é?

— Seward — sussurro, me engasgando com o nome. — O que está fazendo aqui?

Como se tivéssemos trombado um com o outro na Kensington High Street em vez de neste bordel. Ele ainda está rindo. Sem fôlego.

Sinto minha mente cambalear. Isto não pode ser real. Não pode estar acontecendo.

Ele está rindo. *Rindo.*

Balanço a cabeça, tentando me livrar do choque, da sensação gelatinosa da descrença.

— *John?*

— Ah, sua idiota do caralho.

Eu me levanto devagar.

— Seu filho de uma puta.

— Dra. Murray! Olha a boca! Não pega bem para uma "profissional renomada".

Tudo se encaixa.

— É por isso que você estava tão interessado em Renée — digo, à guisa de compreensão, a irrealidade do momento deslizando feito clara de ovo pegajosa pelo meu corpo, da cabeça ao tronco. — Pensei que fosse negligência, mas você realmente a matou, não foi?

— Lá vai você de novo. Tão rígida. Você sabe como funciona na nossa área, Murray. Pacientes morrem o tempo todo.

A confiança calma, casual e lânguida de Seward me enfurece.

Levanto o queixo, segurando um pouco da raiva — me forçando a sorrir.

— Você fez merda. Você a perdeu. É claro que sim.

John faz uma pausa.

— Não podemos deixar que o perfeito seja inimigo do bom.

Seu sorriso fica tenso.

Balanço a cabeça conforme vou juntando as peças.

— Ela estava aqui, não estava? Durante dias ou semanas, sendo atacada, por isso a mente de Renée ficou tão perdida. Mas ela era uma garota esperta, deve ter conseguido fugir de alguma forma. Você provavelmente subornou policiais para procurar Renée por toda parte, e aí, depois que ela foi encontrada, você fez com que ela fosse posta sob seus cuidados para que pudesse eliminar as pontas soltas. Mas como ela conseguiu sair viva daqui?

O sorriso dele desaparece por um tempo, depois volta.

— Todos nós cometemos erros.

— Isso não explica nada.

Seward agarra meu braço com força, me puxando tão para perto que consigo sentir seu hálito, a saliva voando de sua boca enquanto ele fala:

— A maioria das pacientes parte de forma tranquila, mas alguns casos dão mais trabalho que outros. Especialmente porque são as mais atrevidas que vêm parar aqui. São as que ele deseja ver nos banquetes: elas sobrevivem mais tempo e tornam a coisa mais interessante. Quando Renée escapou... Tive uma janela limitada de tempo para limpar a bagunça antes que viessem atrás de mim também.

Suavizo a voz, tentando outra abordagem.

— John... por que está fazendo isso?

Ele examina meu rosto e depois solta o ar pela boca, desviando os olhos.

— Não tenho escolha.

— Eles têm um trunfo contra você — raciocino em voz alta, lembrando-me das câmeras no andar de cima e do sistema de chantagens que Singer descobriu se perpetuar entre aqueles homens.

Seward passa a mão pelos cabelos.

— Fotos. — Ele me encara e dá de ombros. — Estou fodido, Mina.

— O que aconteceu?

— Tinha uma garota... Eu não sabia que ela era menor de idade.

— Você pode provar que não sabia, que está sendo chantageado.

— Ah, qual é. Você não é burra. Sabe como as coisas funcionam. No instante em que uma acusação é feita, acabou. Eu seria deixado de lado. Perderia tudo.

Espio a seringa em sua mão.

— Podia ser você a fazer a denúncia. A colocar um fim nisso.

Seward ri sem alegria.

— Você não conhece essas pessoas. São mais poderosas do que pode imaginar. Você não sabe da missa a metade.

— São vampiros.

Ele fica perplexo. Não esperava ouvir isso de mim.

— Tenho de admitir, estou impressionado. Eles são criaturas extraordinárias. A ciência... nem mesmo começamos a decifrar o potencial do DNA deles. Só a saliva já contém uma enzima que decompõe tecido humano, enquanto a pele dos vampiros se regenera sozinha. Então é isso. Não posso escapar.

— Um informante vindo de dentro pode fazer a coisa toda ruir. Quem é o cabeça? Quem comanda isso tudo? Me dê um nome, qualquer coisa.

— Você não vai sair daqui. É tarde demais para isso.

— Podemos ir embora agora mesmo. Podemos escapar juntos.

— Eles estão por toda parte. Podem fazer as coisas acontecerem. Abrir e fechar portas como bem quiserem. Não posso arriscar.

— Inacreditável — comento, balançando a cabeça.

— Não sou um monstro — diz ele, desesperado. — Sou uma vítima, você não vê?

A repulsa borbulha em minha garganta.

— Quantas foram? Com quantas mulheres você já lidou aqui?

— São só drogadas, criminosas... não são ninguém.

— Não dá para salvar todo mundo, certo?

Ele parece aliviado.

— Exatamente.

— E eu? Sou viciada em drogas? Sou uma bandida?

Ele parece quase arrependido.

— Você só é burra, Mina.

Cruzo os braços, abandonando a atuação.

— Sabe, sempre me perguntei como alguém tão incompetente podia continuar sendo publicado em toda parte, como podia ter tantos elogios colados na bunda. Agora eu sei. Você não é vítima coisa nenhuma. É um cúmplice. *Eles* garantem que sua carreira prospere, de modo que você possa continuar fazendo... — gesticulo para abarcar a sala inteira — o que você faz. — Solto o ar com zombaria, balançando a cabeça. — Sempre considerei você um idiota medíocre, e agora sei que é verdade. Você é desatento, pouco profissional e desleixado. Não me admira que Renée tenha fugido. Você é patético.

Ele me bate. Com força.

Minha cabeça vira com tudo para a direita, torcendo o pescoço. Depois ele me prende contra a parede, a mão grande segurando minha garganta. Sua respiração quente e acelerada em meu rosto.

— Sua desgraçada — diz Seward, com os olhos selvagens.

Ele se pressiona contra mim, e sinto sua ereção crescendo. Isso o excita, percebo com repulsa.

— Lembre-se — murmura ele. — Sou eu que tenho o poder aqui. — Seu polegar acaricia meu queixo. — Posso acabar com sua vida agora mesmo.

Seward é muito maior que eu. Pode fazer o que quiser, eu não seria capaz de impedi-lo. Ele provavelmente *já fez o que quis* em outras incontáveis oportunidades.

A coceira no pescoço e o pânico familiar estão aumentando — eu os forço para longe. Seward se aperta contra mim de novo, o hálito quente em meu rosto, a ereção contra minha virilha, insistente. A bile sobe em minha garganta.

Finjo ceder por um momento, entreabrindo os lábios. Imagino Jonathan, lembro de sua boca, sua pele, seu cheiro, seu corpo. Relaxo a postura, relembrando como é ser suave e convidativa. Relembrando como é ser vulnerável.

— Sempre me perguntei como você seria — murmura ele em minha boca.

Prendo a respiração e encosto meus lábios aos dele. Seward parece ficar surpreso por uma fração de segundo, mas depois me beija, gemendo, a mão soltando minha garganta a fim de apalpar o seio.

Eu o mordo. Com força.

Bem por cima do lábio.

Um estalo e depois uma quentura repentina. Meus dentes de cima encontram os de baixo, um corte limpo.

Ele uiva, cambaleando para trás, a borda do lábio que mordi pendurada sobre o queixo, o sangue escorrendo por toda parte. A seringa está no chão. Corro para alcançá-la enquanto Seward segue gritando, segurando o rosto.

Ele vem até mim, mas sou mais rápida.

Enfio a agulha até o final em seu peito. Aperto o êmbolo. Não sei o que tem lá dentro, mas sei que uma grande dose de qualquer coisa direto no coração não acaba bem.

Sempre me perguntei como você seria.

— Para homens como você? — sussurro diante de seu rosto. — Sou veneno.

Caso a destruição do Fampyr seja desejada, a fim de estancar o derramamento de sangue e os assassinatos obscenos, inicie um ritual para atraí-lo. No escuro da lua, prepare o angélico óleo ritual e unte madeira de sorveira, muninga, sabugueiro ou teixo, ou qualquer madeira antiga de acordo com a necessidade, tendo como base as propriedades do portador. Um dryw (vidente) pode ser chamado ao espelho d'água a fim de profetizar resultados auspiciosos. A sangria deve ser feita de boa vontade, derramada sobre uma fatia de pão assado e untado com o angélico óleo ritual, posto para crescer com fermento e cebolinha. Na verga e na soleira da porta, inscreva ⳨ com óleo e água benta. Todo fenômeno mundano é acionado por mecanismos do plano superior, e a oração protege espaços de trabalho contra demônios e aparições. Encontre o local de descanso da criatura e então convoque os anjos e guardiões, derramando o sangue sacrificial sobre a fatia de pão. Parta a fatia em cinco pedaços iguais e consuma todos, menos um. Ponha o último, que é o talismã, sobre o local de descanso. O Fampyr deve ser atraído para fora. Sob a luz da lua, madeira ungida, transformada em estaca, pode ser usada para despachar a serpente e toda sua prole de volta ao Inferno.

Llyfr Gwaed, autor desconhecido, 1592

33

Os guardas devem ter assistido à cena através de alguma câmera que não consigo ver, porque estão abrindo a porta antes mesmo que Seward caia no chão. Eles me restringem, mas não sou punida.

Acaba me ocorrendo que meu sangue vale mais que a vida de John.

Os guardas me deixam algemada por muito tempo — horas, dias, é impossível ter certeza. Não há nada para fazer exceto andar de um lado para o outro, pensar, ficar deitada no chão e esperar. Depois, quando meus ombros começam a doer e meus pulsos estão irritados pelo atrito com as algemas, um novo médico entra.

— Bom dia — cumprimenta ele, sem tirar os olhos da prancheta em suas mãos. — Hora dos exames de sangue.

Ele pega uma seringa, muito parecida com a que Seward empunhava, e a coloca em uma bandeja oferecida por um dos guardas.

— Será necessário sedar você?

Nego com a cabeça.

Ele assente com o mesmo ar entediado que Seward tinha antes de me reconhecer.

Não resisto quando ele tira as algemas. Não me oponho quando ele tira meu sangue para fazer exames desconhecidos. Não tento conversar. De que adiantaria? Em vez disso, observo. Fico assistindo através da minha docilidade, torcendo para coletar mais informações. Já aprendi que sou importante. Mais importante que Seward, com certeza. Eles estão me alimentando e me mantendo saudável — garantindo que eu esteja em perfeitas condições. Para o banquete da festa. Então, vou me certificar de chegar lá na melhor forma possível.

É difícil não perder a noção do tempo. Eles deixam que eu me lave, trazendo um balde de água morna com sabão e um pano macio de algodão. Anseio por adstringentes fortes, nunca me sinto limpa o suficiente. Conto uma, duas, três, trezentas vezes e então recomeço a contagem. E de novo. E de novo. Minha mente entorpecida se concentra no desconforto; isso me dá algo para fazer. Algo no que focar. Repasso antigas aulas sobre pensamentos intrusivos, murmurando em voz alta.

"A limpeza compulsiva é uma manifestação do medo da contaminação, um envolvimento perpétuo em atos compulsivos de descontaminação. A contaminação mental inclui rituais, como contar até determinado número a fim de neutralizar um pensamento ruim."

Eu conto de novo. De novo. De novo.

Eles trazem uma muda de roupa cinza a cada poucos dias e um par de chinelos depois que comento sobre meus pés estarem frios. Reclamo do chão duro machucando meus quadris e eles me transferem para um quarto com cama. Seja lá qual for esse jogo, estou subindo na hierarquia.

Horas.

Dias.

Semanas.

Fantasio sobre estar em casa. Sobre mamãe, Singer e Quincey. Me pergunto como deve ter sido o funeral de Lucy. Será que a colocaram em um vestido branco? Que a fizeram parecer pura e angelical? Ou optaram por renda azul, algo com ares de realeza? Será que Arthur foi ao velório, ainda fingindo ser um cavalheiro da alta sociedade? Ou estaria com vergonha demais do que fez? Com medo demais de sair da toca? Será que um dia enfrentaria a justiça pelo que cometeu ou será que, como tantos antes dele, continuaria como se nada tivesse acontecido?

Meus pensamentos se voltam para Jonathan, ainda que eu tente não pensar muito nele. Sinto sua falta de maneira diferente. É mais uma ânsia. Uma saudade profunda. Ele nem sabia que eu estava indo embora... não assim. E mesmo essa dor não é nada se comparada ao buraco que Lucy deixou em mim. Sua ausência é uma vala que carrego por dentro.

Tento me lembrar de por que estou fazendo isso.

Beatrice. Renée. Seren.

Lucy.

Meu nome é Mina Murray.

Meu nome é Mina Murray.

Meu nome é Mina Murray.

Meu nome é Mina.

Meu nome é...

Escondo o rosto entre as mãos, fico de frente para a parede e choro.

Chega um dia em que as coisas são diferentes. O café da manhã é maior: ovos, bacon, batatas fritas caseiras, tomates e cogumelos fritos e suco de laranja espremido na hora. Eu tinha ficado mais importante? Ou o significado do gesto era mais sinistro? Como tudo. Se estão me alimentando desse jeito, deve ser porque preciso de forças.

Algum tempo depois, a porta se abre, e dois guardas gesticulam para que eu os acompanhe. Sou levada para um corredor onde todas as outras portas estão cuspindo garotas que parecem tão aterrorizadas quanto eu. A jovem no quarto depois do meu corre para meu lado e agarra minha mão. Aperto seus dedos com força enquanto somos cutucadas com cassetetes a fim de seguir o líder dos guardas.

— O que está acontecendo? — sussurra a garota. — Você sabe o que está havendo?

Nego com a cabeça.

— Não faço ideia. Mas fique de olho aberto.

Somos conduzidas para cima, por uma escada estreita que não é a mesma por onde desci quando cheguei, até outro corredor que termina em uma saída de emergência. No início da fila, o líder dos guardas abre a porta para a noite fria de Londres — é o beco por trás de Cloth Fair. A garota que está na frente sai correndo, mas o guarda já esperava por isso. Ele acerta o cassetete nas costas dela, e um som elétrico horrível é produzido quando ela cai feito uma pedra. Peso morto.

O guarda ri enquanto a coloca nos ombros e abre a porta de uma van que está esperando, jogando a garota lá dentro. Ela rola pelo assento e cai de um jeito esquisito no chão.

— Entrem — diz o guarda, cutucando a jovem seguinte até que, chorando, ela entra no veículo.

É tão tentador sair correndo. Tentar fugir. Sou rápida o bastante...

Mas depois percebo o quanto minhas pernas estão fracas.

O café da manhã... Eles puseram algo no café da manhã.

Já estou desmaiando quando entro na van.

Acordo de repente quando o veículo freia de forma brusca até parar. O motor morre com um gemido. Portas se abrem. Um instante de silêncio. Vozes masculinas abafadas. Passos. E então o barulho metálico da porta traseira subindo abruptamente, deixando entrar uma rajada brilhante de luz do dia.

À medida que a porta traseira é aberta e posta em funcionamento, é com satisfação amarga que vislumbro o pátio de paralelepípedos do castelo Cysgod. Eu tinha razão. O castelo está conectado — talvez uma peça central — àquele jogo. Deve existir algo nos endereços antigos: é mais fácil esconder atividades ilícitas quando uma propriedade não muda de mãos há várias gerações.

Sinto um puxão em meu pulso, e meu braço sobe quando minha vizinha tenta esfregar os olhos. Ela me dá um sorriso fraco, desculpando-se. Enquanto estivemos apagadas, eles amarraram nossos pulsos um no outro: meu braço direito no braço esquerdo dela, uma garota morena que não para de tremer. Ainda estamos tontas, meio atordoadas e confusas.

Lá vamos nós.

Remexo na ampola entre meus molares. Uma fonte sombria de conforto.

Passei a infância me aquecendo sob a sombra da propriedade Ifori e do castelo Cysgod, me perguntando sobre seu interior e sobre o tipo de gente que desfrutava de tamanho luxo. Agora, enquanto os guardas nos conduzem para dentro do castelo, uma fileira de gado de primeira qualidade, percebo que fui eu a desfrutar do luxo — o luxo da ignorância.

— A gente vai morrer — murmura sem parar uma das jovens. Sua voz mexe com meus nervos, mas não consigo corrigi-la.

Somos conduzidas por uma pequena porta lateral até uma câmara adjacente — *em linha reta* — e depois descendo à esquerda por outro corredor, direita, direita de novo, subir um lance de escadas em espiral, à esquerda em outro cômodo. Meu cérebro funciona como um metrônomo, memorizando tudo. Uma recordação da época da faculdade em Oxford, sentada na biblioteca, decorando sequências complexas de fórmulas químicas. Eu consigo fazer isso. Agora é só inverter: *direita, descer escada em espiral, esquerda, esquerda, direita, reto.*

Sete estilistas nos aguardam. Um para cada garota. Eles são bonecos Ken sinuosos e de rosto inexpressivo, preparando cremes, sprays e utensílios a fim de embelezar suas Barbies. Uma arara com roupas exorbitantes está disposta no canto. Nossos corpos são esfregados, a pele hidratada, o cabelo penteado, o rosto maquiado e otimizado. Eles não se incomodam em examinar minha boca. Estão focados apenas na beleza.

Eu me forço a ficar quieta enquanto pentes invasivos percorrem meu cabelo, mãos licenciosas manipulam minha carne e dedos insolentes puxam meu queixo de um lado para o outro. É tudo tão impessoal. Tão profundamente pessoal. Profissional. Mecânico.

Era isso o que você queria, tenho de me lembrar. *Direita, descer escada em espiral, esquerda, esquerda, direita, reto.*

— Se vai fazer isso, então precisamos de um plano — dissera Singer. — Não faz sentido desperdiçar nossa única chance de pegar o desgraçado.

— De pegar todos os desgraçados — acrescenta minha mãe.

O Livro do Sangue era claro. Se conseguíssemos matar o criador, todas as crias seriam desfeitas. Por isso era essencial nos infiltrarmos no centro da rede.

Tínhamos nos reunido por semanas em torno da mesa da cozinha de mamãe, planejando tudo. Singer usaria um bug plantado em meu celular para se conectar ao Wi-Fi da boate assim que eu chegasse. Ela invadiria o sistema deles. Se tivesse sucesso, tentaria me avisar.

— Vou fazer as câmeras piscarem duas vezes, se puder — dissera ela. — Vai mesmo depender de quanto acesso eu obtenha. Só vamos descobrir no dia.

Se Singer tivesse sucesso, então elas poderiam ficar de olho em mim e me manter viva. Quincey estava pronta para explodir e invadir a boate caso eu me encontrasse em perigo, embora eu a tenha lembrado que "ficar em perigo" era justamente o objetivo.

Fizemos o ritual de sangue no cemitério milenar da Igreja de St. John durante a lua crescente, três semanas antes de eu ir para Londres. Cada uma de nós recebeu uma das estacas de madeira que mamãe tinha feito com todo o cuidado para aquele fim. Olmo para Singer, pela morte e renascimento de sua filha. Por vingança. Sabugueiro para Quincey, nossa poderosa protetora. Para trazer equilíbrio. Cedro para minha mãe, ilimitado e eterno. Para proteção. E muninga para mim, a madeira de sangue, matadora de *Fampir*. A única madeira para alguém que já tinha sangue nas mãos. Por justiça. Com sorte, contudo, a ampola realizaria a matança por mim.

Mamãe abriu o pãozinho que tinha feito naquela manhã. Tinha cheiro de alho e cebolinha, com mais alguma coisa amarga que não consegui identificar. Não verbena, mas uma substância igualmente cáustica. Ela depositou o pão no centro do círculo que havia desenhado com sal e pingou sobre ele uma dose de óleo de verbena com uma pipeta.

Um impulso histérico de rir me atingiu quando percebi o quão surreal era o momento. Lá estava eu, a dra. Wilhelmina Murray, cientista, realizando magia de sangue em um cemitério e acompanhada de minha mãe, a bruxa biruta da colina.

— É sua vez, querida — chamou mamãe, acenando para Quincey.

Meu estômago se contorceu. Algo sobre o que estávamos fazendo parecia muito errado. Como brincar com fogo.

Quincey assentiu, e, antes que eu pudesse sequer piscar, cortou o dedo com a lanceta de um monitor de glicose.

— Sou diabética — disse ela, franzindo os lábios e erguendo as sobrancelhas para mim. — Diagnosticada faz dez anos.

— Você estava fadada a este papel, ao que parece. Embora seja menos impressionante que uma adaga cerimonial — concordou Singer.

— Coloque no pão — orientou minha mãe. — Precisamos de uma boa quantidade.

Quincey espremeu o sangue no pão. Quando não foi suficiente, ela seguiu picando o dedo até que o sangue encharcasse todo o pão dos dois lados.

— Você é bem abastecida de colágeno, minha querida policial — comentou Singer, murmurando logo depois, sarcástica: — A adaga teria sido mais rápida.

— Repita comigo — instruiu mamãe com firmeza, pronunciando palavras que pareciam e ao mesmo tempo não pareciam galês. Quincey repetiu cada frase com diligência, e estremeci.

Mamãe pegou as duas metades do pão e as partiu, de modo que cinco pedaços encharcados se encontravam agora no solo do cemitério.

— Agora comam.

As sobrancelhas de Singer se ergueram.

— Como é?

— Comam o pão. Um pedaço cada.

— Até eu? — perguntou Quincey, franzindo o nariz.

— Até mesmo você.

— Ninguém falou nada sobre comer sangue — reclamou Singer. Seu rosto parecia um tanto verde.

— Precisa ser feito.

— E se a gente pegar a porra de uma hepatite?

— Sou saudável, sua vaca — disse Quincey, rindo.

Uma memória surgiu, a memória de Renée compartilhando suas moscas mastigadas comigo, e precisei sufocar um soluço. Com dedos trêmulos, peguei o pão e mordi. Cada um dos meus instintos gritava para que eu cuspisse aquilo, enxaguasse a boca com água sanitária e depois tomasse banho de banheira até ficar limpa de novo. Mas mastiguei, mastiguei e mastiguei, tentando ignorar a sensação úmida na boca e o sabor acobreado em minhas narinas, sabendo que estava ingerindo o DNA de Quincey, e me forcei a engolir.

Singer e Quincey se entreolharam e fizeram o mesmo, engasgando por trás de punhos cerrados e olhos fechados com força. Singer quase vomitou, mas conseguiu se segurar, tossindo para o chão. Mamãe comeu a parte dela por último.

— E essa fatia? — perguntei, olhando o pedaço encharcado de sangue que sobrara.

— Esse é para você — disse ela. — E vai precisar do sangue de todas nós.

Soltei um gemido.

— Por que é sempre sangue?

Mamãe deu de ombros.

— Sangue é vida.

Quincey remexeu no bolso outra vez e estendeu a mão cheia de lancetas, e todas nós olhamos para ela com desgosto.

— Não dói nada, suas choronas.

Demoramos menos tempo adicionando sangue ao último pedaço de pão. No fim, mamãe o pegou e começou a amassá-lo entre os dedos. A coisa virou uma massaroca molhada, pintando suas mãos de vermelho.

— Esse pedaço é para a ampola.

— Estamos certas de que esse é o melhor plano? — Quincey tocou meu braço. — Você consegue manter uma pílula de plástico na boca durante um mês inteiro?

Corri a língua pela lacuna entre meus dentes, onde antes havia um molar.

— Se eu não conseguir, então seremos eu e lorde Cysgod virando adubo para o resto da vida.

Mamãe não pareceu nada satisfeita.

Singer soltou uma risada e me deu um tapinha no ombro. Todas nós rimos por um momento. Uma leveza fugaz em meio às profundezas do horror.

— Como vamos saber que funcionou? — perguntei.

— Assim que falarmos as palavras de Invocação, vai funcionar. Vou lacrar na ampola, e aí, assim que você partir a cápsula e ela estiver em sua corrente sanguínea... — Mamãe me olhou, a expressão ilegível. — ... você vai estar protegida.

Agora, esse momento chegou.

Enquanto o estilista cuida do meu cabelo, respiro fundo e mordo a ampola. Verbena amarga e concentrada, misturada ao sangue encantado vindo de mim, mamãe, Singer e Quincey, é liberada em minha boca. Uma vacina contra o medo. E contra o que está por vir.

Por favor... *por favor*, que funcione.

Quando a preparação é concluída, os guardas nos conduzem por corredores labirínticos e escadas sinuosas — é impossível manter uma rota em mente — até um grande salão de baile.

Todo tipo de luxo imaginável está em exibição. Imensas tapeçarias ricamente estampadas, sofás reclináveis dispostos em torno de um nicho, sancas nos tetos altos, adornos em todo o esplendor medieval — nada menos do que impecável para este antro do século XIII. Imagino o sangue de gerações espalhado de forma invisível sobre as paredes.

Mantenho os olhos abertos.

Cinco homens estão sentados de forma lânguida nos sofás, enquanto outro se apoia em uma coluna próxima. Eles conversam calmamente. Quando somos levadas à presença deles, os homens se viram em uníssono como uma fera de seis cabeças, vindo nos examinar com uma astúcia predatória.

Um sétimo homem, de aparência vulpina e sapatos engraxados até brilhar, sentado em uma poltrona de espaldar alto, estalando os dedos, gesticula para nos fazer chegar mais perto. Cabelo escuro penteado para trás, os olhos estranhos cintilam conforme ele nos presenteia com um sorriso. Os outros homens parecem discretamente respeitosos: um aceno aqui e ali, pernas cruzadas na direção do homem, cabeças inclinadas para ouvir.

— Bem-vindas à minha casa — anuncia ele.

Há uma polidez fácil nele. Um charme quase pueril. Ele não é jovem — as feições têm um quê de temperadas, sugerindo um homem estabelecido na meia-idade —, mas não há nada de pomposo em seus modos. Nada de sinistro. Se eu não soubesse, suspeitaria de que fossem os outros homens o monstro.

E, no entanto, tenho certeza de que ele é o sujeito que estou procurando. A cabeça da serpente. Enfim.

Minha energia minguante levanta a cabeça para fora como uma toupeira farejando o ar.

Nossas amarras são cortadas uma a uma. Esfregamos os pulsos, cada uma de nós examinando o salão em busca de oportunidades de fuga. Sigo observando o líder.

Uma garota ruiva no fim da fila se afasta e corre para a porta. Em um piscar de olhos, o homem loiro ao lado da coluna a intercepta com um sorriso lupino. Ele estala os dentes para a garota, e os outros riem. O homem na poltrona de espaldar alto observa, impassível.

A Ruiva se afasta do Loiro com um grito de pânico, e ele a agarra pelo pulso com uma velocidade anormal, rindo enquanto a lambe com uma língua comprida demais para ser humana.

— Gosto dessa aqui — declara ele, os olhos astutos percorrendo a pele da garota, as narinas dilatadas ao sentir o cheiro dela. — Acho que vou começando.

— Ora, vamos, Rodney — diz o homem vulpino. — Você terá, como sempre, sua chance de dar um lance.

A garota segurando minha mão se encolhe para mais perto.

— Eles não são humanos — choraminga ela.

— Não — respondo, a voz fria. — Não são.

O homem vulpino se vira para nós e sorri outra vez.

— Vocês foram selecionadas para uma celebração especial. — Ele inspira, fechando os olhos, e sinto o impulso de proteger o corpo com os braços. — Flores tão lindas. Não tenham medo. Vocês são minhas convidadas — diz ele para a garota que está ao meu lado. Seus olhos são gentis, despretensiosos. Se eu não soubesse o que ele é, quase teria acreditado. Que camuflagem perfeita.

Eu o observo, mesmo enquanto os outros homens se movem para nos examinar.

— E qual é a *função* das suas convidadas? — pergunto, dando um passo à frente.

A jovem ao meu lado fica boquiaberta diante de minha audácia e tenta me puxar de volta. Eu me desvencilho. Sei o que estou fazendo. Preciso garantir que ele me escolha.

Cerro os dentes para impedi-los de bater.

Ele me contempla com interesse. Seus olhos são tão penetrantes que me pergunto se ele é capaz de ler minha mente. Só para garantir, me certifico de estar pensando em algo vulgar.

— Vocês são a caça — diz ele com um charme gracioso.

— E você é o monstro, pronto para atacar.

Ele dá de ombros.

— Não há motivo para mentir para os mortos.

— Isso se conseguir me pegar primeiro — murmuro, espiando a porta.

O homem inclina a cabeça diante da resposta e me oferece um sorriso tímido, quase apologético.

— É verdade.

Depois ele se vira, acenando para que seus criados preparem o que está por vir.

Uma pequena equipe de homens usando ternos — humanos, a julgar pela aparência — anda ao nosso redor montando um pequeno palco, ligando o televisor acima da lareira e distribuindo tablets.

E então começa.

O leilão é degradante. Cada garota é empurrada à frente para ser leiloada como se fôssemos um Modigliani ou um Renoir, e os homens dão lances na casa das centenas de milhares. Não demora muito. Nossas estatísticas são exibidas na tela principal acima da lareira — hemograma e tipo sanguíneo, composição muscular, dieta, características e comportamentos. Quando meus dados se espalham pela tela, vejo os homens salivando, e uma estranha sensação de estar sendo violada toma conta de mim. Mesmo usando um vestido, nunca estive tão nua.

Dou uma espiada em meu perfil. Meu nome está listado como Bambi, ao lado do tipo sanguíneo — AB —, assim como outras informações. Franzo a testa. Meu tipo sanguíneo é O+. Tenho certeza absoluta. Eu me pergunto, em pânico, se isso pode ajudar ou destruir o que pretendo fazer.

Vários homens oferecem lances por mim, mas mantenho os olhos fixos no líder, meu queixo erguido em desafio.

Porém, obtenho o pior resultado possível.

O Loiro vence após nove rodadas.

O canalha está exultante.

— Viva! — exclama ele, socando o ar.

— Idiota — murmura o sujeito de cabelos compridos ao lado dele. Loiro se vira, sorrindo.

— Primeiro abacaxis, depois tulipas, depois os Mares do Sul, depois o mercado de ações japonês, agora a bolha da internet... Nesse ritmo, você vai acabar comendo ratos!

Seu alvo, fechando a cara, puxa o ar para responder, mas o homem vulpino ergue a mão.

— Rodney.

O sorriso malicioso do Loiro desaparece.

O homem de cabelos compridos dá risada enquanto o líder ergue a mão e afasta o Loiro para o lado como se fosse poeira.

O Loiro, de cara feia, agarra a jovem ruiva e a arrasta com ele. Os outros homens seguem o exemplo, se dispersando na companhia dos "prêmios" soluçantes.

O sr. Vulpino fica de pé e sorri para mim.

— Minha — diz ele, e me oferece a mão.

34

Ele está tão confiante, tão absolutamente certo do poder que tem sobre mim, que anda na frente, me guiando para fora do salão e por corredores sinuosos e velados pelas sombras sem nunca olhar para trás. Ele não espera que sua presa tenha dentes. Os séculos provam que ele está certo.

Minha fúria é ácida — como eu queria ter o poder de drenar de volta as vidas que ele roubou. Como queria poder devolver a vida de Lucy. *Minha culpa*, provoca meu cérebro. *E também sua*, complementa, enquanto olho a criatura que me conduz para a morte.

Direita, descer escada em espiral, esquerda, esquerda, direita, reto. Adiciono as novas curvas em ordem reversa enquanto sigo: elas são um novo tique, uma canção obsessiva. Esquerda, esquerda, descer escada em espiral, direita. O castelo é mais como um labirinto — sem dúvida cuidadosamente construído e ampliado ao longo de séculos para esse propósito específico. Somos ratinhos em uma armadilha.

Seus olhos me acompanham quando entro na sala que ele escolheu. Um escritório particular no topo de uma escada em espiral. Não sei a que distância estou do chão, o quanto estou longe do céu. Me sinto em um terrário, bem no subsolo, hermeticamente selado. É um cômodo que grita *não adianta tentar voltar.*

Minha.

— Vinho? — oferece ele.

— Sempre — respondo com um entusiasmo fingido.

Minha língua sonda a ampola, minha companheira por tanto tempo, esquecendo que eu já a abri e engoli. Uma sensação momentânea de perda, afastada logo em seguida pela ideia de que *eu* sou a ampola agora.

Minha resposta recebe um sorriso e uma sobrancelha erguida. Como ele gosta da falsa civilidade desse jogo.

Minha raiva imprudente e furiosa retorna enquanto ele serve vinho de um decantador brilhante de cristal. A raiva elimina qualquer medo.

Lucy nunca mais vai beber vinho barato e ruim.

Meus olhos o perfuram conforme ele se aproxima, segurando a taça. Forço um sorriso.

— Mudei de ideia.

Ele trava a mandíbula, um lampejo de irritação rapidamente ocultado.

Foda-se, eu penso, e quase mostro os dentes.

— Beba — insiste ele, entregando a taça.

— Não.

Ele dá um gole, os olhos nunca deixando os meus.

— Delicioso — declara, os lábios manchados de vermelho. — É uma pena, de verdade. Aposto que nunca provou a si mesma.

Estremeço, assustada. É o meu sangue. Contudo, me forço a aparentar calma.

Um suspiro longo, como se ele achasse que essa fosse a real tragédia.

— Tão poucas pessoas têm a chance de beber profundamente de si mesmas.

Ele baixa a taça e desabotoa a camisa, as mãos se movendo devagar de um botão para o outro, sem pressa. *Padrão generalizado de grandiosidade...* Meu cérebro começa a cuspir diagnósticos. *Falta de empatia... necessidade excessiva de admiração...* Será que narcisismo psicopático ocorria entre os mortos-vivos? Ou era parte do risco ocupacional da coisa?

Nem mesmo começamos a decifrar o potencial do DNA deles...

O fascínio vil de Seward.

Quero cuspir nele. Quero gritar. Arranhá-lo. *Ainda não.*

O que faço é me obrigar a pegar a taça e tomar um gole.

— Devo admitir que é a primeira vez — consigo dizer, minha repulsa disfarçando o medo que contamina minha raiva imprudente.

O vampiro sorri. Me pergunto se sou a primeira a beber de bom grado do próprio sangue. Ele me olha, sem camisa, enquanto tira o cinto. Depois tira os sapatos e a calça.

— Não é muito fã de roupas? — brinco, uma agudeza surgindo em minha voz. Eu me questiono de quantas maneiras ele planeja usar meu corpo antes de me matar.

— Ah, não fique toda pudica para cima de mim — diz ele, inclinando a cabeça de lado. — Seu olhar inocente não me engana nem por um segundo. Poderíamos nos divertir muito se você relaxasse um pouco.

Relaxar. Ele soa como um aluno da universidade, saindo por aí para procurar diversão. Não consigo nem contar o número de mulheres que entraram no meu consultório porque não estavam *relaxadas o suficiente* para o gosto de um homem.

A brincadeira acabou. Mexo as pernas, fazendo menção de me levantar. Mas, com uma velocidade sobrenatural, ele me prende à poltrona. Está completamente nu agora. Um braço imobiliza meu tronco, enquanto o outro segura a taça entre nós. Não consigo me mover. Ele é monolito. Um monstro arrebatador.

— Beba — ordena. Suas pupilas se dilatam, alimentadas por meu medo e minha humilhação. — Uma bênção de sangue.

Seu peso cresce ante meu silêncio, minha recusa, me esmagando até que eu sinta as costelas rangendo em protesto. Toda a etiqueta de antes sumiu, a fachada indo embora. Seus olhos lambem meu rosto, e o sorriso é quase um esgar. Ondas de pânico percorrem meu corpo.

Lembro-me do porquê estou ali. Do porquê estou fazendo isso. Para *quem* estou fazendo isso. E, devagar, abro a boca e fecho os olhos, uma figura lânguida.

O sangue grosso e coagulado preenche minha boca, e sinto a ereção dele crescer contra minha perna.

Agarrando a oportunidade, cuspo meu próprio sangue em seu rosto.

Ele se assusta por um momento, e é tudo de que preciso. Deslizo por baixo dele e vou até a porta.

Olho para trás uma única vez e murmuro:

— Vai se foder.

E então já estou correndo, deixando a raiva sibilante do vampiro às minhas costas.

Esquerda, esquerda, descer escada em espiral, direita. Direita, descer escada em espiral, esquerda, esquerda, direita. E depois seguir reto.

Corro por um cômodo coberto de sombras após o outro. O castelo inteiro está sob um manto de escuridão. Quase paro ao dar de cara com o Loiro se alimentando da garota ruiva do fim da fila. Ela está inerte em seus braços, a garganta completamente ausente. O vampiro ergue os olhos quando passo e sorri, a carne da garota pingando de seus dentes.

Ouço uivos a distância, e um cão — grande demais para ser normal — passa correndo na direção oposta atrás de uma jovem que grita. Não escutei passos me perseguindo ou sua velocidade desumana em meu encalço. Mas não desacelero, não espero ser encontrada.

Meus olhos se fixam na próxima curva do corredor.

— Depois que tomar a poção, você terá alguma vantagem — dissera mamãe. — Um círculo de proteção que a tornará mais difícil de farejar, mais difícil de rastrear. Isso pode lhe ganhar algum tempo, mas não muito.

Quincey havia cruzado os braços.

— Mas você ainda vai estar por conta própria buscando o caminho para sair do castelo. E não temos nenhuma planta da propriedade para você estudar.

— Vou memorizar a rota quando me levarem para dentro.

Singer olhara para Quincey, e eu tinha notado a leve descrença, a preocupação crescente. *Esquerda, esquerda, descer escada em espiral, direita, direita, descer escada em espiral, esquerda, esquerda, direita. Seguir reto.*

Desço o segundo lance de escadas, sabendo que o ar fresco está próximo. Exceto que... eu devia estar do lado de fora agora. Giro no lugar, verificando minha fórmula.

Esquerda, esquerda, descer escada em espiral, direita, direita, descer escada em espiral, esquerda, esquerda, direita. Seguir reto.

Eu deveria estar diante de uma porta agora, uma porta que me levaria para fora. Em vez disso, outro corredor se desenrola diante de mim. Com o coração martelando, investigo a outra esquina e não vejo nada. Sigo em frente e passo pelo próximo conjunto de portas, entrando nas cozinhas, que são mais uma relíquia do que um cômodo — afinal, ninguém ali precisa de comida comum.

Na extremidade mais distante, uma camada de pó de argamassa, que jaz contra a luz desbotada do luar sob a janela, me alerta para uma pequena abertura na parede inferior, bem no ponto onde os tijolos bloqueando a janela haviam sido arrancados. Olho para trás e verifico se ele está por perto, depois deslizo pela fenda, rasgando meu vestido em uma borda irregular da alvenaria.

Sair do castelo era um dos maiores e mais intransponíveis obstáculos. Algo dentro de mim relaxa e ameaça se desfazer após notar que a parte crucial de meu trabalho está concluída. "Traga ele para fora", tinha sido a ordem de minha mãe. E parece que consegui. Mas sou seu prêmio, ele não vai estar muito atrás. O terror me estimula ao imaginá-lo avançando, correndo atrás de mim como uma ave carniceira.

O ar da noite é um sussurro contra minha pele febril, mas não há tempo para hesitação. Saí pelos fundos do castelo, que se abre para a floresta onde encontrei o cadáver de Seren. Corro para as árvores, tentando silenciar meu cérebro que pulsa a cada passo desesperado — *terra de sepultura, terra de sepultura, terra de sepultura.* Acima de mim, a lua está cheia e vermelha — isso sim é o que chamo de presságio —, o vento puxando o vestido que me deram como se tentasse me arrastar de volta.

Ele me alcança em uma clareira no meio de um bosque de lariços japoneses.

Eu me viro para encará-lo.

— Ninguém havia chegado aos jardins antes — diz ele.

Se está incomodado com isso, não demonstra. Pelo contrário, parece satisfeito — com a novidade, com o desafio. Ele não está sequer sem fôlego. Meu sangue ainda mancha seu rosto, e sinto uma pontada de vitória, pelo menos por isso.

— Eu tive ajuda.

Ele inclina a cabeça para o lado.

— Ah, é?

Assinto. Me forço a sorrir, sabendo que o gesto o deixará irritado, mesmo quando uma lufada de vento frio rasga o ar, dedos gelados em minha carne. Sinto calafrios.

Ele dá um passo à frente, ameaçador.

— Que tipo de ajuda?

Ponho as mãos atrás das costas. Inocente. Despretensiosa. Que estranho notar, justo nesse momento, que ele não sente arrepios. Ele é imune ao frio.

— Algum dos seus finalmente o traiu? — pergunto em voz alta para ele.

O vampiro sorri.

— Que humor cáustico!

— Alguém em quem você confia, talvez?

— Você não é o que eu esperava para esta noite — zomba ele.

— Que bom. Minha mãe é uma *Swynwraig*.

Ele ri de novo, meu sangue seco rachando e descascando como as asas de uma mariposa. Seus dentes são de um branco impressionante contra a noite, como dentes de predador. Dentes de lobo. Seu corpo nu deveria me chocar. Me afetar de alguma forma. Mas acho que minha capacidade de sentir horror se esgotou. Tudo o que resta é pura obstinação.

— Conheci muitas *Swynwraig*, *Dewines*, *Gwyddan*, *Hudoles* e *Consuriwr* — fala ele, envolvendo as palavras com vulgaridade. — Todas renderam excelentes refeições.

— Elas não têm seu talento para a imortalidade — admito. — Nem para assassinato ou mutilação.

Os músculos se contraem ao redor de sua boca.

— É *mesmo* um talento. Sua mãe bruxa pode ter aberto um caminho mágico para que você saísse do castelo, mas eu ainda a tenho. Ninguém ouvirá seus gritos.

— Quem disse alguma coisa sobre meus gritos?

Ele está diante de mim em um piscar de olhos.

— Nunca houve chance de você escapar daqui sem a minha mordida.

Suas mãos estão frias em meu pescoço quando ele me segura. Há um magnetismo estranho ao qual quase não consigo resistir. Posso sentir que há uma função biológica agindo em meu corpo, algo que o transforma em chamas para uma mariposa. Feromônios?

Deixo que ele me puxe para mais perto, assistindo com horror enquanto sua língua se alonga vários centímetros no abismo da boca, lambendo o sangue seco em minha bochecha. Minha pele formiga e depois arde nos pontos em que a saliva dele toca. Depois o vampiro abre a boca, revelando uma segunda fileira de pequenos dentes afiados por trás dos dentes humanos. E, por fim, ele começa a beber do meu sangue, longa e profundamente.

Eu me lembro da sensação.

Ela emerge das sombras da minha caixa de memórias trancadas, brilhando com intensidade.

Carne dura pressionada contra a minha, mãos de ferro impossíveis de afastar. O choque da situação é rapidamente reprimido por algum tipo de propriedade anestésica injetada em meu corpo através da mordida, disfarçando a maneira como sua saliva dissolve e quebra meu DNA, algo destinado a acalmar e subjugar... seguido pelo calor da vida deixando meu corpo. Meus pés abandonam o chão quando ele me ergue para mais perto, quando me aperta com mais força. Um abraço perverso.

Porém, a ampola de verbena e sangue fez seu trabalho. Minha mente está intacta. Enquanto sinto os efeitos físicos da mordida e tenho um vislumbre vertiginoso de minha própria mortalidade, estou presente e alerta.

Eu o sinto vacilar. Ele não percebe o que está acontecendo a princípio. Segue bebendo. Mais sangue do que posso me dar ao luxo de perder.

Mas então ele se afasta de súbito, cuspindo meu sangue, um olhar de incredulidade estúpida tomando seu rosto nacarado.

— O que você fez? — gorgoleja ele, vomitando sangue no solo.

Mas é tarde demais. Suas pernas já estão falhando. Depois os braços. Ele me deixa cair, e cambaleio para longe. O vampiro desaba, arrastando-se ofegante pela terra, do jeito que imagino que Seren deve ter feito.

— O que... você...?

— Eu avisei — respondo, olhando para ele com a vista borrada. — *Swynwraig*.

Com um timing perfeito, as árvores se movem, revelando a silhueta de três mulheres.

Mamãe. Singer. Quincey.

Fecho os olhos, tonta pela perda de sangue, o mundo girando e se partindo, e caio de joelhos, aliviada. A peça final do quebra-cabeça. Quincey havia prometido inspecionar a propriedade em busca de qualquer vestígio do bacanal. De qualquer carregamento de caminhões saindo da estrada principal. Qualquer helicóptero lá em cima. Ela havia prometido que as três estariam prontas. Os dias e semanas na cela de metal tinham sido um exercício excruciante de confiança. Mas segui acreditando.

— Mina! — grita minha mãe, correndo para meu lado.

Pestanejo, me perguntando se estou alucinando com o machado balançando na mão de Singer. Meu suposto assassino, deitado a poucos metros de distância, abre a boca para gritar, mas sua voz também não está mais à sua disposição. Com as plantas da terra, um pouco de sangue dado de bom grado e um vínculo bem evocado, minha mãe, a bruxa biruta da colina, havia devolvido um monstro centenário ao seu lugar.

Ela pega minha mão, toca em meu rosto, acaricia meu cabelo.

— Você está bem?

Faço que sim com a cabeça e me sento, embora ainda me sinta tonta.

— Funcionou.

Singer e Quincey sorriem para mim, e Singer me entrega uma estaca de sorveira.

Eu nego, devolvendo a estaca para Quincey.

— Devia ser você a fazer isso. Por Lucy.

Ela me encara por um longo momento antes de segurar a arma.

— Por Lucy — concorda ela. Depois olha para minha mãe, para mim e, por fim, para Singer. — Por Seren. Por Renée. Por Bea.

Eu me apoio em minha mãe enquanto assisto a Quincey enfiar a estaca de madeira no peito do vampiro com um grito pesado. A boca dele se abre, indignada, aqueles dentes de lança pulsando para fora de maneira grotesca. Uma última precaução: Singer ergue o machado e corta a cabeça dele fora.

Ela.
    Leva.
        Bastante.
            Tempo.

Finalmente, Quincey incendeia o que resta do corpo do vampiro enquanto mamãe me segura, me ninando para a frente e para trás, murmurando feitiços. O corpo dele se transforma em pó diante de nossos olhos.

Gritos ensurdecedores de sofrimento rasgam o ar vindos de dentro do castelo, uma coleção irregular de uivos demoníacos dos vampiros condenados sendo desfeitos... e então mais nada.

Um silêncio assustador.

Bem quando eu pensava que não tinha mais nada dentro de mim para oferecer, nada para dar, percebo que minhas bochechas estão molhadas de lágrimas.

35

Eu tropeço em meus pés. Mamãe, Quincey e Singer me enchem de perguntas, as três agitadas. Quincey põe um cobertor xadrez sobre meus ombros, e mamãe me entrega uma garrafa térmica com chá e um pacote de biscoitos enrolado em papel-filme. Singer me envolve em um abraço tão caloroso e sincero que parece estar abraçando a própria filha. Imagino que, de certa forma, ela esteja.

— Vou ver se alguma das outras garotas sobreviveu — fala Singer, a voz rígida.

— Havia homens lá também — digo a ela, me lembrando dos estilistas. — Homens humanos.

— Vou com você — avisa Quincey para Singer.

— Se você vier, eles vão fechar o bico — diz Singer de maneira seca.

— É o que vamos ver — murmura Quincey, olhando para o castelo. — Com a cabeça da serpente destruída, talvez eles falem.

Mamãe me leva até o carro de Quincey para descansar, estacionado a alguns metros de distância na estrada. Não conversamos, mas permito que ela me segure e que beije minha testa assim como fazia quando eu era menina, antes de eu descobrir que o mundo não era seguro.

Depois de um tempo, quando Singer e Quincey retornam, ambas balançando a cabeça, mamãe vai com elas para queimar os corpos dos vampiros. O Livro do Sangue estava certo. O Loiro e seus amigos haviam sido desfeitos junto com o mestre.

— Você devia voltar com o carro para a casa da sua mãe — me aconselha Quincey. — Descanse um pouco.

— É verdade, querida — concorda mamãe. — Posso voltar a pé. Todas nós podemos.

— Vou aproveitar o tempo para digerir tudo isso — acrescenta Singer.

Quincey dá um tapinha no ombro dela.

— Podemos pegar uma cerveja para ajudar a descer.

Singer sorri.

— Uma caneca dessa verbena de merda, talvez.

Mamãe faz um "tsc tsc" e bate palmas para apressá-las.

Eu as observo voltando para o castelo, essas mulheres corajosas, um trio improvável que ajudou a me carregar para o antro da víbora. Eu as observo até terem desaparecido atrás das paredes do castelo. Queria tanto ter salvado as outras garotas nas celas. Espero que tenham sido as últimas.

O brilho vermelho da lua minguou para um amarelo agourento, iluminando com uma luz pálida e exangue as estradas que conheço tão bem. Eu nem saberia contar o número de vezes que Lucy e eu andamos por essas estradas quando crianças, sonhando acordadas com as mulheres que iríamos ser. Ela deveria estar aqui. Sua ausência no mundo me atinge de novo, e me pergunto se algum dia vou conseguir pensar nela e não sentir dor.

Pego a garrafa térmica, apertando-a com força.

Eu devia me sentir aliviada. Devia me sentir feliz por ter conseguido entrar no fosso das cobras e arrancar a cabeça da serpente, matando toda uma linhagem maligna gerada ali. Eu devia estar orgulhosa de mim mesma por superar meus tiques e traumas a fim de cumprir essa missão — por salvar sabe-se lá quantas garotas de um destino semelhante. A terapeuta em mim sabe disso.

No entanto, me sinto entorpecida.

No entanto, sinto que há mais para fazer.

Preciso ter certeza de que Arthur foi aniquilado com os outros. Que ele pagou pelo que fez a Lucy.

Rastejo até o banco do motorista e ligo o motor do carro.

Quando paro na entrada de Ifori e os faróis iluminam uma mulher aos prantos sobre um corpo caído no chão diante dos portões, fico sem entender o que está acontecendo por uns bons cinco segundos.

Lucy. Vibrante, viva, *resplandecente*. Uma visão pela qual anseio há semanas... mas, em sua impossibilidade, quase grotesca para mim agora.

Saio cambaleando do carro.

Deixo a porta aberta.

Os faróis cobrem as silhuetas em glitter.

— Lucy? — murmuro, dando um passo à frente.

Lucy lamenta outra vez, as mãos enroladas na camisa de Arthur.

Minha melhor amiga, viva e saudável, soluçando sobre o corpo do marido morto.

Tudo parece abafado pelo choque da cena.

Engulo um soluço que é também uma risada.

— Lucy!

Ela ergue o rosto, e todo o meu ânimo desmancha-se, afundando no chão. Porque, é claro, a pele dela apresenta a mesma qualidade pálida e levemente nacarada dos homens no castelo. Seus lábios têm o mesmo brilho estranho e avermelhado. Os olhos, ainda que ela esteja aos soluços, têm o mesmo cintilar selvagem. As brotoejas sumiram por completo.

Lucy Westenra-Holmswood é uma vampira.

— Mina — choraminga ela, estendendo a mão para mim. — Ele está morto!

Sob a luz da lua, madeira ungida, transformada em estaca, pode ser usada para despachar a serpente e toda sua prole de volta ao Inferno. Como Lucy poderia estar viva, se todos os outros não estão?

Quero correr até ela, abraçá-la, dizer, enfim, o quanto eu a amo. O quão grata sou por ela estar aqui, por estar viva. Dizer que vou protegê-la dessa vez, que nunca vou decepcioná-la. Falar como estou arrependida por uma vida de pecados, e por todos aqueles que foram cometidos contra ela.

— O que ele fez com você?

O cadáver de Arthur jaz entre nós.

Começa a chover, uma garoa que brilha quando Lucy balança a cabeça.

— Você não entende. Ele me amava de verdade, Mina. Mais que tudo.

— Ele transformou você!

— Ele me salvou. *E* me transformou. — Ela engole em seco. — Da primeira vez que Arthur se alimentou de mim, acho que foi mesmo por acidente. Você não faz ideia, Mina... A sede...

— Ele matou você — digo, lutando contra uma vontade crescente de gritar. — Ele *matou* você, Lucy! Eu a vi morrer! — Engasgo com as últimas palavras, incapaz de esconder minha dor por mais tempo.

— Sim. E eu o odiei por isso no começo, até que entendi que ele não queria me perder. Não conseguia suportar a ideia de uma vida sem mim. Arthur não queria ficar sozinho. E eu entendo agora. A ideia de viver como um monstro sem ele é... horrível demais para aceitar. — Lucy baixa a cabeça até encostar na testa do cadáver por um momento. Depois, me entrega um envelope que não notei que ela estava segurando.

— Leia — diz ela, baixinho. — Depois que eu morrer.

Faço que não com a cabeça, empurrando a carta para longe.

— Não diga isso.

— A fome piora a cada minuto, Mina. Não há como escapar.

Solto um soluço.

— Eu *não* vou perder você. Já falhei uma vez, não vou deixar que morra. De novo não.

Lucy enfia a carta entre meus dedos, depois pega algo do chão. Uma estaca. Ela sabia que eu viria. Sabia que me pediria isso.

— Não quero ser um monstro. Por favor, Mina. Por favor.

Estou chorando. Percebo horrorizada que não me importo com o que ela se tornou. Só me importo que minha amiga esteja aqui comigo agora.

Inteira e completa. Eu faria qualquer coisa para salvá-la outra vez, mesmo sabendo que é impossível.

— Você também pode me transformar. Lucy...

Ela encosta a ponta da estaca na altura do coração e segura minha mão em torno da madeira.

— Não vire um monstro por minha causa. Por favor. Eu já estou morta. — Seus olhos encontram os meus, e há um toque da velha Lucy ali: jovial, despreocupada, viva. — Fizemos um pacto, lembra? Nós duas escaparíamos daqui juntas. Você me deve isso, Bambi. Me liberte.

— Eu te amo — sussurro.

Ela sorri e murmura as palavras de volta para mim. Empurro a estaca e grito para a noite. Minha amiga cai sobre o marido, morta e finalmente livre.

Minha querida Lucy,

Sei que, quando ler esta carta, você estará transformada, e deve estar me odiando por isso. Sei também que provavelmente já estarei morto. O Mestre não tolera dissidências, e, caso descubra sobre você, sua vida – imortal ou não – chegará ao fim. E não posso aceitar isso. Não vou tolerar sua destruição.

Eu o conheci quando assumi a propriedade de meu falecido pai, que tinha me deixado um bilhete em seu testamento, uma espécie de confissão. As finanças da propriedade da família andavam em apuros. Meu pai estava desesperado. Foi quando conheceu o homem que era dono do castelo Cysgod – para sua segurança, não escreverei o nome dele – através de um conhecido em comum, um financista rico, mas reservado. O homem lhe ofereceu um contrato.

Ele era dono do castelo aqui no País de Gales e de vários outros pelo Reino Unido. Ele queria uma transportadora confiável. Parecia algo inocente, e era uma oferta que meu pai não podia recusar. O dinheiro era absurdo. No começo, meu pai pensou que a função era supervisionar uma empresa de logística — transporte de mercadorias. Mas ele logo se deu conta, assim como eu, de que o verdadeiro trabalho era não fazer perguntas e assinar na linha pontilhada. Quando herdei a propriedade, não me restaram escolhas razoáveis. Eu teria feito qualquer coisa para manter a casa e você em segurança. Supus que, quanto menos eu soubesse, melhor.

No entanto, poucos anos atrás, uma pontada na consciência me fez investigar o que a operação realmente era. E a coisa se mostrou muito mais terrível do que meus piores medos. Tentei sair. Mas era tarde demais. Junto com outros "colegas", fui transformado para que pudesse ser forçado a ajudar e apoiar o Mestre pela eternidade.

Ao contrário de alguns dos outros homens, nunca quis ir às festas, nunca quis me alimentar das belas garotas. Eu odiava o que eu era e só tinha olhos para você. Eu não queria viver sem você. Ser um monstro sem você.

Da primeira vez que me alimentei de você, foi um acidente. A atração pelo sangue é mais forte do que pode imaginar, mas tenho certeza de que você entende agora. Chorei por dias. Tentei me matar. Minhas feridas cicatrizaram. Eu não queria tomar seu sangue, mas era impossível de resistir à vontade de me alimentar. Quando ela se impôs, não houve nada que eu pudesse fazer. Com o tempo, quando a vi ficando mais e mais fraca, entendi que logo não restaria nada da minha esposa.

Em minha covardia de enfrentar a eternidade sem sua presença, realizei o ritual que a transformaria. O mesmo que havia sido feito comigo.

Ando observando Mina e suas amigas de perto. Creio que elas estejam planejando se infiltrar na rede, então vou ajudar. Vou garantir que ela tenha todas as chances de derrotar esse monstro. Vou garantir que ela seja escolhida.

Se eu for morto, qualquer vampiro criado por mim será desfeito. Mas, se eu for desfeito — se meu criador for morto —, então minha criação viverá. Você viverá. Tudo isso pela chance de salvá-la. Minha querida. Minha amada.

Para sempre apaixonado,
Arty

36

Uma semana depois, acordo no quarto da minha infância.

Mamãe está dormindo ao meu lado na cama. Eu a olho por um tempo, acariciando seus cabelos, e me deleito na familiar luz galesa do início da manhã. É uma luz amanteigada, quente de um jeito que a luz de Londres nunca foi. Deixo-me cair de volta em um sono tranquilo, e, quando acordo pela segunda vez, mamãe não está mais lá.

Eu a encontro na cozinha, fazendo torradas e chá. Chá preto, não de verbena.

— Bom dia, meu bem — diz ela, a voz como mel aquecido.

— Bom dia, mãe — respondo, abraçando-a por trás.

— Vá descansar. Eu levo a comida quando ficar pronta.

— Tem certeza?

Ela assente, sorrindo.

— Vá descansar.

Ando pela casa, sem pressa, absorvendo todos os detalhes familiares, mas negligenciados, que, em minha dor, esqueci que amava. A colcha de retalhos sobre a cadeira de vime que papai havia feito antes de eu nascer, os pesados baús de carvalho espalhados por toda parte, cheios de panos de linho, cobertores e uma grande variedade de talismãs e livros antigos. Os bibelôs descombinados no peitoril das janelas e nos aparadores, cada um precioso, com uma história para contar. As cortinas desiguais que mamãe fez sozinha, embora não saiba costurar de jeito nenhum, os quadros emoldurados nas paredes, alguns florais, outros com cenas náuticas — nenhum tema ou padrão entre eles. Todas as pequenas coisas que compõem nossa vida. Sinto o cheiro de cada ramo de erva seca ao passar. Lavanda, fava, chifre-de-veado, agripalma e sálvia-dos-prados. Aromas que ocuparam minha memória por tanto tempo em Londres, e que agora têm um cheiro ainda mais doce por estarem em casa.

Em casa.

Percebo que a sensação é essa de novo. Algo mudou. Algo fundamental. A coisa que me fez fugir, a Mina que eu era, não existe mais.

Meus tiques e a mania de limpeza sumiram. Agora passo os dias com as mãos na terra, ajudando mamãe a plantar vegetais para o inverno. Estou planejando abrir um consultório aqui mesmo em Tylluan, mas, enquanto isso, me concentro em reconstruir a vida que perdi.

Mamãe leva a bandeja para a estufa, e nos sentamos no chão ao redor da mesinha de centro para comer e beber.

— Isso está ótimo — comento, tomando um gole do chá preto. — Eu tinha esquecido como era bom.

— Eu também — diz ela, sorrindo.

Mamãe acrescenta mel e um pouco de limão em seu chá, e eu opto por leite. Tudo abençoadamente normal.

— Sinto saudades dela — fala mamãe baixinho, deixando o *bara brith* sobre o prato e lambendo a manteiga do polegar.

— Eu também. Espero que ela esteja em paz.

Ficamos em silêncio por um momento, pensando em Lucy. Com o tempo, sei que os horrores do que aconteceu vão desbotar, deixando intocadas as memórias felizes. Já noto que minha raiva por Arthur diminuiu, ficando mais próxima de algo que se assemelha a empatia e compreensão. Reli sua carta pelo menos uma centena de vezes, refletindo sobre seu tormento, seu amor pela esposa e sua determinação de consertar as coisas. Penso em todas as maneiras invisíveis pelas quais ele pode ter nos ajudado. Se ele teve algo a ver com termos encontrado o corpo de Seren. Ou ganhado acesso ao castelo. Tenho quase certeza de que foi Arthur quem alterou meu tipo sanguíneo nos registros médicos. Tudo para me ajudar a ser escolhida.

Suspiro e me viro para mamãe.

— Vamos nos sentar na varanda e terminar isso — digo. — Como fazíamos quando eu era mais nova.

Mamãe sorri, e nos levantamos e seguimos até o terraço, cada uma embalando sua xícara de chá. É um dia ameno para novembro, e as cores do outono ainda estão vibrantes. As folhas já estão caindo, deixando as árvores nuas para a longa jornada do inverno. Transformação e hibernação. Mas, por ora, o sol gelado do outono e o céu azul bem acima de nós são um lembrete de que estamos vivas. De que conseguimos.

Não haverá mais nada que nos impeça de sermos honestas uma com a outra. Não vou deixar isso acontecer.

Mais tarde, Jonathan vem me buscar, e caminhamos até o vilarejo para comprar ovos, pão e leite. Conversamos sobre o que aconteceu — sobre minha temporada na boate, sobre o que houve no bacanal e como o próprio ataque de Jonathan também fazia parte daquilo. Ficamos imaginando quantas das lendas galesas são verdadeiras, conectadas aos vampiros que nos caçaram por tanto tempo. Beijo suas cicatrizes e digo que ele é lindo.

Quando chegamos à mercearia, seguro a mão de Jonathan ao entrar. Desta vez, tenho o troco necessário para a sacola plástica.

O senhor Wynn assente.

— Bom dia, Wilhelmina.

— Bom dia, senhor Wynn.

— Jonathan.

— Senhor.

Vejo o jornal do dia e o coloco sobre o balcão.

— Vou levar esse também.

A manchete principal é sobre um vazamento de óleo no Pacífico Norte e algum novo escândalo envolvendo um parlamentar local.

Voltamos para casa pelo caminho mais longo. O sol aparece no topo das colinas a distância, e noto que estou sorrindo.

Pela primeira vez em mais de uma década, não sei o que o futuro reserva. Não me sinto no controle. Não há garantias nesta vida.

Mas a vida é minha para viver, e vou aproveitar ao máximo. Por Lucy. Por todas elas.

HELEN SINGER
11:49

Acabei de achar um relatório sobre uma garota desaparecida em Madrid. Mesmos sintomas.

Eles ainda estão por aí.

MINA MURRAY
11:50

Nos vemos na casa de Quincey?

AGRADECIMENTOS

Quando me pediram para escrever uma releitura de *Drácula* em 2019, eu sabia que seria uma tarefa gigantesca com uma enorme responsabilidade. *Drácula* é uma obra adorada de ficção gótica, e espero ter mantido seu espírito vivo nesta releitura moderna e feminista. Eu não poderia ter feito isso sem as pessoas incríveis mencionadas nestes agradecimentos.

Primeiro, a meu marido. Você me animou, me encorajou com entusiasmo e confiança inabalável, sem nunca vacilar por um nanossegundo. Você é minha rocha no mar turbulento. Eu te amo elevado à milésima potência. À minha mãe, obrigada por sua fé, sua força, seu amor e seu acolhimento. Por me mostrar o que significa ser uma mulher forte e o poder das sobreviventes. Eu te amo para além das palavras.

A Polly Nolan, que me indicou para este projeto, e a Sarah Davies, que continuou me apoiando mesmo depois de se aposentar. Obrigada a Victoria Marini por sua paixão, seu entusiasmo e pela minha coisa favorita em você: sua voz estrondosa, vibrante e tenaz! Eu poderia rir com você por horas. Sei que continuaremos fazendo magia literária durante muitos anos. Por extensão, obrigada a toda a equipe da High Line Literary e a Sheyla Knigge pelo apoio adicional e por torcer nos bastidores. Que grupo fantástico de pessoas. Obrigada também a Chelsea Eberly da Greenhouse Literary por sua gentileza e apoio.

Um enorme agradecimento a Laura Barbiea, Joelle Hobeika e Josh Bank por serem um grupo criativo incrível. Vocês três poderiam comandar o mundo. Falo sério! Sou muito grata pela tenacidade, a visão e o cuidado genuíno que vocês têm com seus autores. Quando vocês se reúnem em uma sala, o Monte Olimpo treme! Estou honrada por ter feito parte disso. Outro agradecimento a Romy Golan pela paixão por trás das cortinas.

Obrigada a Sara Rodgers, minha editora brilhante. Sua paixão e o quanto lutou por este romance me deixam emocionada, e sou grata por ter você e a equipe da Graydon House me apoiando. Amo como várias vezes nos distraímos conversando sobre coisinhas assustadoras quando deveríamos estar discutindo emendas de edição! Não mudaria isso por nada no mundo.

Obrigada ao time inteiro da Graydon House, que demonstrou cuidado e paixão genuínos por este livro. A Greg Stephenson pelas correções cuidadosas, a Kathleen Oudit pela brilhante direção de arte e por me explicar os requisitos da página ilustrativa do *Llyfr Gwaed*. Obrigada a Mary Luna pelo design maravilhoso, a Kezia Weerasooriya e Amanda Roberts pelo trabalho incrível na produção. Um agradecimento enorme a Diane Lavoie, Sophie James, Pamela Osti, Ambur Hostyn, Brianna Wodabek, Susan Swinwood e Margaret O'Neill — conversar com vocês foi uma grande honra. Sou verdadeiramente abençoada por ter vocês. Um muito obrigada a todas as outras pessoas nos bastidores que eu adoraria listar individualmente pelo nome, mas que o espaço não permite.

Sou abençoada por ter amigos incríveis. Um agradecimento especial para Kat Ellis, literalmente a melhor amiga humana viva, alguém que amo mais do que jamais direi a ela (porque somos britânicas demais para isso), mas a quem devo muito da minha sanidade e da proteção ao meu coração frágil. A Ann Davila Cardinal, minha *hermana* de outra mãe, que sempre torce por mim não importa o que aconteça e com quem eu entraria em qualquer batalha (ou para comer churros) em qualquer dia da semana. A Claire Hawksmoore, minha gracinha kiwi, e à brilhante gangue do Discord UKYA: Joshua Winning, Melissa Welliver, Georgia Bowers, Kathryn Foxfield, Gina Blaxil, Andreina Cordani, Holly Race e Cynthia Murphy. Realmente adoro cada um de vocês e as risadas que compartilhamos todos os dias. Obrigada também à Trifecta. Vocês sabem quem são, e são incríveis.

Aos autores que leram e fizeram blurb de uma versão inicial do romance até o momento em que escrevo isto: Amy McCulloch, Emily Lloyd-Jones, Gwendolyn Kiste, Paulette Kennedy, Amelinda Bérubé, Evelyn Skye, Wendy Heard, Joshua Moehling, Hannah Whitten, Juliet Marillier e Samantha Downing. Obrigada a todos, muito mesmo, por me emprestarem seus olhos e seu tempo. Obrigada também a Heather Brooke, que reservou um tempo para conversar comigo quando entrei em contato no início do romance querendo saber sobre sua vida como jornalista investigativa. Embora o livro tenha seguido uma direção diferente, sou grata pelo tempo e pela generosidade que ela me ofereceu. Obrigada também pelo livro que me deu de presente e se tornou um favorito depressa! Anna Rose James e Lauren James, obrigada pelo entusiasmo por tudo que diz respeito ao gótico. Me diverti muito conversando com vocês!

Obrigada a Imogen Church pela performance incrível no audiolivro. Fiquei tão feliz quando soube que você estava narrando após um pedido meu que quase caí da cadeira. Obrigada à equipe do audiolivro nos bastidores também.

Agradeço ao London Writers' Salon, a Matt Trinettui e Parul Bavishi. Escrevi grande parte do primeiro rascunho deste livro nas primeiras horas da manhã, acompanhada por uma vela e uma xícara de chá, entre um grupo de indivíduos dedicados, apaixonados, calorosos e talentosos. Obrigada por terem guardado um espacinho para mim.

Obrigada aos resenhistas, influenciadores do Bookstagram, podcasters e Booktokers que tiraram um tempo para entrar em contato comigo e divulgar meu trabalho. A galera dos livros é realmente *o melhor* tipo de pessoa, e sou muito grata por ser uma de vocês!

E, para quem estiver lendo este livro, obrigada por escolhê-lo, obrigada por resenhá-lo, obrigada por acompanhar Mina nesta jornada. Por fim, obrigada a Bram Stoker pela história original. Espero que não se importe que eu tenha dado às suas garotas um pouco mais de ação.

Este livro foi impresso pela Vozes, em 2025, para a HarperCollins Brasil.
O papel do miolo é avena 70g/m², e o da capa é cartão 250g/m².